세상이 끝날 때까지
아직 10억 년

# 세상이 끝날 때까지 아직 10억 년

### За миллиард лет до конца света

아르까지 스뚜루가츠끼 · 보리스 스뚜루가츠끼   석영중 옮김

**ZA MILLIARD LET DO KONTSA SVETA**
**by ARKADII STRUGATSKII, BORIS STRUGATSKII (1976~1977)**

이 책은 실로 꿰매어 제본하는 정통적인 사철 방식으로 만들어졌습니다.
사철 방식으로 제본된 책은 오랫동안 보관해도 손상되지 않습니다.

## 세상이 끝날 때까지 아직 10억 년

7

**역자 해설**
반유토피아 문학의 전통과 스뜨루가츠끼 형제

205

스뜨루가츠끼 형제 연보

219

## 제1장

1

 2백 년 만에 처음이라는 찌는 듯한 6월의 더위가 도시를 집어삼켰다. 달아오른 지붕 위에선 뜨거운 김이 피어오르고 창이란 창은 모조리 활짝 열린 채였다. 기진맥진한 나무들의 흐느적거리는 그늘 밑 작은 벤치 위에서는 노파들이 땀을 쏟으며 녹아 내렸다.

 자오선을 넘어선 태양의 열기는 더위에 오랫동안 시달려 온 책들의 맨 뒷장까지 침투해 들어왔고 책장의 유리문과 찬장의 광을 낸 목재 문을 사정없이 내리쳤다. 벽지 위에서는 열 그림자가 화가 난 듯 뜨겁게 어른거리기 시작했다. 오후의 마지막 열 폭격이 시작되려는 찰나였다. 으레 오후 한 시경이면 맞은편의 12층짜리 건물 위에서 미쳐 버린 듯한 태양이 죽음의 신처럼 건물의 모든 방을 속속들이 뚫고 들어왔다.

 말랴노프는 늘 그렇듯 여전히 창문을 두 짝 다 열고 무거운 노란색 블라인드로 빈틈없이 막아 놓았다. 그리고 팬티를 한번 추어올린 후 맨발로 비틀비틀 부엌으로 가 발코니로 향하는 문을 열었다. 두 시가 조금 넘은 시각이었다. 빵부스러기가 어지럽게 흩어진 식탁 위에는 오믈렛 찌꺼기가 눌어붙은 프라이팬, 마시다 남은 찻잔, 그리고 버터가 물처럼 밴 빵조각이 한 입 베어 먹다 만 채로 놓여 있었다. 개수통은 설거지 감으로 넘치고 있었다.

마룻바닥이 삐거덕 하더니 어딘가에서 더위에 화난 듯한 깔럄이 나타났다. 그놈은 녹색 눈을 들어 말랴노프를 한 번 흘끗 보더니 소리 없이 주둥이를 벌렸다가 다시 다물었다. 그리고 꼬리를 흔들며 오븐 밑 자기 먹이 접시 쪽으로 다가갔다. 접시에는 말라붙은 생선 가시밖에 아무것도 없었다.

「배고픈 게로구나…….」 말랴노프는 심드렁하게 말했다.

깔럄은 즉시 그래요, 뭐 좀 먹는 게 나쁠 건 없겠는데요라고 말하듯 즉시 야옹했다.

「오늘 아침에 밥 줬잖아.」 냉장고 앞에 쭈그리고 앉으며 말랴노프가 말했다. 「아니, 가만있자……. 오늘 아침이 아니라 어제 아침에 주었나 보다.」

그는 깔럄의 접시를 잡아당겨 들여다보았다. 뭔지 모를 정체불명의 부스러기와 약간의 젤리 그리고 가장자리에 눌어붙은 생선 지느러미. 그러나 냉장고 안에는 그 정도조차 없었다. 얀따르 치즈를 담아 두던 빈 용기, 요구르트의 응고된 찌꺼기가 남아 있는 기분 나쁘게 생긴 병, 그리고 아이스티가 담긴 포도주 병. 양파 껍질이 어지럽게 널려져 있는 야채 칸에는 주먹만 하게 쪼그라 붙은 양배추가 썩고 있었고, 싹이 돋은 감자 한 개가 팽개쳐져 있었다. 그는 냉동 칸을 열어 보았다. 두껍게 서리가 붙은 냉동 칸에 남아 있는 거라곤 작은 접시에 담긴 돼지

기름 한 덩이 그게 다였다.

깔럄은 가르랑거리며 말랴노프의 맨 무르팍에 수염을 비벼 댔다. 그는 냉장고 문을 닫고 일어섰다.

「좀 참아라, 참아.」 그는 깔럄에게 말했다. 「어쨌든 지금은 말이야, 점심시간이라 가게 문이 모두 닫혀 있다고.」

물론 모스끄바 가(街)로 갈 수는 있다. 그러나 거기에선 항상 줄을 서야 하고 게다가 이런 폭염에 거기까지 가는 건……. 그건 그렇고 그 빌어먹을 놈의 적분은 도대체가! 음, 좋다. 그놈을 일단 상수로 놓자. 오메가와는 독립적으로. 통념으로 미루어 보건대 확실히 오메가에 좌우되는 건 아닌 것 같다. 말랴노프는 머릿속으로 구(球)의 표면을 따라 적분을 움직이기 시작했다. 그런데 아무 까닭도 없이 갑자기 쥬꼬프스끼[1]의 공식이 떠올랐다. 정말 밑도 끝도 없이. 말랴노프는 그놈을 머릿속에서 쫓아내 버렸으나 그놈은 즉시 다시 돌아왔다. 등각 표현을 시도해 봐야겠다……. 말랴노프는 생각했다.

전화벨이 다시 울렸다. 말랴노프는 자신도 모르는 사이에 방으로 돌아와 있었던 것이다. 그는 욕지거리를 하며 등받이 없는 소파 위에 털썩 주저앉아 수화기를 들었다.

「여보세요!」

「비쨔?」 생기발랄한 여자의 목소리가 물었다.

---

[1] Nikolai Egorovich Zhukovskii(1847~1921). 러시아의 물리학자. 유체 역학과 기체 역학에서 큰 업적을 남겼다. 〈러시아 비행의 아버지〉로 불린다. 사후 그의 이름을 딴 공군 기술학교가 설립되어 많은 우주 비행사들을 배출했다.

「몇 번에 거셨습니까?」

「거기 외인 관광국 아니에요?」

「아닙니다. 여긴 개인 아파트인데요…….」

말랴노프는 전화를 끊고 잠시 동안 꼼짝도 안 하고 소파 위에 가만 누운 채로 있었다. 담요의 보풀이 맨살에 따갑게 느껴졌다. 노란색 블라인드가 번쩍거리고 방안은 무거운 노란색 광선으로 가득 찼다. 공기는 상한 우유처럼 불투명했다. 보브까의 방으로 자릴 옮겨야겠다. 이건 완전히 한증탕이다. 그는 책과 서류가 산더미처럼 쌓여 있는 자신의 책상을 바라보았다. 블라지미르 이바노비치 스미르노프[2]인지 뭔지 하는 작자의 책만도 여섯 권이나 되었다……. 게다가 방바닥엔 온갖 종잇장들이 여기저기 널려 있었다. 자릴 옮긴다……. 생각만 해도 끔찍했다. 잠깐, 조금 전에 뭔가 묘안이 떠올랐는데……. 비, 빌어먹을…… 그 무슨 외인 관광국인지 뭔지를 찾는 웬 머저리 같은 계집애 때문에…… 가만있자, 아까 나는 부엌에 있었고, 그러다가 이리로 왔어…… 아! 등각 표현! 멍청한 생각이야. 그렇지만 한번 고려해 볼 필요는 있겠다…….

그는 끙하는 소리를 내며 소파에서 일어났다. 그러자 또다시 전화벨이 울리기 시작했다.

「병신!」 그는 전화기에다 대고 중얼거린 후 수화기를 들었다. 「여보세요!」

「보관소죠? 받으신 분이 누구세요? 보관소 맞죠?」

---

2 Vladimir Ivanovich Smirnov(1887~1974). 러시아의 수학자. 그의 『고등 수학 강의』는 러시아에서 표준적인 교과서로 쓰였다.

말랴노프는 수화기를 내려놓고 전화국으로 다이얼을 돌렸다.

「전화국이죠? 저, 여긴 93국에 9807인데요. 어제도 한 번 전화했는데요. 도대체 일을 할 수가 없어요. 진종일 잘못 걸려 오는 전화 땜에.」

「거기 번호가 어떻게 된다고요?」 심통 사나운 여자의 목소리가 그의 말을 막았다.

「93국에 9807요. 계속해서 무슨 외인 관광국이니 창고니 찾으며 전화가 걸려 온단 말입니다.」

「알았어요. 전화 끊으세요. 조사해 보겠습니다.」

「감사합니다.」 이미 끊어진 수화기에 대고 말랴노프는 거의 애원조로 말했다.

그러고 나서 그는 허우적거리며 책상으로 가 앉아 펜을 들었다. 에, 또 그러니까…… 근데 내가 이 적분을 어디서 봤더라? 균형이 딱 잡혀 있어. 사방이 대칭인 멋진 적분이다. 상수조차 아냐. 그냥, 그냥 단순히 제로야! 에라, 할 수 없다. 일단 이 녀석은 뒷전으로 놔두고…… 하지만 뭔가 뒷전으로 밀어 놓는 건 늘 켕긴단 말씀이야…… 꼭 충치같이 영 찜찜하거든…….

그는 지난밤에 해놓은 계산을 검토하기 시작했다. 점차 신바람이 났다. 아하, 이 총명함! 말랴노프! 자넨 정말 똑똑해! 마침내 뭔가 풀어 가고 있어. 그래. 여보게, 이건 진짜야. 이건 단순히 무슨 기계의 추측 같은 숫자가 아니라고. 여태껏 아무도 해낸 적이 없는 진짜야! 야호, 야호! 그렇지만 호사다마(好事多魔)이니 조심해야지……. 이 적분은……. 달려라, 적분, 달려,

더 빨리, 더, 더!

초인종이 울렸다. 깔랴이 소파에서 팔짝 뛰어내려 꼬리를 흔들며 현관으로 달려갔다. 말랴노프는 제 자리에 펜을 내려놓았다.

「정말 잘 달렸어.」 그가 중얼거렸다.

문을 열었다. 문 밖에는 땀에 흠뻑 젖은 면도도 안 한 후줄근한 사내가 서 있었다. 그는 지나치게 꽉 끼는, 뭐라 꼭 집어 말할 수 없는 기묘한 색깔의 재킷을 입고 있었다. 중심을 잡기 위해 몸을 약간 뒤로 젖힌 채 그는 커다란 판지 상자를 안고 있었다. 알아들을 수 없는 말을 중얼거리며 그는 말랴노프 앞으로 성큼 다가섰다.

「댁은…… 저…….」 주춤주춤 물러서며 말랴노프는 더듬거렸다.

후줄근한 사내는 이미 현관 안으로 들어와 있었다. 그는 오른편 방 쪽을 흘긋 보더니 결심한 듯 왼쪽으로 휙 돌아 리놀륨 바닥에 흰색 흙먼지 발자국을 남기며 부엌으로 걸어갔다. 사내는 상자를 걸상 위에 내려놓고 불룩한 주머니에서 영수증 뭉치를 꺼냈다.

「관리소에서 오셨군요?」 발꿈치로 그를 따라가며 말랴노프는 우물거렸다. 말랴노프에게는 왠지 이 사내가 배관공이며 욕실의 수도를 고쳐 주려고 마침내 나타난 거라는 생각이 퍼뜩 들었다.

「식품점에서 왔습니다.」 사내는 쉰 목소리로 대답하고 그에게 핀으로 철한 두 장의 영수증을 내밀었다. 「여기다 서명해 주시지요.」

「이게 뭡니까?」 말랴노프는 놀라서 물었다. 그리고 그것이 식료품 주문 용지라는 걸 알아차렸다. 코냑 두 병, 보드까……. 「아니, 잠깐만! 저, 제 생각엔 집을 잘못 찾아오신 거…….」

합계를 보는 순간 소름이 쫙 끼쳤다. 집에는 그만한 액수의 돈이 없었다. 순간적으로 그의 머리 속에 온갖 복잡한 생각들이 선명하게 교차했다. 즉, 이렇게 저렇게 해명을 하고, 어쨌든 물건을 거절하고, 이 사내와 담판을 짓거나, 가게에 전화를 하거나, 여하한 경우에는 직접 가게로 출두하거나…… 등등. 그러나 그 순간 영수증 한구석에 찍힌 보랏빛의 〈완납〉이라는 글자가 눈에 띄었다. 구매인의 성명은 I. E. 말랴노바. 이르까다! 이게 어찌된 영문인가…….

「그냥 여기다 서명만 하시면 됩니다. 바로 여기에다. 여기, X라고 표시된 칸에다……」 후줄근한 사내는 거무죽죽한 손톱으로 빈칸을 짚으며 재촉했다.

말랴노프는 사내의 몽당연필을 빌어 서명을 했다.

「감사합니다.」 연필을 돌려주며 그가 말했다. 「정말 감사합니다.」 비좁은 현관에서 사내와 몸을 부딪쳐 가며 말랴노프는 얼떨떨한 채 되풀이 말했다. 뭔가 저 작자에게 팁 같은 걸 집어줘야 될 텐데…… 잔돈이 없어. 「대단히 감사합니다. 안녕히 가세요!」 나가려는 깔람을 거칠게 발길로 막으며 그는 꽉 끼는 재킷의 등판을 향해 소리쳤다. 고양이는 층계참의 시멘트 바닥을 핥고 싶어 문 밖으로 나가지 못해 안달이었다.

「모를 일이야.」 그는 큰소리로 중얼거리고 부엌으로 갔다.

깔럄은 상자에다 대가리를 비벼 대고 있었다. 상자의 뚜껑을 열자 병, 꾸러미, 깡통 등의 윗면이 눈에 들어왔다. 영수증 사본이 식탁 위에 있었다. 음. 늘 그렇듯이 카본지는 흐릿했지만 거기 쓰인 글씨들은 읽을 만했다. 흠…… 모두 정확해. 구매인 I. E. 말랴노바. 주소……. 인사치곤 괜찮군. 그는 합계를 다시 보았다. 눈앞이 아찔했다. 그는 영수증을 뒤집어 보았다. 뒷면에는 아무것도 읽을 만한 것이 없었다. 눌려 죽은 모기 한 마리가 빈대처럼 달라붙어 있을 뿐. 이르까가 도대체 어찌된 일일까. 정신이 나간 것임에 틀림없어. 빚이 5백 루블이나 되는 우리 처지에…… 아니, 잠깐, 떠나기 전에 이르까가 이 비슷한 얘기를 한 것도 같고…….

그는 아내가 떠나던 날의 상황을 기억해 내기 시작했다. 열린 슈트케이스들, 집 안 전체에 널려 있던 옷가지들, 그리고 반쯤 벌거벗은 채 다리미를 휘둘러 대던 이르까……. 깔럄 밥 주는 거 잊지 마세요. 야채도 좀 먹이세요. 아세요, 왜 늘 주는 그 알싸한 풀 말이에요. 아파트 월세 꼭 내시고요. 만일 제 사무실에서 실장님이 전화하거든 친정집 주소 가르쳐 주세요. 이게 전부인 것 같네. 그 밖에 또 뭔가 말했던 것도 같고…….  그때 보브까가 따발총을 갖고 뛰어 들어왔지……. 맞아! 홑이불을 세탁소에 갖다 주라고 했어……. 정말 무슨 일인지 통 영문을 모르겠어.

말랴노프는 조심스럽게 상자에서 병을 꺼냈다. 코냑. 15루블. 맙소사! 오늘이 무슨 내 생일이나 뭐 그런 건가? 언제 이르까가 떠났더라? 목, 수, 화…… 그는 손가락을 꼽으며 과거로 거슬러 올라갔다. 열흘 전이야. 그러니까 가기 전에 미리 이걸 주문해 두었던 게 틀림없어. 아마 또 누군가에게 돈을 꿔서 지불했을 거다. 날 깜짝 놀라게 하려고. 빚이 5백 루블이나 되는데……. 깜짝 놀라게 해주려고! 한 가지 확실한 것은 이제 그가 가게에 갈 필요가 없어졌다는 것이었다. 그 밖의 것은 여전히 오리무중이었다. 생일? 아니야. 결혼기념일? 그런 것 같지도 않아. 아냐. 확실히 아니야. 그럼 보브까의 생일? 그건 겨울이었는데……. 그는 술병을 세기 시작했다. 열 병. 도대체 그녀는 누가 이걸 다 마시리라고 생각한 걸까? 1년 동안 마셔도 난 다 못 마셔. 베체로프스끼도 술은 거의 안 마시고, 발까 바인가르텐은 그녀가 탐탁지 않아 하는 인물이다.

깔럄이 무서운 소리로 가르랑거렸다. 상자 안에서 무언가의 냄새를 맡은 것이다…….

2

천엽 즙에 절인 연어, 그리고 해묵은 껍질에 싸여 있는 햄. 그는 설거지를 시작했다. 냉장고 안의 호사를 생각해 볼 때 쓰레기통 같은 부엌이 각별히 모욕적으로 느껴졌다. 그 동안에도 전화가 두 번이나 왔다. 그러나 말랴노프는 다만 턱에 힘을 주었을 뿐이다. 안 받는다, 안 받아. 거 무슨 외인 관광국인지 창고인지 찾는 놈들 다 뒈져 버려라. 프라이팬도 닦아야겠다. 아무렴……. 이제 그건 그렇고, 대체 문제의 핵심은 뭘까? 만일 그 적분이 실제로 제로라고 치자. 그러면 우변항에 남아 있는 건 모조리 제1차 그리고 제2차 도함수라는 얘기가 아닌가……. 물리학적으로 이해가 안 되는 얘기야. 그러나 아무래도 좋다. 좌우간 기포는 멋지게 생성될 거니까. 그래. 기포라고 부르자. 아니 어쩌면 그냥 캐비티라고 부르는 편이 더 근사하겠어. 말랴노프의 캐비티. 〈M-캐비티.〉 흐음…….

그는 닦은 그릇들을 선반 위에 가지런히 올려놓고 깔럄의 밥그릇을 들여다보았다. 먹이는 아직 너무 뜨거웠다. 김이 펄펄 오르고 있었다. 가엾은 깔럄. 식을 때까지 기다려야 하다니. 얼마나 배가 고플까. 불쌍한 녀석.

그때 그에게 바로 어제처럼 한 가지 생각이 불현듯 스쳤다. 그는 행주에 손을 닦고 있는 중이었다. 그리고 어제 그랬던 것처럼 처음엔 믿을 수가 없었다.

「가, 가, 가만있자…….」 그 사이에 그의 두 다리는 발꿈치가 척척 달라붙는 리놀륨 바닥을 지나 무거운 노란색 공기를 뚫고 그를 책상으로 날라다 주었다. 빌어먹을! 펜을 어디다 두었지? 잉크가 다 나갔군……. 에, 또, 그러니까 제2차 개념, 아니 제1차 근본 개념이 가르뜨비그[3]의 함수였구나……. 그리고 우변항 전체가 몽땅 사라진 것 같아. 캐비티는 축대칭을 형성했겠다. 그리고 적분값은 제로가 아니었던 거야. 즉, 제로는커녕 상당한 값의 양수였던 거라고. 게다가 이 도면은! 어허, 이 무슨 굉장한 그림인가! 어쩌다 내가 진작 이걸 알아내지 못했을까?

---

3 E. Gartvig. 러시아의 천문학자.

아냐, 괜찮아, 말랴노프. 자네만이 아니야. 누구더라, 왜 그 유명한 아카데미 회원 말이야. 그 친구도 이건 미처 몰랐다고. 약간 휘어진 노르스름한 공간에서 축대칭을 이룬 캐비티들이 마치 거대한 기포처럼 천천히 선회하였다. 물질이 그들 주위를 따라 흘렀으나 스며들지는 못했다. 경계 주변에 믿을 수 없을 만큼 조밀하게 밀착된 기포들이 빛을 발하기 시작했다. 와아! 그 다음엔 어떤 현상이 나타날 것인가! 침착해라, 말랴노프! 곧 알게 될 거야. 우선 섬유질 구조를 조사해 보고 그 다음엔 라고진스끼[4]의 현을. 그리고 나서는 행성 성운…… 헤, 여보게들, 자네들은 뭐라고 악악댔냐고. 뭐 이게 그냥 떨어져 나온 팽창 파편이라고? 허, 파편 웃기지 말라고, 정반대야!

또다시 저 빌어먹을 놈의 전화가 짖어 대기 시작했다. 말랴노프는 짜증스럽게 투덜거리며 쓰던 것을 계속했다. 에이, 당장 코드를 완전히 빼놔야겠어. 어딘가 절전 스위치가 있었는데……. 그는 소파로 몸을 던져 수화기를 들었다.

「여보세요!」

「미쨔?」

「그런데요…… 누구세요?」

「이제는 내 목소리도 못 알아듣냐, 망할 자식!」 바인가르텐이었다.

「으응. 발까로구나. 웬일이냐?」

바인가르텐은 머뭇거렸다.

---

[4] Ragozinskii. 러시아의 천문학자.

「너 전화 왜 안 받냐?」 그가 물었다.

「연구 중이야.」 말랴노프는 퉁명스럽게 대답했다. 그의 태도는 말할 수 없이 불친절했다. 그에겐 어서 책상으로 가 기포의 도면을 검토해 보고 싶은 마음밖에 없었다.

「흐음. 연구 중이시라……」 바인가르텐은 콧방귀를 꼈다. 「즉, 영원불멸의 상아탑을 쌓고 계신 중이시라고…….」

「웬일이야? 잠깐 들르려고 했나?」

「아, 아냐. 꼭 그런 건 아니고…….」

말랴노프는 완전히 자제력을 잃었다.

「그럼 도대체 뭘 원하는 거야?」

「이봐, 동지, 너 지금 연구하는 게 뭐야?」

「연구하고 있다고 했잖아.」

「아니…… 그게 아니고 〈뭘〉 연구하느냐고 물었어.」

말랴노프는 어안이 벙벙해졌다. 그는 벌써 바인가르텐과 25년째 알아 온 사이였다. 지난 25년간 바인가르텐은 말랴노프의 연구에 진짜 손톱만큼의 관심도 표명해 본 적이 없었다. 바인가르텐의 관심 대상은 바인가르텐 자신과 그 밖에 두 가지 괴상한 물건이었다. 1934년도에 주조된 20꼬뻬이까짜리 동전과 소위 〈영사의 50꼬뻬이까〉. 후자는 실제로는 50꼬뻬이까짜리 동전이 아니라 무슨 특별한 종류의 우표 딱지였다. 저 농땡이 녀석이 심심했구나. 말랴노프는 결론을 내렸다. 빈둥거리다가 싫증이 난 거야. 아니면 뭔가 아는 척하고 싶어 나불거리고 있는 건지도 몰라.

「내가 무얼 연구하고 있냐고?」 말랴노프는 즐거운 악의에 가득 차서 말했다. 「괜찮다면 아주 자세히 설명을 해드리지. 너 같은 생물학자님이 까무러칠 정도로 재미있어 할 얘기니까. 어제 아침 마침내 획기적인 단계에 도달했어. 가상 함수에 관한 가장 일반적인 가정상 내 운동 방정식은 에너지 적분과 운동량의 적분 외에도 적분을 한 개 더 포함하고 있는 것으로 나타났다 이거야. 이건 일종의 한계성 3장(三場) 문제를 일반화시킨 거라 할 수 있지. 만일 운동 방정식이 벡터 형태로 주어진다면 가르뜨비그의 변형 공식이 적용될 수 있고, 그 적분은 전체 방정식에 관련이 되는 거야. 그렇게 된다면 모든 문제는 꼴모고로프[5]-펠러[6] 타입의 미적분 방정식으로 요약될 수 있어.」

놀랍게도 바인가르텐은 죽은 듯이 듣고 있었다. 한 순간 말랴노프는 전화가 끊어진 줄 알았다.

「듣고 있는 거야?」 그가 물었다.

「그럼. 아주 잘 듣고 있어.」

「무슨 말인지 이해도 하고?」

「일부는.」 바인가르텐은 진지하게 대답했다. 말랴노프는 비로소 그의 목소리가 평소와 다르다는 것을 눈치 챘다. 겁이 나기까지 했다.

「발까, 무슨 일 있냐?」

「무슨 소리야?」 바인가르텐은 또 다시 머뭇거리며 물었다.

---

[5] Andrei Nikolaevich Kolmogorov(1903~1987). 러시아의 수학자. 확률론에 업적을 남김.
[6] William Feller(1906~1970). 미국의 수학자. 브라운 운동에 대한 수학적 해명에 기여.

「무슨 소리냐고? 물론 너 괜찮으냐는 소리야. 너 좀 이상하다. 빨리 말해 봐.」

「아냐, 아냐, 말도 안 돼. 나 괜찮아. 그냥 하도 더워서……. 너 두 마리 수탉에 관한 농담 알아?」

「몰라. 그게 어쨌다는 얘기야?」

언젠가 바인가르텐은 그에게 두 마리 수탉에 관한 농담을 얘기해 주었었다. 바보스러운, 그러면서도 상당히 웃기는 얘기였지만 전혀 바인가르텐이 할 만한 농담은 아니었다. 말랴노프는 물론 그 얘기를 들어 주었고, 적당한 대목에 가서 웃음을 터뜨렸다. 그러나 지금 그 농담 운운하는 것은 바인가르텐에게 뭔가 심상치 않은 일이 일어나고 있다는 불투명한 직감을 부채질해 줄 뿐이었다. 어쩌면 스베따와 또 한바탕 싸운 걸까. 그는 감을 못 잡으며 속으로 생각했다. 아니면 누군가가 그의 상피 세포 표본을 또 망쳐 놓았거나. 그때 바인가르텐이 물었다.

「이것 봐, 미쨔. 스네고보이라는 이름에서 뭐 생각나는 거 있니?」

「스네고보이? 아르놀드 빠블로비치 스네고보이? 그런 이름이 이웃에 있어. 바로 우리 앞집이야. 왜?」

바인가르텐은 잠시 동안 아무 말도 하지 않았다. 심지어 숨소리까지도 잠잠해졌다. 다만 짤랑거리는 소리가 희미하게 들릴 뿐이었다. 수집해 놓은 두 푼짜리 동전을 만지작거리고 있음에 틀림없었다. 그가 다시 물었다.

「그 스네고보이라는…… 뭐 하는 친구야?」

「물리학자…… 인 거 같아. 무슨 지하 엄폐호 같은 데서 일하나 봐. 1급 비밀이래. 그 사람은 어떻게 알았니?」

「나 그 친구 몰라.」 바인가르텐은 무엇 때문인지 낙심천만의 목소리로 대답했다. 그때 초인종이 울렸다.

「도대체 오늘은 이게 웬 난린가!」 말랴노프가 말했다. 「기다려, 발까. 어떤 녀석이 문을 때려 부수고 있어.」

바인가르텐이 무어라고 말하는 소리가, 아니 심지어 고함을 지르는 소리가 들렸으나 말랴노프는 수화기를 소파 위에 던져놓고 현관으로 달려갔다. 어느새 나타난 깔랴미가 발 근처에서 얼씬거리는 통에 그는 하마터면 그놈을 짓밟을 뻔했다.

문을 열자마자 그는 흠칫 물러섰다. 문간에는 흰색 미니 점퍼를 입은 젊은 여자가 서 있었다. 햇빛에 까맣게 그은 피부에, 짧은 머리 또한 햇빛에 색이 바랜 듯했다. 미인이다. 처음 보는 여자다. (말랴노프는 순간 자신은 팬티 바람이며 땀이 번지르르한 아랫배가 그대로 드러난 상태임을 상기했다.) 그녀 옆에는 슈트케이스가 바닥에 놓여 있었고 왼손에는 재킷이 들려 있었다.

「드미뜨리 말랴노프 씨죠?」 당황한 듯 그녀가 물었다.

「그, 그, 그런데요.」 친척? 옴스끄에서 온 6촌 동생 지나?

「실례를 용서하세요, 드미뜨리 알렉세예비치. 제가 좋지 않은 때 온 것 같네요. 저, 이거……」 그녀는 봉투를 하나 내밀었다. 말랴노프는 그것을 묵묵히 받아 안에서 쪽지를 끄집어냈다. 이 세상에 존재하는 모든 친척이란 이름의 족속들, 특히 이 지나인지 조야인지 하는 친척을 향한 불같은 분노가 그의 가슴속에서 치밀어 올랐다.

그러나 알고 보니 그녀는 6촌이 아니었다. 이리 꾸불 저리 꾸불 하는 커다란 글씨로 이르까가 쓴 편지. 〈얘는 리드까 뽀노마레바라고 친한 여학교 동창이에요. 전에 말했던 바로 걔예요. 잘해 줘요. 신경질 내지 말고요. 오래 있지 않을 거예요. 여긴 다 잘 있어요. 리드까가 다 얘기해 줄 거예요. 사랑해요. I.〉

말랴노프는 들리지 않게 긴 한숨을 쉬고 눈을 지그시 감았다가 떴다. 그러나 이미 그의 입술은 자동적으로 상냥한 미소를 띠며 벌려졌다. 그는 친절하고 허물없는 태도로 말했다.

「반갑습니다……. 어서 들어오세요. 저…… 제 꼴이 지금 말씀이 아닙니다만…… 워낙에 웬만큼 더워야죠!」

그러나 그의 환영사에는 뭔가 잘못이 있었음에 틀림없었다. 아름다운 리다의 얼굴은 갑자기 당혹감으로 흐려졌고 햇살이 가득한 층계참을 뒤돌아보기까지 했다. 마치 내가 집을 제대로 찾아온 건가 하는 듯이.

「자, 여기, 짐은 제가 들어 드리지요.」 말랴노프는 재빨리 말했다. 「들어오세요, 들어와요. 내 집이려니 생각하시고……. 재킷은 여기다 거시고. 여기가 저희 안방이에요. 제 서재를 겸하고 있지요. 그리고 여긴 보브까 방이고…… 이 방에다 여장을 푸시지요. 샤워하시겠어요?」

그때 소파에서 비음의 비명 소리가 들려 왔다.

「이크, 죄송합니다.」 그는 얼떨결에 소리를 질렀다. 「자, 쉬고 계세요. 저는 잠시 실례…….」

그는 아까 내동댕이쳐 놨던 수화기를 들었다. 바인가르텐이 전혀 제 목소리가 아닌 괴상한 목소리로 단조롭게 질러 대는 고함 소리가 들렸다.

「미뜨까, 미뜨까…… 대답해, 미뜨까……」

「여보세요!」 말랴노프가 말했다. 「발까, 나야……」

「미뜨까!」 바인가르텐이 소리를 빽 질렀다. 「너니?」

말랴노프는 겁이 더럭 났다.

「왜 그래? 뭣 땜에 소릴 지르는 거야? 지금 손님이 오셨어. 나중에 내가 걸게.」

「누구야? 누가 왔어?」 바인가르텐은 무시무시한 소리로 물었다.

말랴노프는 전신에 원인 모를 섬뜩한 한기를 느꼈다. 발까가 드디어 미쳤구나. 오늘은 도대체가…….

「발까. 너 오늘 왜 그러니?」 조용조용 그가 말했다. 「여자 분이 한 분 찾아 오셨어……. 이르까의 동창이셔…….」

「개, 개새끼!」 갑자기 바인가르텐은 내뱉더니 전화를 끊었다.

## 제2장

3

그녀는 미니 점퍼에서 미니스커트와 미니 블라우스로 갈아입었다. 여기서 밝혀 두어야 할 것은 그녀가 굉장히 매력적인 여성이라는 사실이다. 그리고 말랴노프는 그녀에게 브래지어는 전혀 불필요하다는 결론에 도달했다. 그녀는 브래지어를 할 필요가 없었다. 그것 없이도 완벽한 형태의 가슴이었으니까. 그리고 말랴노프는 〈M - 캐비티〉에 관해서 더 이상 아무것도 생각하지 않았다.

그러나 어쨌든 모든 일은 매우 예절바르게 진행되었다. 가장 엄격한 가정에서나 볼 수 있는 그런 격식 말이다. 즉 그들은 앉아서 대화를 나누고 차를 마셨다. 그 무렵 그는 이미 〈디모츠까〉가 되어 있었고, 그녀는 그에게 〈리도츠까〉가 되어 있었다. 석 잔째 차를 마신 후 디모츠까는 두 마리 수탉에 관한 농담을 했고 — 그냥 갑자기 그 생각이 나서 — 리도츠까는 깔깔대며 아무것도 걸치지 않은 맨살의 팔을 디모츠까를 향해 휘둘렀다. 그는 수탉 덕분에 바인가르텐에게 전화해야 함을 기억했으나 전화를 거는 대신 리도츠까에게 말했다.

「정말 멋지게 태우셨군요.」
「선생님은 정말 백지장처럼 하얗고요.」
「그놈의 일, 일, 일 땜에.」
「제가 일하는 소년단 캠프에서는 말이죠……」

리도츠까는 아주 상세하게, 그러나 한편 고혹적으로 소년단 캠프에서 사람들이 일광욕하는 방법을 설명했다. 그래서 그는 답례로 〈위대한 안테나〉 캠프에서 일광욕하는 법을 얘기했다.

위대한 안테나 캠프가 뭔데요라고 그녀는 물었고, 그래서 그는 위대한 안테나에 대해 설명했다. 그녀는 쭉 뻗은 다갈색 다리를 꼰 채로 보브까의 걸상에 올려놓았다. 그녀의 다리는 거울처럼 매끄러웠다. 말랴노프는 실제로 그녀의 다리에 물건이 비치고 있다고 생각했다. 신경을 다른 데 쏟기 위해 말랴노프는 자리에서 일어나 펄펄 끓는 주전자를 가스 불에서 내려놓았다. 그는 뜨거운 김에 손가락을 데었고 미녀와의 접촉에서 오는 사악한 유혹을 뿌리치기 위해 불과 열로 자신을 단련시켰다는 어떤 수도사를 생각했다. 의지가 강한 친구야.

「자, 한 잔 더 하시겠어요?」 그가 물었다.

리도츠까가 아무런 대답도 하지 않으므로 그는 그녀를 향해 돌아섰다. 그녀는 연한 색 눈을 동그랗게 뜨고서 그를 보고 있었다. 그녀의 곱게 탄 얼굴은 야릇한 표정을 짓고 있었다. 공포도 아니고 당혹함도 아닌 괴상한 표정이었다. 그녀는 입을 헤벌리고 있었다.

「조금 따를까요?」 주저하며 말랴노프가 물었다.

리도츠까는 일어서서 눈을 몇 번 깜박거린 후 손가락으로 이

머리를 쓰다듬었다.

「뭐라고 하셨어요?」

「차 좀 더 하시겠냐고요.」

「아뇨. 됐어요.」 그녀는 마치 아무 일도 없었던 것처럼 웃었다. 「몸매 생각을 해야죠.」

「아, 그럼요.」 용기를 내어 그가 말했다. 「그 정도의 몸매라면 신경 써야 하고말고요. 보험에라도 들어야 되겠습니다.」

그녀는 보일락 말락 하게 미소를 짓고 고개를 돌려 뜰을 내다보았다. 그녀의 목은 길고 부드러웠다. 어쩌면 조금 너무 가는지도 몰랐다. 그러나 말랴노프의 생각은 조금 달랐다. 그녀의 목은 키스를 위해 이 세상에 존재한다고 그는 생각했다. 그녀의 어깨도, 그리고 다른 부분도……. 꼭 키르케[1] 같아. 그는 생각했다. 그리고 즉시 덧붙였다. 그러나 나는 나의 이르까를 사랑한다. 죽는 날까지 내 아내를 배신하지 않을 것이다…….

「기묘해요.」 키르케가 말했다. 「여기 있는 모든 걸 언젠가 꼭 한번 본 느낌이에요. 이 부엌, 그리고 뜰……. 다만 그때는 뜰에 커다란 나무가 있었지요. 선생님도 이런 경험 있으세요?」

「있고말고요.」 말랴노프는 기꺼이 대답했다. 「제 생각에는 누구나 그러는 거 같아요. 어디선가 읽었는데 그런 현상을 기시감(旣視感)이라고 한대요.」

「그럴지도 모르죠.」 그녀는 의심스럽다는 듯이 말했다.

말랴노프는 소리를 내지 않으려고 조심조심 뜨거운 차를 마

---

[1] 호메로스의 『오디세이아』에 등장하는 마녀. 남자를 돼지로 만들었음.

셨다. 화기애애하던 분위기가 갑자기 정지되었다. 그녀는 무언가 걱정스러운 듯이 보였다.

「언젠가 한 번 뵌 것 같아요.」 갑자기 그녀가 말했다.

「언제요? 전혀 기억에 없는데.」

「그냥 우연히. 길거리에서. 아니면 댄스파티 같은 곳에서.」

「댄스파티요? 저는 춤추는 법 다 잊어버린 지 오래예요.」

그들은 둘 다 아무 말도 하지 않았다. 죽음처럼 무거운 침묵. 말랴노프는 좀이 쑤셔 발가락을 꼼지락거렸다. 어디에다 시선을 두어야 할지조차 모르고, 머릿속에서는 할 말들이 드럼통의 돌멩이처럼 소용돌이치고 있으나, 그것들은 대화를 연결시켜 주거나 새로운 화제를 시작하는 데는 아무런 쓸모도 없는 끔찍한 상황이었다. 무슨 말을 할 것인가. 〈깔럄이 화장실 변기로 가고 있군요〉, 아니면 〈올해는 토마토가 완전히 흉작이래요〉, 아니면 〈차 한 잔 더 하시겠어요?〉 혹은 〈이곳이 맘에 드세요?〉 등등.

말랴노프는 참아 주기 어렵게 위장된 목소리로 물었다.

「에, 또, 그래 이 멋진 도시에서 무슨 좋은 계획이 있으신지요, 리도츠까?」

그녀는 아무 말도 하지 않았다. 무언가에 화들짝 놀란 사람처럼 눈을 똥그랗게 뜨고 그를 바라보았다. 그러더니 미간을 찌푸리며 시선을 돌렸다. 그녀는 입술을 깨물었다. 말랴노프는 언제나 자신이 심리 파악에 둔하며 늘 다른 사람의 심중을 헤아리는 데 낙제생임을 자인해 왔다. 그러나 그러한 그에게도 자신의 질문이 저 아름다운 리도츠까의 관심과는 동떨어진 것임은 의심할 여지 없이 확실했다.

「좋은 계획이요……?」 마침내 그녀가 중얼거렸다. 「그럼요. 물론, 저……」 그녀는 갑자기 기억이 되살아난 듯 말했다. 「에르미따쥐 박물관에 물론 가야겠죠. 인상파 화가들…… 그리고 네프스끼 거리…… 또 저는 백야라는 걸 한 번도 본 적이 없으니까……」

「조촐한 일정이시군요.」 그녀의 말을 거들어 주며 말랴노프는 재빨리 말했다. 그는 사람들이 하는 수 없이 거짓말을 해야만 할 때 언제나 안절부절못했다. 「차를 좀 더 따라 드릴게요.」

그녀는 걷잡을 수 없는 웃음을 터뜨렸다.

「디모츠까.」 예쁘게 입을 삐죽거리며 그녀가 말했다. 「왜 그렇게 차 마시라고 절 못살게 구세요? 고백을 해야겠네요. 저 이런 차 안 마셔요……. 게다가 이런 더위에!」

「그럼 커피?」

그녀는 커피도 단호히 거절했다. 더울 때는, 특히 자기 전에는 커피 마시면 안 돼요. 말랴노프는 그녀에게 자기가 쿠바에 있었을 때 커피야말로 그 무지무지한 더위를 이기게 해준 유일한 음료수였음을 얘기했다. 그는 간의 자율 신경계에 미치는 커피의 영향력을 설명했고, 또 내친김에 쿠바에서 사람들은 미니스커트 아래로 팬티가 나오도록 입고 다닌다는 말도 했다. 그리고 만일…….

4

 그리고 그는 포도주를 한 잔 더 따랐다. 존칭어 〈당신〉 대신 비존칭 대명사 〈너〉를 쓰기로 한 자신들의 결정을 위해 건배하자는 의견에 그들은 합의를 보았다. 그러나 키스는 생략하기로 했다. 두 지성인 사이에 키스가 무슨 필요가 있는가. 중요한 것은 영혼의 교감이니까. 그들은 비존칭 대명사를 쓰기로 한 것에 대해 건배했고 영혼의 교감과 새로운 분만법과 또 용기와 용맹과 용감의 차이점에 대해 토론했다.

 그러는 사이에 리슬링 한 병이 바닥이 났다. 말랴노프는 빈 병을 발코니에 내놓고 카베르네를 가지러 홈바로 갔다. 그들은 이르가가 아끼는 반투명 수정 글라스에 카베르네를 마시기로 합의했다. 그래서 글라스를 우선 차게 식혔다. 남자다움과 용기에 관한 대화에 이어서 여성다움에 대한 대화를 할 때 그 차가운 적포도주는 각별히 훌륭했다. 그들은 도대체 어떤 멍청이가 적포도주는 냉장시키면 안 된다고 했을까 하고 의아해했다. 그리고 그 문제를 진지하게 토론했다. 차게 식힌 적포도주는 각별히 훌륭하지 않습니까? 그럼요, 여부가 있겠습니까. 그건 그렇고 차게 식힌 적포도주를 마신 여성은 특별히 더 예뻐 보인다. 어딘지 마녀처럼 보인다. 어디가? 그저 어딘지. 〈어딘지〉— 훌륭한 표현이다. 이를테면 당신은 어딘지 돼지 같군요……. 맘에 들어. 그건 그렇고, 마녀 생각이 난 김에, 결혼에 대해 어떻게 생각하십니까? 진정한 결혼 말입니다. 지적인 결혼. 결혼은 약속이죠. 말랴노프는 포도주를 더 따르고 자신의 의견을 계속 토로했다. 그 점에서 남편과 아내는 친구라 할 수 있죠. 그들 사이에 가장 중요한 것은 우정이고요. 진실과 우정. 결혼. 그것은 우정입니다. 우정에 관한 약속, 아시겠어요? 제 이르까를 아시니까 말씀인데…….

초인종이 울렸다.

「또 누군가?」 손목시계를 보며 말랴노프가 말했다. 「여기 있어야 할 사람은 다 있는 것 같은데.」

열 시 조금 전이었다. 〈있을 사람은 다 있는데〉를 연신 중얼거리며 말랴노프는 현관으로 갔다. 그리고 당연한 일이지만 문간에서 깔럅을 밟고 말았다. 깔럅이 비명을 질렀다.

「악당, 꺼져 버려!」 말랴노프는 한마디 해주고 문을 열었다.

손님은 그의 이웃, 아르놀드 빠블로비치 스네고보이였다.

「너무 늦었나 봐요?」 머리 위로부터 천둥 같은 소리가 들렸다. 집채만 한 거구의 사내였다. 은발의 악마.

「아르놀드 빠블로비치!」 말랴노프는 헬렐레한 목소리로 말했다. 「친구지간에 늦은 시간이 따로 어디 있습니까. 어서 들어오세요.」

말랴노프가 힘 빠져 하는 원인을 재빨리 간파한 스네고보이는 망설였으나 말랴노프가 그의 소매를 잡아끌었다.

「시간에 딱 맞춰 오셨습니다.」 스네고보이를 부엌으로 안내하며 말랴노프는 주절거렸다. 「굉장한 여성이 한 분 계십니다. 리도츠까! 이분은 아르놀드 빠블로비치 씨예요. 술과 잔을 더 가져올게요.」

이미 그의 눈에는 천지가 약간 춤추듯 보였다. 좀 더 솔직히 말하자면 그것도 〈약간〉이 아니라 좀 과하게. 더 이상 마시면 안 되었고 자신도 그걸 알았다. 그러나 손님들의 기분을 깨지 않기 위해서 좀 더 마셔야겠다고 작정했다. 저 남녀가 서로 끌렸으면 좋겠어. 찬장 앞에서 비틀거리며 그는 생각했다. 누르스름한 노을이 창밖으로 보였다. 아르놀드는 괜찮은 상대야. 독신이고. 그리고 내겐 이르까가 있다! 허공에 대고 손을 휘젓다가 그는 찬장 앞으로 고꾸라졌다.

다행히 깨진 것은 없었다. 그가 새 글라스와 〈황소의 피〉를 한 병 가지고 부엌으로 돌아왔을 때 식탁의 분위기는 한 마디로 가관이었다. 그들은 외면을 한 채 침묵 속에서 담배를 피우고 있었다. 그리고 말랴노프는 어쩐지 그 두 남녀의 얼굴이 사악하다고 느꼈다. 리도츠까의 얼굴은 사악하도록 아름다웠고 불에 덴 자국이 있는 스네고보이의 얼굴은 사악하도록 근엄했다.

「그 누가 환희의 목소리를 죽여 놓았을까요?」 말랴노프는 대담하게 입을 열었다. 「이 먼지 같은 세상에서 그래도 누릴 만한 향락이 있다면 대화의 기쁨뿐인데! 누가 이런 얘길 했는지 기억은 안 나지만서도요. 자, 대화를, 에, 또, 그 기쁨을 만끽합시다!」

그는 병마개를 땄다. 포도주는 말랴노프의 손가락 사이로 흘러 식탁 전체에 엎질러졌다. 스네고보이는 흰 바지를 버릴까 봐 얼른 일어나 피했다. 그는 진짜 거구의, 비정상적으로 거구의 인간이었다. 현대처럼 인구 밀도가 높은 세상에서 인간은 절대로 저렇게 비대해선 안 돼. 식탁을 행주로 훔쳐 내며 말랴노프는 생각했다. 스네고보이는 다시 의자로 돌아와 앉았다. 의자에서 우지끈 소리가 났다.

시간이 꽤 흘렀다. 그러나 그때까지 소위 대화의 기쁨이란 것은 말랴노프의 술 취한 독백과 불분명한 감탄사에 의해서만 표현되고 있을 뿐이었다. 아, 빌어먹을 지성인의 수줍음! 두 명의 절대적으로 아름다운 인간이 즉시 서로에게 마음을 열지 못하고 있다니! 서로를 가슴과 가슴으로 받아들이지 못하고, 첫눈에 친구가 되질 못하고 있어! 말랴노프는 자리에서 일어나 술잔을 높이 쳐들고 그 주제에 관해 떠들었다. 그러나 소용없었다. 그들은 마셨다. 그것도 소용없었다. 리도츠까는 무료한 듯 창밖을 내다보았고 스네고보이는 거대한 갈색의 손으로 식탁 위의 빈 술잔을 빙글빙글 돌리고 있었다. 말랴노프는 처음으로 아르놀드 빠블로비치의 팔뚝도 화상을 입었음을 발견했다. 팔꿈치까지, 아니 그보다도 훨씬 더 위쪽까지 온통 불에 덴 흔적이 있었다. 그 사실에 자극을 받은 말랴노프가 물었다.

「저기, 아르놀드 빠블로비치, 언제 뜨실 겁니까?」

스네고보이는 눈에 띌 정도로 몸을 부르르 떨고는 그를 바라보았다. 그는 목을 움츠리며 어깨를 구부렸다. 말랴노프는 그가 일어나려 한다는 느낌을 받았다. 그리고 순간적으로 자신의 질문이 다른 의미로 들릴 수도 있었다는 것을 깨달았다.

「아르놀드 빠블로비치!」 천장을 향해 양팔을 벌리며 그는 소리쳤다. 「맙소사! 제가 말하려 했던 건 그게 아니에요! 리도츠까, 이분은 진짜 수수께끼의 인물이랍니다. 가끔 완전히 종적을 감춘답니다. 어느 날 저희 집에다 열쇠를 맡기고 그야말로 공기 중으로 증발해 버려요. 한 달 내지 두 달 정도 없어졌다가 어느 날 벨이 울려 나가 보면 돌아와 있는 거예요.」 그는 자신이 너무 주책을 떨고 있으며 이제 그만 입을 닥치고 주제를 다른 걸로 바꿔야 한다는 것을 깨달았다. 「아르놀드 빠블로비치, 제가 얼마나 선생을 좋아하는지, 제가 늘 얼마나 선생과 얘기하는 걸 좋아하는지 누구보다도 잘 아시지요? 그러니까 새벽 두 시 전에 자릴 뜰 생각일랑 하지 마십시오.」

「알다마다요, 드미뜨리 알렉세예비치.」 그는 우레와 같은 소리로 대답하고 손바닥으로 말랴노프의 등판을 철썩 소리가 나도록 쳤다. 「그럼요, 그럼요.」

「그리고 이분은 리도츠까 씨.」 그녀 쪽을 가리키며 말랴노프가 말했다. 「집사람의 여학교 동창이에요. 오데사에서 오셨습니다.」

스네고보이는 마지못해 한마디 했다.

「레닌그라드에는 오래 계실 건가요?」

그녀는 다소 공손하게 대답했고 그는 다른 질문을, 뭔가 백야(白夜)에 관한 것을 물어 보았다.

간단히 말해 그들은 어떻든 대화의 향락을 바야흐로 누리기 시작하는 듯 보였고, 따라서 말랴노프는 한숨 돌릴 수 있었다. 안 돼, 안 돼. 더 마시면 곤란해. 무슨 창피냐, 말랴노프! 이미 완전히 곤드레만드레 되어 가지고! 한 마디 말도 듣지도 이해하지도 못하면서 그는 몽롱하게 스네고보이의 지옥 불에 탄 듯한 무시무시한 얼굴을 바라보았다. 그리고 아무 이유 없이 양심의 가책을 고통스럽게 느꼈다. 고통을 더 이상 견딜 수 없게 되었을 때 그는 조용히 자리에서 일어났다. 그리고 더듬더듬 벽을 짚으며 욕실로 가 안에서 문을 잠갔다. 우울한 절망감에 사로잡혀 그는 욕조 가장자리에 잠시 동안 앉아 있었다. 그리고 찬물을 세게 틀어 그 속으로 머리통을 그대로 밀어 넣었다.

그가 정신을 차리고 셔츠의 칼라에서 물을 뚝뚝 흘리며 자리로 돌아왔을 때 스네고보이는 경직된 자세로 두 마리의 수탉에 관한 농담을 하는 중이었다. 리도츠까는 고개를 뒤로 젖히고, 키스를 위해 존재하는 자신의 목을 드러내 보이며 큰소리로 웃었다. 비록 말랴노프는 예절을 일종의 예술의 경지까지 고양시키는 사람들에 대해 과히 좋은 감정은 없었지만 그래도 리도츠까의 태도는 좋은 조짐이라고 생각했다. 그러나 대화의 향연은 다른 모든 향연처럼 상당한 정도의 노력을 필요로 했다.

그는 리도츠까가 다 웃기를 기다렸다가 분발하여 그들 남녀가 들어 본 적이 있을 턱이 없는, 천문학과 관련된 일련의 농담을 쉬지 않고 지껄였다. 그에게 농담이 바닥이 나자 리도츠까가 해변가 농담으로 자리를 즐겁게 했다. 그러나 진실을 말하자면 그녀의 농담은 시시했고 그녀 자신 또한 농담하는 법을 모르는 것 같았다. 그 대신 그녀는 어떻게 웃어야 하는지 잘 알았고 그녀의 치아는 각설탕처럼 반짝였다. 그리고 나서 대화는 어느덧 점치기로 넘어갔다. 리도츠까는 자신이 세 명의 남편을 갖게 될 것이며 그러나 자식은 하나도 없을 거라면서 어느 집시 여자가 점을 쳐주었다는 얘기를 했다. 「점치는 데는 항상 집시 여자가 껴야 말이 되거든.」 말랴노프는 중얼거렸다. 그러고 나서 언젠가 집시 여자가 자신이 은하계의 항성과 확산 물질

간의 상호 관계에 관해 굉장한 발견을 할 것이라 예언했다고 자랑했다. 그들은 냉각시킨 〈황소의 피〉를 조금 더 마셨다. 그러자 스네고보이가 갑자기 자신의 이상한 이야기를 하기 시작했다.

점쟁이의 예언에 의하면 스네고보이는 여든세 살에 그린란드에서 명을 다 하리라는 것이었다. 〈그린란드 사회주의 공화국에서〉라고 말랴노프는 농담을 했으나 스네고보이는 정색을 하고 말했다. 「아니, 그냥 그린란드에서요.」

그는 진짜로 그 예언을 꽉 믿었다. 그로 인해 간혹 주위 사람들을 짜증스럽게 했다. 전쟁 때 후방에서 한번은 이런 일이 있었다. 그의 친구 중의 하나가 술에 취해, 아니 당시 유행하던 말로 〈고주망태〉가 되어 그와 입씨름을 하다가 그의 바보 같은 신념에 화를 벌컥 냈다. 그는 다짜고짜 권총을 빼서 스네고보이의 관자놀이에 들이댔다. 그리고 〈그래? 어디 그런가 보자〉 하며 방아쇠를 당겼다.

「그래서요?」 리도츠까가 물었다.

「죽었지요.」 말랴노프는 또다시 농담을 했다.

「빗나갔어요.」 스네고보이가 조용히 말했다.

「괴짜 친구 분들과 알고 지내시는군요.」 리도츠까가 고개를 갸우뚱하며 말했다.

그녀는 정곡을 찌른 셈이었다. 아르놀드 스네고보이는 자신에 관해 거의 말을 하지 않는 편이었지만 일단 그가 한 얘기는 모두 잊기 어려운 것들이었다. 그리고 그의 얘기가 사실이라면 확실히 그에겐 괴상한 친구들이 있었다.

그리고 말랴노프와 리도츠까는 어떻게 하여 아르놀드 빠블로비치가 그린란드에 가게 될 것인가에 관해 격렬한 논쟁을 벌였다. 말랴노프는 비행기 추락설을 고집했고 리도츠까는 바캉스설을 주장했다. 아르놀드 본인은 잠자코 앉아서 푸르뎅뎅한 입술을 동그랗게 하고 줄담배를 피우고 있을 뿐이었다.

말랴노프는 술병이 바닥난 것을 발견했다. 그래서 한 병 더 가져오려고 일어서자 아르놀드 빠블로비치가 그를 말렸다. 그저 잠깐 들른 것뿐이며 이젠 집에 가봐야 한다는 것이었다. 반면 리도츠까는 기꺼이 좀 더 하고 싶은 눈치였다. 취기조차 전혀 없는 듯했다. 술 마신 흔적이 있다면 홍조를 띤 양볼뿐.

「아니, 됐어요.」 스네고보이가 말해다. 「가봐야겠어요. 드미뜨리 알렉세예비치, 좀 바래다주시겠어요? 안녕히 주무세요, 리도츠까 씨. 만나 뵈어 반가웠습니다.」

그가 굼뜨게 일어서자 부엌은 다시 그의 육중한 체구로 꽉 찼다. 그들은 현관으로 함께 걸어갔다. 말랴노프는 계속 한 병 더 마시고 가라고 그를 붙잡았으나 그는 은발의 머리를 단호하게 가로 저으며 뭔가 거절의 말을 중얼거렸다. 문간에서 그는 갑자기 큰소리로 외쳤다.

「아, 참 드미뜨리 알렉세예비치! 전에 약속드렸던 책 말씀인데요. 지금 드릴 테니 저의 집으로 가시지요.」

〈책이라뇨?〉라고 말랴노프는 말할 참이었으나 스네고보이의 통통한 손가락이 그의 입을 막았다. 스네고보이는 그를 층계참 건너 자신의 아파트 쪽으로 잡아끌었다. 입술에 와 닿은 통통한 손가락에 간담이 서늘해진 말랴노프는 아무 소리도 못하고 그의 뒤를 졸졸 따라갔다. 한 손으로 말랴노프의 팔을 잡은 채로 그는 묵묵히 주머니에서 열쇠를 꺼내 문을 열었다. 집 안의 불이란 불은 모조리 켜져 있었다. 현관, 방, 부엌, 심지어 목욕탕까지. 해묵은 담배 냄새와 지독한 향수 냄새가 코를 찔렀다. 말랴노프는 그들이 이웃해 온 지난 5년간 자신이 한 번도 이 집에 들어와 본 적이 없었음을 새삼스럽게 깨달았다. 스네고보이가 그를 안내한 방은 깨끗이 치워져 있었다. 모든 전등에 불이 켜져 있었다. 천장에 달린 전구 세 개짜리 샹들리에, 소파 옆에 세워진 스탠드, 그리고 작은 탁상용 스탠드. 의자 등받이에는 은단추와 견장, 메달, 훈장 등이 달린 윗도리가 걸쳐져 있었다. 헤, 우리들의 아르놀드 빠블로비치가 대령이었구먼…… 대령이라!

「책이라뇨?」 마침내 말랴노프가 물었다.

「아무거나. 이거…… 잊어버리지 않게 들고 계세요. 잠깐 앉읍시다.」

스네고보이는 초조한 듯 말했다. 완전히 어안이 벙벙해진 말랴노프는 시키는 대로 책상에서 두꺼운 책을 한 권 집었다. 겨드랑이에다 책을 꽉 끼고서 그는 스탠드 불 아래의 소파 위에 깊숙이 앉았다. 아르놀드 빠블로비치는 그의 옆에 앉아 담배에 불을 붙였다. 그는 말랴노프의 시선을 피하며 입을 열었다.

「다름이 아니고…… 다름이 아니고…… 저, 우선, 그 여자 누굽니까?」

「리도츠까요? 말씀드렸잖아요. 집사람 친구라고. 그런데 왜요?」

「잘 아는 사입니까?」

「아, 아뇨. 오늘 처음 인사했어요. 편지를 가지고 왔어요…….」 말랴노프는 잠시 말을 멈췄다. 그리고 깜짝 놀라 물었다.「왜요? 선생은 그 여자가 무슨…….」

스네고보이가 그의 말을 막았다.

「그 질문은 나중에 제가 하겠습니다. 시간이 없어요. 지금 연구하시는 게 뭐죠, 드미뜨리 알렉세예비치?」

말랴노프는 즉시 발 바인가르텐의 전화를 기억해 내곤 식은땀을 흘렸다. 그는 쓴웃음을 지으며 말했다.

「오늘은 모든 사람이 내 연구에 관심이 있습니다그려.」

「누가 또?」 푸른 눈으로 그를 뚫어지게 바라보며 스네고보이가 재빨리 물었다.「저 여자가?」

「아니, 뭐, 저, 바인가르텐밖에…… 제 친굽니다.」

「바인가르텐.」 스네고보이는 되풀이해서 중얼거렸다.「바인가르텐…….」

「의심하실 거 없어요.」 말랴노프가 말했다.「그 친구 잘 알아요. 초등학교 때부터 친구예요. 여태까지 줄곧…….」

「구바르라는 이름에서 뭐 생각나는 거 없습니까?」

「구바르? 아뇨……. 대체 무슨 일입니까?」

스네고보이는 담배를 재떨이에 비벼 끄고 새 가치에 불을 붙였다.

「그 밖에 누가 또 선생의 연구에 관해 문의를 했습니까?」

「아무도 없어요.」

「그래, 지금 연구하시는 게 뭐죠?」

말랴노프는 화가 치밀었다. 그는 언제나 겁에 질리면 화부터 났다.

「여보세요, 아르놀드 빠블로비치.」 그가 말했다. 「도무지 무슨 말씀이신지 이해가 안 갑니다.」

「저 역시!」 스네고보이가 말했다. 「저 역시 이해하고 싶은 마음 간절합니다. 말씀해 주세요! 아니, 잠깐, 혹시 기밀 연구에 해당하는 거 아녜요?」

「기밀 연구는 무슨!」 말랴노프는 짜증스럽게 말했다. 「단순히 평범한 천체 물리학과 항성 역학일 뿐입니다. 항성과 확산 물질 간의 상호 관계에 관한 거예요. 비밀이랄 것이 아무것도 없다고요. 다만 연구를 마칠 때까진 거기에 대해 지껄이고 싶지 않은 것뿐이에요.」

「항성과 확산 물질이라……」 스네고보이는 천천히 반복하고서 어깨를 으쓱했다. 「여기는 땅, 저기는 물…… 그리고 기밀이 아니란 말씀이죠? 일부 정도도?」

「글자 한 자도.」

「그리고 구바르란 사람 모르신다는 거 확실하고요?」

「그리고 구바르란 사람 모른다는 거 확실합니다.」

스네고보이는 묵묵히 연기를 뿜어 댔다. 등이 굽은 무시무시한 거인. 거인이 입을 열었다.

「흠, 이쪽엔 구린 데가 없는 것 같군. 드미뜨리 알렉세예비치, 이제 다 됐습니다. 실례했다면 용서하십시오.」

「하지만 나는 다 안 됐습니다.」 말랴노프는 떼쓰듯 말했다. 「말씀해 주세요. 도대체 왜……」

「제겐 말할 권리가 없습니다.」 스네고보이는 딱 잘라서 거절했다.

물론 말랴노프는 그 정도로 물러설 작정이 아니었다. 그러나 순간 그는 머리털이 곤두서는 물건을 발견하고 혀가 굳어 버렸다. 스네고보이의 엄청나게 큰 바지 왼쪽 주머니가 불룩 나와 있었고 주머니 밖으로 삐져나온 것은 의심의 여지없이 권총 손잡이였다. 상당히 큰 총이었다. 영화에서 갱들이 사용하는 거대한 콜트 45구경 같은. 그리고 그 콜트 45는 말랴노프의 묻고자 하는 욕망을 즉각 저지시켰다. 여하튼 뭔가 일이 터졌으며 그러나 자신은 거기에 대해 물어 볼 입장이 못 되는 것만은 확실했다. 스네고보이는 자리에서 일어서며 말했다.

「자, 이제 그만, 드미뜨리 알렉세예비치. 저는 내일 또 출장을 가야 하니……」

## 제3장

5

그는 똑바로 누운 채 서서히 잠에서 깼다. 창 밖에서 트럭 지나다니는 소리가 요란스럽게 들렸지만 집 안은 조용했다. 어제 저녁의 그 바보 같은 음주 덕에 얻은 거라곤 머릿속에서 윙윙거리는 소리와 소태같이 쓴 입맛과 그리고 신경인지 심장인지 좌우지간 몸 어딘가에 박혀 따끔거리는 기분 나쁜 무슨 파편 같은 거였다. 그가 막 그 파편의 정체를 조사해 보려는 찰나에 누군가가 조심스럽게 초인종을 눌렀다. 아르놀드 빠블로비치가 열쇠를 맡기러 왔구나라고 생각하며 그는 급히 침대에서 일어났다.

문을 열어 가며 그는 언뜻 부엌 쪽을 보았다. 깨끗이 치워져 있었다. 보브까의 방문은 안쪽으로 커튼이 쳐 있는 채로 꼭 닫혀 있었다. 일단 일어나서 설거지를 해놓고 다시 자러 갔나 보군.

그가 빗장을 잡고서 씨름하고 있는 동안 또다시 초인종이 가냘프게 울렸다.

「나갑니다.」 그는 잠에서 덜 깬 쉰 목소리로 소리쳤다. 「잠깐

만요, 아르놀드 빠블로비치……」

그러나 손님은 전혀 아르놀드 빠블로비치가 아니었다. 생전 처음 보는 청년이 고무 깔개에 발을 문지르며 서 있었다. 청년은 블루진 차림에 소매를 걷은 검은 셔츠를 입고 커다란 선글라스를 쓰고 있었다. 꼭 통통 마쿠트[1]의 행색이었다. 말랴노프는 엘리베이터 근처에 통통 마쿠트가 두 명이나 더 서 있는 것을 발견했다. 그러나 그자들에 대해 –생각할 겨를도 없이 첫 번째 통통 마쿠트가 불쑥 입을 열었다.

「범죄 수사국에서 왔습니다.」 그리고 그는 말랴노프 앞에 작은 수첩을 내밀었다.

〈얼씨구!〉 하는 생각이 말랴노프의 머릿속에 순간적으로 떠올랐다. 흠. 이 정도쯤이야 예상을 했다고. 그는 기분이 몹시 상했다. 팬티 바람으로 범죄 수사국에서 온 통통 마쿠트 앞에 서서 그가 내민 수첩을 몽롱하게 바라보고 있는 자신의 모습에 화가 났다. 수첩에는 사진과 인장, 서명 등이 어지럽게 있었다. 그러나 비몽사몽의 정신에도 그가 가려낼 수 있는 말은 대문자로 찍힌 〈내무부〉란 단어였다.

「아, 예……」 그는 더듬더듬 말했다. 「들어오세요. 근데, 저, 무슨 일로?」

「안녕하십니까.」 청년은 지극히 공손한 태도로 말했다. 「선생이 드미뜨리 알렉세예비치 말랴노프 씨입니까?」

「그렇습니다만.」

---

[1] Tontons Macoute. 아이티의 독재자 뒤발리에가 조직했던 악명 높은 비밀경찰.

「괜찮으시다면 몇 가지 여쭤 볼 게 있습니다.」

「그러시죠. 아, 잠깐만, 방이 엉망이라…… 방금 일어난 참이라…… 부엌으로 가실까요?…… 아니, 거긴 지금 햇볕이 너무 따가워서…… 저, 이리 들어오세요. 얼른 치우지요.」

통통 마쿠트는 방으로 들어와 한가운데 우뚝 서서 노골적으로 사방을 두리번거렸다. 그 사이 말랴노프는 재빨리 이불을 개고 블루진과 셔츠를 걸치고 창문과 블라인드를 활짝 열었다.

「이쪽으로, 여기, 안락의자에…… 책상에 앉으시든지, 뭐, 편하신 대로……. 그건 그렇고 무슨 용건입니까?」

통통 마쿠트는 바닥에 널려 있는 종이들을 조심조심 피해 가며 안락의자로 다가가 앉았다. 그리고 무릎 위에 서류철을 사뿐히 내려놓았다.

「신분증 좀 보여 주실까요.」

말랴노프는 서랍을 뒤져 신분증을 찾아내어 그에게 내밀었다.

「이 집에 주거인이 선생 말고 또?」 신분증을 조사하며 통통 마쿠트가 물었다.

「집사람하고…… 아들놈하고…… 지금은 여기 없습니다만. 오데사에 있어요……. 휴가라서…… 친정에…….」

통통 마쿠트는 신분증을 서류철 위에 놓고 선글라스를 벗었다. 완벽하게 평범한 얼굴이었다. 전혀 통통 마쿠트가 아니었다. 외판원에 더 가까웠다. 아니면 텔레비전 수선공.

「먼저 제 소개를 하죠. 범죄 수사국 소속 수사 주임 이고르 뻬뜨로비치 지꼬프라고 합니다.」

「처음 뵙겠습니다.」

순간 그의 머릿속에 떠오른 생각은 자신은 빌어먹게도 전혀 무슨 범인 따위가 아니며 빌어먹게도 이학 박사 학위를 소지한 고참 과학자라는 사실이었다. 풋내기가 아닌 고참 과학자 말이다. 그는 책상다리를 하고 편히 앉아 냉담하게 말했다.

「말씀하시죠.」

지꼬프는 서류철을 들고 다리를 꼰 후 다시 무릎 위에 서류철을 놓았다.

「아르놀드 빠블로비치 스네고보이를 아십니까?」

말랴노프는 이 질문에 전혀 놀라지 않았다. 무슨 까닭인지, 그는 발 바인가르텐 아니면 아르놀드 빠블로비치에 대해 물어 올 거라는 것을 예상하고 있었다. 어째서 그런 예감이 들었는지 자신도 이해할 수 없었지만 그래서 그는 침착하게 대답할 수 있었다.

「압니다. 스네고보이 대령과는 아는 사이오.」

「그가 대령이란 사실을 어떻게 아셨죠?」 이고르 뻬뜨로비치가 즉시 반문했다.

「저, 그러니까……」 말랴노프는 이리저리 돌려서 얘기하기 시작했다. 「아무튼 꽤 오래 알고 지낸 사이니까요……」

「얼마나 오래됐죠?」

「저…… 한 5년 남짓…… 그러니까 우리가 이 아파트로 입주한 때부터니까……」

「어떻게 해서 알게 됐죠?」

말랴노프는 기억을 더듬었다. 정말 우리가 어떻게 해서 처음에 인사를 했더라? 비, 비, 빌어먹을…… 아르놀드 빠블로비치가 처음에 열쇠를 맡기러 왔을 때? 아냐, 그땐 벌써 아는 사이였어…….

「저, 생각이 잘 안 나요. 이건 기억이 나는군요……. 그러니까 언젠가 엘리베이터가 고장이 났거든요. 그때 이르까가, 제 집사람 말입니다만, 시장에서 물건을 잔뜩 사가지고 오는 중이었단 말입니다. 애까지 안고서……. 아르놀드 빠블로비치가 그걸 보고 꾸러미와 애를 집까지 올려다 주었지요. 그래서 집사람이 초대를 했고…… 그날 저녁 그 사람이 찾아왔던 것 같아요.」

「군복을 입고서요?」

「아니오.」 말랴노프는 자신 없게 대답했다.

「그래서…… 그날 이후 친구가 됐단 말씀이군요?」

「그, 글쎄올시다. 친구라니까 좀 이상하게 들리네요. 그냥 이따금씩 들르곤 해요. 책을 빌거나 빌려 주고, 어떤 땐 차를 같이 마시기도 하고…… 그리고, 출장 갈 경우엔 우리한테 열쇠를 맡기고…….」

「그건 또 왜죠?」

「왜라뇨? 누구나…….」

흠. 정말 어째서 그는 열쇠를 맡기고 출장을 갈까? 그 생각은 미처 못 했구나. 그저 뭐 만약에 대비해서……?

「아마 만약에 대비해서 그럴 거예요. 이를테면 집을 비운 사이에 친척이나 뭐 그런 사람들이 찾아올 경우도 있을 테니까요.」

「누가 찾아온 적이 있습니까?」

「아뇨. 적어도 내 기억엔. 내가 있을 때 찾아온 사람은 아무도 없었어요. 어쩌면 집사람이 뭔가 알고 있을지도…….」

이고르 뻬뜨로비치는 심각하게 고개를 끄덕였다. 그리고 물었다.

「에, 그 사람과 학문적인 얘기, 즉 연구하는 일에 대해 얘기해 본 적이 있습니까?」

또다시 연구 운운이로구나.

「누구의 연구 말이오?」

「물론 그 사람의 연구를 말하는 겁니다. 물리학자였습니다.」

「그래요? 저는 뭐 로켓 공학자였다고 생각…….」

채 말을 끝내기도 전에 그는 소름이 쭉 끼쳤다. 〈였다〉라니 무슨 소리야? 왜 과거 시제야? 맙소사, 결국 뭔가 일이 터졌단 말인가? 그는 〈였다라니 무슨 소리야?〉라고 고래고래 비명을 지르려고 했다. 그러나 이고르 뻬뜨로비치가 선수를 쳤다. 그는 펜싱 선수 같은 민첩한 동작으로 팔을 뻗쳐 방바닥에서 종이를 한 장 주웠다.

「이거 어디서 났죠?」 순간 그의 부드럽던 표정이 포악하게 변했다. 그는 다그쳤다. 「이거 어디서 난 것입니까?」

「저…… 저…….」 자리에서 일어나며 말랴노프는 더듬거렸다.

「움직이지 마세요! 이고르 뻬뜨로비치의 푸른 눈이 말랴노프의 얼굴을 찬찬히 훑어 내려갔다. 「어떻게 해서 이 자료가 선생 손에 들어오게 됐느냐 이겁니다!」

「자료?」 말랴노프는 울부짖었다. 「자료는 무슨 놈의 자료! 내가 계산해 놓은 겁니다!」

「이건 선생의 계산이 아니오.」 이고르 뻬뜨로비치 역시 언성을 높이며 냉혹하게 대답했다. 「이 그래프 어디서 났는지 빨리 말씀하시죠.」

그는 멀찌감치 종이를 보이며 손톱으로 거기 그려진 곡선을 툭툭 쳤다.

「내 머리 속에서 나온 거요.」 말랴노프는 주먹으로 관자놀이를 치며 소리를 질렀다. 「여기, 여기, 여기서! 그건 항성 거리와 공기 밀도 간의 상관관계에 대한 도표란 말이오!」

「이건 지난 4분기 동안 이 구역에서 발생한 범죄 증가율 표요.」

말랴노프는 완전히 기가 막혔다. 이고르 뻬뜨로비치는 입술을 침으로 적셔 가며 계속했다.

「흥, 베끼려면 똑똑히 베끼시지……. 이렇게 올라가는 게 아니고, 이렇게.」 그는 벌떡 일어나 책상 위에 종이를 놓고 연필에 힘을 주어 가며 말랴노프가 그려 놓은 그래프 위에 또 다른 선을 긋기 시작했다. 「그렇지…… 여긴 이렇게, 이게 아니고…….」 그가 선을 다 긋자 연필이 뚝 부러졌다. 그는 연필을 던져 버리고 자리에 앉아 말랴노프를 불쌍하다는 듯이 바라보았다. 「어허…… 말랴노프, 말랴노프…… 최고 학부의 노련한 범인이신 선생께서 이번에는 말단 졸개처럼 구시다니…….」

말랴노프는 계속해서 그의 얼굴과 도표를 번갈아 바라보았다. 환장할 노릇이었다. 하도 어처구니가 없어 무슨 말을 하기도, 비명을 지르기도, 그렇다고 아무 말도 안 하기도, 모조리 다 무의미했다. 최선의 길은 꿈에서 깨는 일일 것 같았다.

「저, 부인께선 스네고보이와 친하게 지내는 편인가요?」 비정할 정도로 예절 바르게 이고르 뻬뜨로비치가 물었다.

「친해요……」 말랴노프는 아무렇게나 대답했다.

「서로 말을 놓을 정도로?」

「여보쇼, 당신이 내 도표를 망쳐 놨소. 정말로 이게 대체 무슨 짓이오?」

「도표라니요?」 이고르 뻬뜨로비치는 깜짝 놀라 물었다.

「이거, 바로 이거 말이요!」

「아아, 그거! 그까짓 걸 뭘. 선생이 집에 없을 때도 스네고보이가 들르곤 했습니까?」

「그까짓 거라……」 말랴노프는 중얼거렸다. 「그래요. 당신한테는 그까짓 거일지도 몰라요.」 재빨리 책상 위의 종이들을 한데 모아 서랍 속에 넣으며 말랴노프는 으르렁거렸다. 진종일 앉아 엉덩이에 못이 박힐 때까지 일을 해놓았더니 웬 생면부지의 인간이 나타나 그까짓 거라고 그런다! 그는 엉금엉금 기어다니며 바닥에 흩어진 종이도 주워 모았다.

정확한 손놀림으로 담뱃대에 담배를 끼우며 이고르 뻬뜨로비치는 무표정한 얼굴로 말랴노프를 내려다보았다. 땀에 흠뻑 젖은 그가 화가 머리끝까지 올라 씨근덕거리며 자리로 오자 이고르 뻬뜨로비치는 공손히 물었다.

「담배 피워도 됩니까?」

「맘대로 하쇼. 저기 재떨이 있소……. 그리고 또 뭐 조사할

게 있거든 빨랑빨랑 하쇼. 일해야 할 시간이오.」

「선생 하시기 나름이지요.」 입 귀퉁이로 조심스럽게 담배 연기를 내보내며 그가 말했다. 「예를 들어 이런 질문도 있습니다. 선생이 스네고보이를 부를 때 보통 뭐라고 합니까? 대령, 아니면 스네고보이, 아니면 아르놀드 빠블로비치?」

「경우에 따라서……. 내가 그 사람을 뭐라 부르건 그게 무슨 상관이오?」 말랴노프는 퉁명스럽게 물었다.

「대령이라고도 부르십니까?」

「음, 그래요. 그래서?」

「거 참 이상하군요. 참 이상해요.」 가볍게 재를 털며 이고르 뻬뜨로비치가 말했다. 「스네고보이는 그저께 대령으로 진급했거든요.」

한방 먹은 느낌이었다. 말랴노프는 잠자코 있었다.

「그러니 선생이 어떻게 그 사람이 대령이 된 걸 알았냐 이거죠.」

말랴노프는 손을 저었다.

「좋습니다…… 다 말하죠. 예, 내가 아무렇게나 대답한 거 인정합니다. 사실은 그 사람이 대령인지 대원지 좌우간 그런 거 전혀 몰랐었소. 어제 집에 들렀다가 윗도리에 달린 계급장을 보고 처음 알았소.」

「어제 어느 때쯤?」

「밤에. 늦게요. 책을 빌렸소. 이거……」

책을 언급한 것이 실수였다. 이고르 뻬뜨로비치는 책을 낚아채어 넘기기 시작했다. 그게 어떤 책인지 전혀 모르는 말랴노프는 식은땀을 흘렸다.

「이게 어느 나라 말이죠?」 이고르 뻬뜨로비치가 느긋하게 물었다.

「에…… 영어 같기도 하고…… 아닌 것도 같고.」 말랴노프는 두 번째로 식은땀을 흘리며 우물거렸다.

「여하튼.」 책을 들여다보며 이고르 뻬뜨로비치가 말했다. 「끼릴 문자임엔 틀림없는데. 라틴 문자도 아니고……. 아! 러시아어였구먼!」

말랴노프는 세 번째로 식은땀을 흘렸다. 그러나 이고르 뻬뜨로비치는 더 이상 추궁하지 않고 책을 제자리에 돌려놓았다. 그는 안락의자에 등을 기대고 앉아 말랴노프를 응시했다. 말랴노프도 지지 않으려고 눈에 힘을 주고 마주 쏘아보았다.

「선생 생각엔 내가 누굴 닮은 것 같소?」 갑자기 이고르 뻬뜨로비치가 물었다.

「통통 마쿠트요.」 말랴노프는 아무 생각 없이 내뱉었다.

「틀렸어요. 다시 한 번 시도해 봐요.」

「모르겠소…….」

이고르 뻬뜨로비치는 선글라스를 벗고 못마땅한 듯 고개를 설레설레 흔들었다. 「유감입니다, 정말. 선생은 우리 수사 기관에 대해 굉장히 그릇된 편견을 갖고 계시는군요. 대체 어디서 그 무슨 통통 마쿠트니 하는 생각을……?」

「그럼 당신은 자신이 누구 같다고 생각하시오?」

이고르 뻬뜨로비치는 선글라스를 휘두르며 설교조로 말했다.

「투명 인간! 통통 마쿠트와의 유일한 공통점은 둘 다 고유 명사란 점이오.」

공기 중에는 두꺼운 침묵의 층이 무겁게 깔려 있었다. 창밖의 차 소리조차 잠잠해졌다. 말랴노프는 귀가 멍멍해짐을 느끼며 정신을 차리려 필사적으로 노력했다. 정적은 전화벨 소리에 의해 깨어졌다.

말랴노프는 벌떡 일어났다. 이고르 뻬뜨로비치 또한 일어난 것 같았다. 전화벨이 계속 울렸다. 말랴노프는 팔꿈치를 책상에 댄 채로 묻듯이 이고르 뻬뜨로비치를 쳐다보았다.

「받으시죠. 선생한테 온 전화 같은데.」

말랴노프는 소파로 가 수화기를 들었다. 발까 바인가르텐이었다.

「야호, 천문학자님! 야, 너 왜 전화 안 걸었어?」

「으응…… 알다시피…… 바빴잖아…….」

「숙녀와 재미 보느라고?」

「아, 아니…… 숙녀라니 무슨 소리야?」

「우리 마누라도 나한테 자기 친구랑 바람피우라고 해주면 오죽이나 좋겠냐.」

「으응…….」 그는 계속 뒤통수에 따가운 시선을 느끼며 우물거렸다. 「이봐, 발까, 내가 나중에 걸게.」

「집에 무슨 일 있구나?」 바인가르텐은 물고 늘어졌다.

「아니, 나중에 얘기해 줄게.」

「그 여자 일이냐?」

「아니.」

「그럼 남자야?」

「으음.」

바인가르텐은 수화기에 대고 무겁게 한숨을 쉬었다.

「이봐.」 목소리를 낮추며 그가 말했다. 「지금 당장 그리 갈게. 괜찮지?」

「안 돼! 오지 마!」

바인가르텐은 또다시 한숨을 쉬었다.

「동지, 그 사람 혹시 빨강 머리냐?」

말랴노프는 무의식중에 이고르 뻬뜨로비치를 흘끗 돌아보았다. 놀랍게도 그는 전혀 말랴노프 쪽을 보고 있지 않았다. 입술을 움직여 가며 스네고보이의 책을 읽고 있는 중이었다.

「물론 아냐! 무슨 헛소리 하고 있는 거야? 하여튼, 내가 다시 걸게.」

「꼭 좀 걸어!」 바인가르텐은 소리를 질렀다. 「그 작자 가거든. 금방! 즉시!」

「알았어.」 말랴노프는 전화를 끊고 실례했습니다라는 말을 중얼거리며 자리로 돌아왔다.

「별 말씀을.」 이고르 뻬뜨로비치는 중얼거리며 읽던 책을 놓았다. 「관심 범위가 상당히 넓으시군요, 드미뜨리 알렉세예비치.」

「예, 뭐, 그냥……」 말랴노프는 어물쩍 넘어가 버렸다. 어휴, 빌어먹을, 저놈의 책이 어떤 건지 겉장이라도 한 번 볼 수 있으면 좋으련만. 「이고르 뻬뜨로비치.」 그는 애원조로 말했다. 「이제 대충 끝냅시다. 벌써 한 시예요.」

「아, 그럼요.」 이고르 뻬뜨로비치는 흔쾌히 말했다. 손목시계를 초조하게 들여다본 후 그는 서류철에서 수첩을 꺼냈다. 「좋습니다. 그러니까 어젯밤 스네고보이의 집에 있었다 이런 얘기죠?」

「예.」

「이 책 때문에?」

「예, 예.」 더 이상 자세한 얘기는 안 하기로 작정하고 말랴노프는 서둘러 대답했다.

「어제 언제쯤이죠?」

「늦게…… 자정이 다 돼서…….」

「스네고보이가 여행을 떠날 거라는 인상을 받았습니까?」

「맞아요. 아니, 단순히 인상이 아니었소. 그 사람이 자기 입으로 내일 아침에 출장을 갈 거니까 열쇠를 맡기러 오겠다고 그랬소.」

「그래서 왔던가요?」

「아뇨. 글쎄요. 벨을 울렸는데도 내가 못 들었는지도 모르죠. 워낙에 곯아떨어져 있었으니까요.」

이고르 뻬뜨로비치는 무릎 위의 서류철에 수첩을 받치고 재빨리 무언가 적었다. 그는 말랴노프를 전혀 쳐다보지 않았다. 질문을 할 때조차. 흥, 저 작자도 급했군.

「스네고보이가 어디로 떠난다는 얘길 하던가요?」

「한 번도요.」

「하지만 짐작은 하셨겠죠?」

「예, 감은 잡고 있었죠. 무슨 로켓 발사 시험장이나 뭐 그런

데로 가는 거라고 생각했죠.」

「거기에 대해 그 사람 스스로가 언급한 적은 없고요?」

「물론 없어요. 우린 한 번도 그의 직업에 대해 얘기한 적이 없어요.」

「그러면 선생은 무슨 근거에서 그런 짐작을 했죠?」

말랴노프는 어깨를 으쓱했다. 근거? 이런 일은 논리적으로 설명할 수 없는 것 아닌가. 그 사람은 무슨 깊숙한 벙커 같은 데서 일하는 게 확실했어. 손이니 얼굴에 죄다 화상 자국이 있고 또 몸가짐이나 태도가 그런 일에 어울리는 것이었어······. 그리고 자기 직업 얘기하기를 꺼려한 사실만 보더라도······.

「모르겠어요. 정말 몰라요. 그냥 늘 그렇게 생각했을 뿐입니다.」

「선생한테 친구를 소개해 준 적이 있습니까?」

「아뇨. 한 번도.」

「부인을 소개시켜 준 적도 없고요?」

「그 사람 부인이 있어요? 난 항상 아직 총각이거나 홀아비라고 생각했었는데.」

「왜 그런 생각을 했죠?」

「몰라요. 직감이오.」 말랴노프는 성난 목소리로 대꾸했다.

「선생의 부인께서 그렇다고 말했나 보죠?」

「이르카가? 집사람이 그걸 어떻게 알고?」

「바로 그 점이 내가 짚고 넘어가고 싶은 점이오.」

그들은 침묵 속에 서로를 응시했다.

「이해를 못하겠소. 당신이 짚고 넘어가고 싶은 게 대체 뭡니까?」

「어떻게 선생의 부인이 스네고보이가 미혼이란 사실을 알았냐 이겁니다.」

「으음. 저…… 집사람이 그걸 알았던가?」

이고르 뻬뜨로비치는 아무런 대꾸도 하지 않았다. 그는 말랴노프를 뚫어지게 바라보았다. 그의 눈동자는 사악하고도 기묘하게 커졌다 작아졌다 했다. 말랴노프는 벼랑 끝에 도달한 느낌이었다. 그런 상태가 1초만 더 계속되어도 벽에 머리통을 박으며 발작을 일으킬 것 같았다. 진짜로 더 이상 참을 수가 없었다. 이제까지의 대화의 배후에 온통 사악한 어떤 의미가 도사리고 있는 것 같았다. 끈끈한 거미줄. 그리고 무슨 까닭인지 이제 이르까까지 휘말려 들고 있었다.

「좋습니다.」 탁 소리를 내며 수첩을 접고 갑자기 이고르 뻬뜨로비치가 말했다. 「그러니까 코냑은 저기 있고………」 그는 찬장을 가리켰다. 「그리고 보드까는 냉장고에 있으렷다. 선생은 뭘 더 좋아하쇼? 개인적으로.」

「나요?」

「예. 선생 말이오. 개인적으로.」

「코냑.」 말랴노프는 볼멘소리로 대답하고 마른침을 꿀꺽 삼켰다. 목이 바싹 타 있었다.

「좋습니다!」 이고르 뻬뜨로비치는 경쾌하게 말하며 잔걸음으로 찬장으로 갔다. 「멀리 갈 것도 없어. 옳거니!」 찬장을 뒤지며 그는 연신 지껄여 댔다. 「어럽쇼. 레몬씩이나 키우시고. 좀 마르긴 했지만 먹을 만하군. 잔은 어떤 걸로 한다? 저기 저

파란 잔이 좋겠구먼.」

말랴노프는 이고르 뻬뜨로비치가 민첩한 손놀림으로 술잔을 식탁에 놓고 레몬을 저미고 병마개를 따고 하는 것을 멍하니 바라보았다.

「솔직히 말해서 선생은 지금 상당히 불리한 입장이에요. 물론 모든 게 법정에서 판가름 나겠지만. 나도 이 바닥에 발 들여 놓은 지 10년이 되어 가니까 이젠 때려맞히는 일에 이골이 났다 이 말씀이에요. 최고 징역이야 물론 면하겠지만, 장담하는데 아무리 가벼워도 15년은 될 겁니다.」 그는 한 방울도 안 흘리고 정확하게 코냑을 술잔에 따랐다. 「형편에 따라 감형이란 게 있긴 하죠. 하지만, 솔직히 현재로선 불가능한 거 같아요. 드미뜨리 알렉세예비치, 자, 한 잔!」 그는 붙임성 있게 고개를 끄덕이며 잔을 들어올렸다.

말랴노프는 아무 감각도 없는 손으로 잔을 잡았다.

「좋소.」 평소와 전혀 다른 목소리로 말랴노프가 말했다. 「그렇지만 적어도 무슨 영문인지나 알고 당합시다.」

「아, 물론.」 이고르 뻬뜨로비치는 잔을 단숨에 비우고 레몬 한 조각을 입 안에 넣고 우물거리며 연신 고개를 끄덕였다. 「물론, 다 얘기해 드리죠. 내게 그만한 권리쯤은 있으니까요.」

그리고 그는 자초지종을 설명했다.

그날 아침 여덟 시에 스네고보이를 공항까지 태워다 주기 위해 자동차가 왔다. 여느 때와는 달리 스네고보이가 건물 입구에 서 있지 않는 것에 운전수는 약간 의심이 들었다. 그는 5분 정도 기다렸다가 스네고보이의 아파트로 올라갔다. 아무리 초인종을 눌러도 대답이 없었다. 그는 길모퉁이 공중전화에서 본부로 연락을 했다. 본부에서 스네고보이의 집으로 전화를 했으나 계속 통화중이었다. 그러는 동안에 운전수는 건물 주위를 배회하다가 스네고보이의 아파트 창문 세 개가 모두 열려 있고 날이 밝았는데도 전구에 모두 불이 켜져 있는 걸 목격했다. 그는 관리 사무소에 연락을 했고 즉시 사람들이 왔다. 그들은 문을 부수고 그의 아파트로 들어갔다. 집 안의 모든 불은 켜진 채였고 침대 뒤에는 옷가지가 든 슈트케이스가 있었다. 스네고보이는 서재의 책상 앞에 앉아 있었다. 한 손에 수화기를 들고 다른 한 손으로는 마까로프 피스톨을 쥐고서. 검시 결과에 의하면 스네고보이는 총구에서 관자놀이를 향해 직사로 발사된 총탄에 의해 사망했다. 즉사였다. 사망 시간은 세 시에서 네 시 사이로 추정되었다.

「그게 대체 나와 무슨 상관이오?」 말랴노프는 작은 소리로 중얼거렸다.

대답 대신 이고르 뻬뜨로비치는 전문가들이 탄알의 궤도를 측정하여, 두뇌를 관통한 총알이 벽에 박혔음을 알아냈다고 자세하게 설명했다.

「글쎄, 그게 나와 무슨 상관이란 말입니까?」 말랴노프는 가슴을 탁탁 치며 계속 물었다. 그들은 이미 각자 석 잔씩 마신 뒤였다.

「선생은 안됐다는 마음도 없소? 도대체가 죽은 사람이 불쌍하지도 않느냐 말입니다.」

「물론 안됐소. 좋은 사람이었소. 그러나 그 사람 죽은 것과 나와 무슨 상관이 있느냐 이 말입니다. 난 이날 이때까지 총이라곤 잡아 본 적이 없는 사람이오. 군대까지 면제될 정도였소. 내 시력은······.」

그러나 이고르 뻬뜨로비치는 듣고 있지 않았다. 그는 스네고 보이가 왼손잡이였는데 자살 당시 오른손으로 총을 쏜 것에는 아무리 생각해도 모호한 점이 있다는 것을 상세히 설명했다.

「맞아요. 아르놀드 빠블로비치는 왼손잡이였소. 나도 그건 확실히 기억해요. 그렇지만 내가? 나는 밤새 업어 가도 모르게 자고 있었소. 그건 그렇다 쳐도 내가 왜 그 사람을 죽이겠습니까? 생각을 좀 해보시라고요.」

「그럼 누가 죽였을까요? 네?」 이고르 뻬뜨로비치는 부드럽게 물었다.

「그걸 내가 어떻게 알아요? 당신이 알아내야 하는 일 아니오?」

「선생이 죽였소.」 『죄와 벌』의 예심 판사 뽀르피리를 연상케 하는 달래는 투의 어조로 이고르 뻬뜨로비치가 말했다. 그는 술잔을 통해 한 쪽 눈으로 말랴노프를 지그시 바라보았다. 「선생이 죽인 거예요, 드미뜨리 알렉세예비치.」

「아아, 이건 완전히 악몽이다.」 말랴노프는 큰소리로 울고 싶었다.

블라인드를 살랑살랑 움직이며 방안으로 미풍이 불어 들어왔다. 한낮의 강렬한 햇살이 이고르 뻬뜨로비치의 얼굴을 정면으로 때렸다. 그는 눈살을 찌푸리며 한 손으로 햇빛을 가리고 걸상을 움직여 자리를 옮겼다. 그리고 식탁 위에 재빨리 술잔을 내려놓았다. 몸에 이변이 생긴 것 같았다. 그의 눈이 깜박깜박 하더니 안색이 바뀌고 턱이 덜덜 떨리기 시작했다.

「죄, 죄송합니다만…… 저, 드미뜨리 알렉세…… 지금 내가…… 어디…….」 그는 얼굴에 고통스러운 당황의 빛을 역력히 드러내며 인간다운 목소리로 더듬거렸다.

그때 보브까의 방에서 뭔가 쨍그랑 깨지는 소리가 들렸다.

「저게 무슨 소리죠?」 이고르 뻬뜨로비치가 날카롭게 물었다. 그의 목소리에는 더 이상 조금 전의 그 인간다움이 없었다.

「손님이 계십니다.」 아직도 이고르 뻬뜨로비치에게 무슨 탈이 생겼는지 이해 못한 말랴노프는 아연한 채로 대답했다. 「아, 참!」 그는 펄쩍 뛰어오르며 소리쳤다. 「저 방에 집사람 친구가 있어요. 그 여자가 증명해 줄 거예요. 밤새 내가 한 발자국도 안 움직이고 내쳐 자고 있었다는 걸!」

그들은 서로 부딪치다시피 해가며 현관 쪽으로 달려갔다.

「흠. 일이 재미있게 되어 가는데……. 상당히 재미있어.」 이고르 뻬뜨로비치는 연신 중얼거렸다. 「부인의 친구라…… 어디 봅시다.」

「그 여자가 다 말해 줄 거예요! 증인이에요!」

그들은 노크 없이 보브까의 방으로 들어갔다. 그리고 우뚝 섰다. 방은 깨끗이 정돈된 채 사람의 흔적도 없었다. 리도츠까도 없고, 침대 위에 이불도 없고 슈트케이스도 없었다. 11세기 때의 골동품인 토기 주전자의 깨진 조각 옆에 깔럄이 믿을 수 없이 정직한 모습으로 쭈그리고 앉아 있을 뿐.

「이분이?」 깔럄을 가리키며 이고르 뻬뜨로비치가 물었다.

「아뇨.」 말랴노프는 바보스럽게 대답했다. 「이분은, 아니, 이 놈은 우리 집 고양이에요. 벌써 오래 전부터 같이…… 아니, 그런데 리도츠까가 어디로 갔을까?」 그는 옷장을 열어 보았다. 그녀의 흰 재킷도 없었다. 「벌써 떠났을 리가 없는데.」

이고르 뻬뜨로비치는 어깨를 으쓱했다.

「떠났나 보죠. 어쨌든 현재 여긴 없소.」

말랴노프는 터덜터덜 깨진 토기 조각이 있는 데로 갔다.

「망할 놈!」 그는 깔럄의 귀를 때려 주려고 했으나 그놈은 잽싸게 도망갔다. 그는 쭈그리고 앉았다. 산산조각이 났구먼. 좋은 물건이었는데.

「그 여자가 이 방에서 잤단 말씀이죠?」

「그렇소.」

「마지막으로 그 여자를 본 게 언제요? 오늘?」

말랴노프는 고개를 저었다.

「어제. 아니, 정확히 말해 오늘이군. 자정이 넘었었으니까. 담요와 홑이불을 주었지요……. 여기 그대로 다 있는데요.」

그는 보브까의 이불함을 들여다보았다.

「이 집에 오랫동안 묵었습니까?」

「어제 왔소.」

「짐은 여기 있습니까?」

「없어요. 재킷도 없어요.」

「참으로 이상하군요?」

말랴노프는 잠자코 고개를 저었다.

「빌어먹을 여편네. 에이, 여자란 하나같이 골칫거리라니까.

에이, 술이나 한 잔씩 더 합시다.」

그때 갑자기 현관문이 열리더니 두 명의 남자가…….


6


엘리베이터 문. 모터 돌아가는 소리. 그리고 말랴노프는 혼자 남았다.

그는 아무 생각도 없이 멍청하게 보브까의 방문턱에 한참 동안 서 있었다. 어디선가 깔럄이 나타나 그의 앞을 살금살금 지나갔다. 고양이는 신경질적으로 꼬리를 흔들며 현관 밖 층계참으로 나가 시멘트 바닥을 핥기 시작했다.

「좋다.」 마침내 이렇게 중얼거리고 그는 안방으로 갔다. 방 안은 담배 연기로 자욱했고, 세 개의 푸른 술잔이 책상 위에 아무렇게나 뒹굴고 있었다. 두 개는 빈 잔이었고 한 개는 반쯤 차 있었다. 햇살은 이미 책장으로까지 번지고 있었다.

「그 작자가 술을 가지고 가버렸어! 술이 좀 있어야겠는데…….」

그는 안락의자에 앉아 잔에 남아 있는 코냑을 단숨에 들이켰다. 창 밖에서 거리의 소음이 들려 왔고 열린 현관문을 통해 엘리베이터가 덜컹거리는 소리, 층계에서 아이들이 떠드는 소리가 들렸다. 그는 일어나서 현관으로 갔다. 문설주에 부딪쳐 가며 그는 비틀비틀 스네고보이의 문 앞까지 걸어갔다. 문에 거대한 봉납이 붙어 있었다. 그는 조심스럽게 납인을 손끝으로 건드려 보았다. 그리고 얼른 손을 뗐다. 모든 게 사실이었다.

실제로 일어난 일이었다. 소비에트 연방의 자랑스러운 시민, 아르놀드 빠블로비치 스네고보이 대령은 더 이상 이 세상에 존재하지 않았다…….

## 제4장

7

 그는 술잔을 닦아 제자리에 놓고 보브까의 방에 널려 있던 깨진 조각을 치우고 고양이에게 밥을 주었다. 그리고 보브까의 우유 잔에 날계란 세 개와 빵조각, 소금, 후추를 넣고 휘휘 저었다. 전혀 배는 고프지 않았다. 다만 기계적으로 움직이고 있을 뿐이었다. 그는 발코니로 향하는 창가에 서서 그 걸쭉한 액체를 다 마셨다. 텅 빈 뜰에 햇살이 가득했다. 저기다 나무좀 심으면 뭐 안 될 거 있나. 단 한 그루라도······.
 그의 머릿속은 온통 혼돈이었다. 아무런 생각도 구체적으로 들지 않고 그냥 뒤죽박죽의 생각의 편린들이 두서없이 떠올랐다. 어쩌면 초현대식 취조법인지도 몰라. 과학 기술의 혁신 뭐 그따위 것들처럼. 처음엔 느긋하고 부드럽게 나가다가 갑자기 허를 푹 찌른다? 심리주의 수법. 하지만 거기에 코냑이 왜 낄까? 그 점은 아무래도 납득이 안 가. 이고르 뻬뜨로비치 지꼬프. 아니 지낀이었던가? 어쨌든 그 작자가 자기 이름이 그렇다고 말했어. 그런데 신분증에 적혀 있던 건 뭐였지? 사기꾼임에 틀림없어. 그렇지만 맛대가리 없는 코냑 반 병을 훔쳐 가려고 그따위 장난을 쳐?

아니, 어찌되었건, 스네고보이는 죽었어. 그 점 하나는 확실한 사실이야. 그 사람 다시는 못 볼 거야. 좋은 친구였는데……. 늘 약간 정신 나간 사람 같긴 했어. 항상 어리둥절해 보였지. 특히 어젠 제정신이 아닌 것 같았어. 누군가에게 전화를 걸려고 했다는 얘긴데……. 누군가에게 전화를 걸어 뭔가를 얘기하고 뭔가에 대해 경고를 하려던 참이었어. 말랴노프는 갑자기 머리털이 쭈뼛해졌다. 그는 다 마신 컵을 개수통에 넣었다. 자, 이놈을 시작으로 해서 곧 설거지 감이 또 산더미처럼 쌓이겠군. 리도츠까가 말끔히 치워 놓았는데, 알른알른하게 정말 잘 닦아 놓았군…… 스네고보이는 리도츠까에 대해 뭔가 의심하는 듯했어. 아니, 진짜로 그 여자 좀 수상해…….

말랴노프는 현관으로 달려가 이르까가 썼다는 편지를 찾아냈다. 수상한 점은 아무것도 없었다. 필체는 분명히 아내의 것이었고 말투 또한…… 아니, 말도 안 돼…… 그리고 도대체가 살인마가 뭐 할 일 없다고 설거지를 해놓겠냐 말이다…….

8

발까의 전화는 통화중이었다. 말랴노프는 수화기를 내려놓고 소파 위에 엎드렸다. 그는 따끔따끔한 담요에 코를 처박았다. 발까네 집에도 뭔가 일이 터진 게 틀림없어. 히스테리 같은 거. 전에도 그런 적이 있지. 스베따와 또 한바탕 붙었거나 아니면 장모와 퉁탕했거나……. 근데 그 녀석이 물어 본 게 뭐였더라? 약간 이상했어. 아, 발까! 그 녀석의 고민을 도와 줄 수 있으면 좋으련만…… 아냐, 제 일은 제가 알아서 하겠지. 녀석도 지금 흥분해 있고 나도 마찬가지야. 흠. 어쩜 우리 둘이 뭉치면 실마리를 풀 수 있을 것도 같고……. 말랴노프는 다시 다이얼을 돌렸다. 여전히 통화중이었다. 제기랄, 이건 순전히 시간 낭비다! 나 원 참, 일을 해야 하는데 이 난리가 났으니…….

갑자기 누군가 현관에서 기침을 하는 것 같았다. 말랴노프는 벌떡 일어나서 현관으로 갔다. 물론 아무도 없었다. 목욕탕에도 아무도 없었다. 그는 현관의 자물통을 점검하고 소파로 돌아왔다. 그리고 자신의 양 무릎이 사시나무처럼 후들거리고 있음을 깨달았다. 미치겠군. 이러다가 정말 노이로제 걸리겠다……. 염병할. 그 악당이 자기가 뭐 투명 인간 같다고? 흥, 이 날건달아, 투명 인간 좋아 마라. 내 눈에는 안경 낀 촌충같이 보인다. 나쁜 자식. 그는 발까의 전화번호를 다시 돌려 보고 수화기를 내려놓았다. 그는 단호한 태도로 양말을 신었다. 베체로프스끼 집에 가서 걸자. 그는 새 셔츠를 입고 주머니 속에 열쇠가 있음을 확인한 뒤 문을 잠그고 바람처럼 계단을 올라갔다.

6층의 쓰레기 투하구 근처에서 한 쌍의 남녀가 얼씬거리고 있었다. 남자는 선글라스를 쓰고 있었지만 낯익은 모습이었다. 17호에 사는 실업자였다. 벌써 2년째 무직으로 있으면서 직장을 구할 생각도 않고 빈둥대는 사내였다. 8층까지 올라가는 동안 말랴노프는 아무와도 마주치지 않았다. 그러나 당장이라도 누군가가 길을 가로막을 것 같은 불안에 줄곧 사로잡혀 있었다. 갑자기 검은 손이 그의 멱살을 잡고 부드럽게 말할 것만 같았다.

「선생 잠깐 가실까요……」

고맙게도 필은 집에 있었다. 늘 그러했듯이 그는 덴마크 대사관의 여왕 폐하 접견 리셉션에 막 참석하려는 사람처럼 차려 입고 있었다. 당장 그를 모시러 자동차가 달려올 듯했다. 그는 보통 사람이라면 평생 꿈도 못 꿔볼 화려한 미색 양복에다 고급 신사화를 신고 넥타이까지 매고 있었다. 그 넥타이는 언제나 말랴노프를 우울하게 했다. 집 안에서 넥타이로 목을 조인 채 일을 할 수 있다는 사실이 그에겐 도저히 이해가 가지 않았다.

「일하고 있었니?」

「물론.」

「오래 있지 않을게.」

「맘대로 해. 커피 할래?」

「글쎄. 아니. 그래 한잔 줘.」

그들은 함께 부엌으로 갔다. 말랴노프는 의자에 앉았고 베체로프스끼는 커피 도구 일체를 벌여 놓고 예의 그 엄숙한 의식을 시작했다.

「오늘은 비엔나커피를 만들겠어.」 등을 돌린 채 그가 말했다.

「좋지.」 말랴노프가 대답했다. 「생크림 있니?」

베체로프스끼는 아무 말도 하지 않았다. 말랴노프는 툭 불거져 나온 그의 견갑골이 크림색 천 속에서 분주히 움직이는 것을 바라보았다.

「형사가 여기도 왔었나?」

한 순간 견갑골의 운동이 멈추더니 약간 굽은 듯한 둥그런 어깨 위로 주근깨투성이의 갸름한 얼굴이 서서히 나타났다. 기다란 코에 걸려 있는 견갑테 안경 위로 붉은색 눈썹이 치켜 올라갔다.

「미안, 뭐라고 그랬지?」

「형사가 다녀갔느냐고 물었어.」

「형사?」 베체로프스끼가 반문했다.

「스네고보이가 권총으로 자살했네. 그래서 나한테 취조관이 왔다 갔어.」

「스네고보이가 누군데?」

「우리 앞집에 사는 남자 말이야. 왜 그 로켓 공학 같은 거 하는 것 같은 사람……」

「아.」

베체로프스끼는 다시 등을 돌렸고 그의 견갑골은 다시 분주히 움직이기 시작했다.

「그 사람 전혀 몰랐니?」 말랴노프가 물었다. 「난 내가 소개시켜 준 줄 알았는데.」

「아니.」 베체로프스끼가 말했다. 「적어도 내가 기억하는 바로는 아냐.」

근사한 커피 향이 부엌에 진동했다. 말랴노프는 자세를 편하게 고쳤다. 저 친구한테 얘기를 다 할까, 말까? 부엌 안은 밖의 폭염에도 불구하고 서늘했으며 커피 향으로 말할 수 없이 아늑

했다. 모든 도구가 제자리에 정돈되어 있고 최고급 — 세계에서 가장 좋은, 아니 그보다 더 좋은 — 물건들로만 가득 찬 그 화려한 부엌에서 지난밤의 일은 더욱더 어처구니없고 몰상식하고 현실성 없고 심지어 약간 불건전하게까지 느껴졌다.

「너 두 마리 수탉에 관한 농담 아나?」 말랴노프가 물었다.

「두 마리 수탉? 내가 아는 건 세 마리 수탉에 관한 건데. 형편없는 얘기야.」

말랴노프는 두 마리 수탉 얘기를 했고 베체로프스끼는 숫제 아무런 대꾸조차 안 했다. 말랴노프 앞에 찻잔과 크림 단지를 놓을 때의 그의 얼굴은 말할 수 없이 심각하고 생각에 골똘히 잠긴 표정이었다. 농담 대신 무슨 심각한 문젯거리를 막 들은 사람 같았다. 그는 자신의 찻잔에도 커피를 따르고 말랴노프의 맞은편에 앉았다. 찻잔을 서서히 들어 올려 한 모금 맛을 본 후 그는 마침내 입을 열었다.

「훌륭해! 네가 한 농담이 아니고 이 커피 말이야.」

「나도 그런 줄 알아.」 말랴노프는 퉁명스럽게 대꾸했다.

그들은 비엔나커피를 음미하며 한참 동안 말없이 앉아 있었다. 침묵을 먼저 깬 것은 베체로프스끼였다.

「네 문제에 대해 어제 생각을 좀 해봤어. 가르뜨비그의 함수를 시도해 보지 그래?」

「나도 알아. 나도 그걸 알아냈어.」 말랴노프는 빈 찻잔을 옆으로 밀어 놓았다. 「이봐, 필, 지금 그 빌어먹을 함순지 뭔지가 문제가 아냐······. 내 머리 속은 말이지······.」

9

그는 잠시 말을 멈췄다가 매끈하게 면도를 한 뺨을 두 손가락으로 쓰다듬으며 계속했다.

「우리는 죽음을 정면으로 볼 수 없어. 눈이 가려진 채 죽음으로 끌려가는 거야.」 그리고 그는 한마디 덧붙였다. 「정말 안 됐어.」

누가 안됐다는 얘기인지는 확실치 않았다.

「내 얘기는, 그래, 다 이해할 수 있어. 그렇지만 그 형사 말이야······.」 말랴노프가 말했다.

「커피 더 할래?」 베체로프스끼는 그의 말을 막았다.

말랴노프가 고개를 젓자 그는 일어섰다.

「그럼 내 방으로 가지.」

그들은 서재로 갔다. 베체로프스끼는 책상 앞에 앉았다. 그의 책상은 한복판에 놓인 단 한 장의 종이를 제외하고는 완벽하게 휑뎅그렁했다. 그는 서랍에서 자동 전화 번호부를 꺼내 단추를 누르고 표지판에 나타난 숫자를 읽은 뒤 번호를 돌렸다.

「수사 주임 지낀 씨 부탁합니다.」 그는 사무적인 어조로 건조하게 말했다. 「아니, 지낀이 아니라 지꼬프 씨요. 이고르 뻬뜨로비치 씨. 수사차 나가셨다고요? 알겠습니다.」 그는 전화를 끊었다. 「수사 주임 지꼬프는 현재 자리에 없대.」

「흥. 뻔해. 계집애들과 나한테서 훔쳐 간 코냑 마시고 있겠지. 그래서 자리에 없는 거야.」 말랴노프는 으르렁거렸다.

베체로프스끼는 입술을 깨물었다.

「지금 그게 문제가 아니야. 문제는 그자가 실재하고 있는 인물이라는 점이지.」

「실재하고말고! 신분증까지 나한테 보여 줬다니까. 너는 그럼 그 작자들이 사기꾼인 줄 알았냐?」

「의심스러운 점이 있어.」

「나도 처음엔 그런 줄 알았어. 코냑 반 병 때문에 그 난리를 쳤다! 그리고 앞집 문엔 봉납이 붙어 있고!」

베체로프스끼는 고개를 끄덕였다.

「그리고 너는 뭐 가르뜨비그의 함수가 어쩌고저쩌고!」 말랴노프는 울부짖었다. 「대체 내가 이런 판국에 어떻게 연구를 하겠냐고!」

베체로프스끼는 그를 유심히 바라보았다.

「디마, 스네고보이가 네 연구에 관심이 있었다는 데에 넌 놀라지 않았냐?」

「놀랐다마다. 한 번도 그 친구와 학문적인 얘기를 해본 적이 없었어.」

「넌 그래 뭐라고 그랬지?」

「에, 또, 그러니까…… 아주 일반적인 얘길 좀 했어. 실제로 그 사람은 자세한 걸 요구한 게 아니었거든.」

「그 사람이 뭐라고 그랬는데?」

「아무 얘기도. 내 생각엔 좀 실망했던 것 같아. 뭐라더라, 여기는 땅, 저기는 물, 뭐 그런 얘길 했어.」

「뭐라고? 여기는 땅, 저기는 물? 그게 무슨 뜻인데?」

「무슨 고전 작품에 나오는 대목 같아……. 아마 동문서답이라는 뜻일 거야.」

「아하.」 베체로프스끼는 소 같은 눈을 사려 깊게 끔벅거렸다. 그리고 창턱에서 깨끗이 닦아 놓은 재떨이를 가지고 왔다. 그는 서랍 속에서 파이프와 담배쌈지를 꺼내 파이프에 입담배를 채웠다. 「아하, 여기는 땅, 저기는 물……. 괜찮은데. 외워 둬야겠어.」

말랴노프는 초조하게 기다렸다. 그는 늘 베체로프스끼를 철석같이 믿었다. 그는 도저히 인간의 것이라 할 수 없는 두뇌의 소유자였다. 주어진 사실만을 종합하여 완전히 예상 밖의 결론을 추출해 낼 수 있는 능력을 가진 유일한 인물이었다.

「그래, 넌 어떻게 생각하니?」 참다못해 말랴노프가 물었다.

베체로프스끼는 천천히 음미하며 파이프를 피우기 시작했다. 파이프를 연거푸 빨아 대며 그는 입을 열었다.

「디마…… 뻑뻑…… 우리 얘긴데, 네가 연구하는 거…… 지난 목요일 이후 얼마나 진전되었지? 지난 목요일에…… 뻑뻑…… 우리 얘기하다 말았지?」

「그게 이 일과 무슨 상관이야? 지금 그거 얘기할 시간 없어!」 말랴노프는 짜증스럽게 소리를 질렀다.

베체로프스끼는 말랴노프가 맘대로 떠들도록 내버려두었다. 계속 파이프를 빨며 불그스름한 눈으로 그를 물끄러미 바라볼 뿐이었다. 베체로프스끼는 항상 그런 식이었다. 즉 나는 질문을 했고, 그러므로 당연히 대답을 기다린다는 태도였다. 말랴노프는 항복했다. 내가 졌다! 아무튼 저 녀석은 늘 뭐가 중요하고 뭐가 안 중요한지 나보다 훨씬 더 잘 아니까.

「상당한 진전이 있었어.」 그는 자신이 어떻게 그 문제를 재공식화하여 벡터 형의 방정식으로, 미적분 방정식으로 간략화시켰으며, 그리고 어떻게 그 문제의 물리학적 도면이 머릿속에 구체화되기 시작했고, 자신이 어떻게 하여 M-캐비티의 구상을 해냈으며, 마침내 어제 저녁 가르뜨비그의 함수에 생각이 미쳤는가 등을 상세히 설명했다.

베체로프스끼는 한 마디의 참견이나 질문 없이 주의 깊게 그의 말을 들었다. 딱 한 번 말랴노프가 자신의 강의에 도취된 나머지 책상 위에 단 한 장 있는 그 종이를 집어 뒷장에 그림을 그리려 했을 때, 〈말로 해, 말로〉 하며 그를 저지했다.

「그렇지만 지금 한 얘기 중 어느 한 가지도 정립을 못 해놨어.」 말랴노프는 슬프게 결론을 맺었다. 「처음엔 그 빌어먹을 놈의 잘못 걸려 오는 전화 때문에, 그리고는 식품점에서 배달부가 왔어. 그리고 또 일 좀 하려니까 이번엔 리도츠까가 나타나고……」

「그래, 그래, 그러니까 즉 가장 재미있는 대목에 와서 일손을 놨다 이거지?」

「내가 일손을 놓은 게 아냐! 인간들이 나로 하여금 일을 못하게 만든 거라니까!」

계속 불평을 토로하려는데 문득 다른 일이 상기되었다. 그는 헉헉거리며 말했다.

「참 까맣게 잊고 있었어. 바인가르텐이 어제 전화해 가지고 내게 스네고보이를 아느냐고 물었어.」

「그래서?」

「그래서 안다고 했지.」

「그리고?」

「그 녀석은 자기는 모른다고 하더라고. 하지만 그건 문제가 아냐. 너는 어떻게 생각하니? 우연의 일치였을까, 아니면……」

베체로프스끼는 말없이 담배를 뻐끔거렸다. 그리고 지루하다시피 자세하게 어제 일어난 일들에 대해 꼬치꼬치 묻기 시작했다. 언제부터 전화가 잘못 걸려 오기 시작했는가(정확한 시간). 어디를 찾는 전화였는가(구체적으로). 전화 건 사람은 누군가(여자, 남자, 아이). 전화국에서는 뭐라고 얘기했는가. 식료품 배달꾼의 인상착의. 그가 무슨 얘길 했는가. 좀 더 구체적으로 그가 배달해 온 것이 무엇이며, 그중 현재 남아 있는 것은 무엇인가…….

이 지겨운 질문 공세에 말랴노프는 완전히 맥이 빠졌다. 질문 중의 어느 하나도 자신이 당한 불상사와 관계있는 것이 없었다. 마침내 베체로프스끼는 질문을 끝내고 파이프를 쑤시기 시작했다. 말랴노프는 어느 날 갑자기 시꺼먼 색안경을 쓴 4인조 형사대가 들이닥쳐 집 안을 샅샅이, 벽지까지 뜯어내 가며 수색하고 자신을 연행해 가는 상상을 했다.

「필, 나는 어떻게 되는 거지?」

베체로프스끼는 기다리고 있었다는 듯이 대답했다.

「무엇이 우리를 기다리고 있는지 그 누가 알 것이뇨. 누가 살아남고 누가 죽을 것인지 어떻게 알 것이뇨. 강자와 악인만이 살아남는 세상. 죽음은 우리에게 찾아와 사형 선고를 내릴

것이로다. 미래를 점치는 것은 헛된 일…… 킥.」

베체로프스끼가 터지려는 웃음을 가까스로 참다가 마침내 만족스러운 폭소를 터뜨렸을 때에야 말랴노프는 비로소 그가 무슨 시 같은 걸 암송하고 있었음을 깨달았다. H. G. 웰스의 소설에 나오는 화성인들이 인간의 피를 빨아먹으며 함직한 그런 흡족한 웃음이었다. 그는 자신의 암송이 마음에 들었음에 틀림없었다. 그가 시에서 얻는 즐거움이란 순전히 형이하학적인 것 같았다.

「나쁜 자식! 사람을 놀려도 분수가 있지!」

그러자 장광설 제2탄이 시작되었다. 이번에는 산문이었다.

「기분이 나쁠 때 나는 일을 해. 고민이 있거나 우울하거나 사는 게 권태로울 때 나는 일을 해. 다른 기분 전환법도 물론 있겠지만 나는 그런 거 몰라. 그리고 그것들은 내게 도움이 안 돼. 넌 내 조언을 구하고 싶은 거지? 집에 가서 일해. 너나 나 같은 인간들은 일하는 데 연필하고 종이만 있으면 되니 얼마나 다행이냐.」

말랴노프는 물론 그 점에 수긍했다. 그러나 지금 그에게 문제는 그렇게 단순하지가 않았다. 게다가 그는 마음이 가볍고 아무 근심 걱정이 없을 때에만 연구에 집중할 수가 있었다.

「전화 좀 써도 될까?」 말랴노프가 물었다.

「바인가르텐이 왜 스네고보이에 대해 물었는지 아직 감이 안 잡혀. 전화를 해봐야겠어.」

「좋을 대로 해. 한 가지, 귀찮겠지만 전화기를 옆방으로 가져가서 걸어.」

말랴노프는 코드를 질질 끌며 옆방으로 전화기를 가져갔다. 그의 등에다 대고 베체로프스끼가 소리쳤다. 「우리 집에 있고 싶으면 있어. 여기 연필하고 종이는 얼마든지 있으니까.」

「알았네. 생각 좀 해보고.」

이번에는 아무도 전화를 받지 않았다. 말랴노프는 열 번쯤 신호가 간 뒤 일단 끊고 다시 다이얼을 돌려 열 번쯤 더 울리게 했다. 여전히 아무도 안 받았다. 자, 이제 어떻게 한다? 물론 그는 베체로프스끼의 말대로 거기 남아 있을 수도 있었다. 시원하고 조용했다. 모든 방에 냉방이 들어왔다. 그리고 위치가 좋은 덕에 길가에 지나다니는 트럭이나 자동차의 소음도 안 들렸다. 그러나 문득 그는 자신이 그 집에 있고 싶어 하는 이유는 그런 것이 아님을 깨달았다. 그는 단순히 자신의 아파트로 돌아가는 것이 두려웠던 거다. 좋다! 내가 이 세상에서 가장 사랑하는 것은 나의 보금자리다! 그런데 내가 보금자리로 돌아가는 걸 무서워해? 말도 안 돼. 미안하지만 그건 안 될 말이죠. 형사 나리.

말랴노프는 전화기를 들고 서재로 돌아갔다. 베체로프스끼는 책상 위의 종잇장을 고급 연필로 톡톡 쳐가며 들여다보고 있는 중이었다. 종이는 반 이상이 말랴노프가 전혀 모르는 이상야릇한 기호들로 가득 차 있었다.

「필, 나 가겠어.」

베체로프스끼는 그를 쳐다보았다.

「그래? 내일은 시험 감독을 해야 하지만 오늘은 계속 집에 있을 거야. 전화하든지 들르든지 해.」

「알았어.」

그는 천천히 계단을 내려갔다. 서둘 필요가 없었다. 차를 진하게 끓이고 부엌에 앉아 있자. 깔람이 내 무릎에 기어오르거든 놈을 쓰다듬어 주자. 그리고 차를 마시며 이 일을 침착하게 맑은 정신으로 정리해 보도록 하자. 우리 집에 TV가 없는 건 유감이다. 오늘 같은 날 TV 앞에 앉아 코미디나 축구 경기 같은 걸 볼 수 있다면 한결 마음이 가라앉으련만. 자신의 아파트 근처에 와서 그는 호주머니의 열쇠를 꺼냈다. 그때 갑자기 심장이 툭 소리를 내며 위장 부근까지 내려앉았다. 그리고 기계의 피스톤처럼 천천히 규칙적으로 고동치기 시작했다. 문이 열려 있었다. 그는 발끝으로 살금살금 문으로 다가가 귀를 기울였다. 누군가 집 안에 있었다. 낯선 사내의 목소리와 어린애가 대답하는 소리가 들렸다……

## 제5장

10

 낯선 사나이는 쭈그리고 앉아서 바닥에 흩어진 유리 조각을 주웠다. 부엌에는 사나이 말고도 한 댓 살 가량 먹은 사내아이가 있었다. 아이는 양손을 넓적다리 밑에 깔고 걸상에 올라앉아 다리를 흔들거리며 사나이가 깨진 컵 조각을 줍는 것을 구경하고 있었다.
 「여! 동지! 어디 갔다 오는 거야!」 말랴노프를 보고 바인가르텐이 거나한 목소리로 외쳤다.
 그의 두툼한 볼은 불그죽죽했고 검은 올리브색 눈에는 핏발이 서 있었다. 그리고 시커먼 머리털은 수세미처럼 흐트러진 채였다. 벌써 마셔도 단단히 마신 것임에 틀림없었다. 식탁 위에는 어제 식료품점에서 배달해 온 각종 안주와 반쯤 남은 수출용 〈스똘리쯔나야〉[1] 한 병이 어지럽게 놓여 있었다.
 「진정하게, 진정해. 아직 캐비아에는 손 안 댔다. 자네 올 때까지 기다리고 있는 중이었어.」

---

1 보드까의 상표명.

쭈그리고 앉아 있던 낯선 사내가 일어섰다. 바이킹 수염을 기르고 약간 아랫배가 나온 훤칠한 미남이었다. 그는 어색하게 미소를 지었다.

「얼씨구!」

부엌으로 들어서며 말랴노프는 소리쳤다. 위장 근처까지 가라앉았던 심장이 서서히 올라와 다시 제자리로 가는 것이 느껴졌다.

「나의 집은 성(城)이다. 뭐 그런 말 있지?」

「아닌 밤중에 홍두깨라 이거야?」 바인가르텐도 소리를 질렀다. 「야. 자네 저런 좋은 보드까 어디서 구했나? 안주도 기막힌데 이거!」

말랴노프는 낯선 사나이에게 손을 내밀었다. 사나이도 할 수 없이 손을 내밀었다. 그의 손엔 유리 조각이 가득했다. 약간 희극적인 장면이었다.

「주인도 안 계신데 저희 멋대로 이렇게 해서 정말 죄송합니다……. 이게 모두 제 탓입니다…….」 그는 어쩔 줄을 모르며 더듬더듬 말했다.

「원, 별 말씀을. 괜찮아요. 자 여기, 쓰레기통에다 버리세요.」

「아저씨는 겁쟁이야!」 그때 옆에 있던 꼬마가 불쑥 카랑카랑한 목소리로 말했다.

말랴노프는 이상하게 소름이 쭉 끼쳤다. 다른 두 사람도 그런 것 같았다.

「쉬, 쉬.」 잘생긴 사내는 꼬마에게 손가락을 들이대며 주의를 주었다.

「야!」 바인가르텐이 말했다. 「너 아까 준 초콜릿 아직 남았지? 거기 앉아서 잠자코 그거나 빨고 있어. 어른들 얘기하는데 끼는 거 아니야.」

「꼬마야, 왜 날더러 겁쟁이라고 그러니?」 의자에 앉으며 말랴노프는 말했다. 「왜 나를 창피 주는 거냐?」

「내가 언제 창피 줬어?」 말랴노프를 마치 희귀한 동물 보듯 이모저모 뜯어보며 꼬마가 말했다. 「사실을 말한 건데.」

그러는 사이 사나이는 깨진 유리 조각을 처리하고 수건에 손을 닦았다. 그리고 정식으로 악수를 청했다.

「자하르라고 합니다.」

그들은 의례적인 악수를 교환했다.

「작업 착수! 술 잔 두 개 더!」 양 손을 비비며 바인가르텐이 부산을 떨었다.

「이 친구야, 난 보드까 안 마시잖아.」 말랴노프가 말했다.

「그럼 포도주? 백포도주가 아직 두 병이나 더 있던데.」

「아니, 코냑으로 할래. 자하르 씨, 냉장고에서 캐비아랑 버터 좀 갖다 주세요. 그리고 다른 것들도 좀……. 배가 고파 죽을 지경이에요.」

말랴노프는 찬장으로 가서 코냑 병과 술잔을 꺼냈다. 낮에 통통 마쿠트가 앉아서 뭉개던 의자를 향해 혀를 한번 쑥 내밀고 그는 자리로 돌아왔다. 술병과 안주의 무게로 식탁에서 우지끈 소리가 났다. 에라, 진탕 마시고 취해 버리자. 저 친구들이 와줘서 잘됐다.

그러나 그의 소박한 계획은 수포로 돌아갔다. 그가 술잔을 비우고 두껍게 캐비아를 얹은 커다란 빵 조각을 집어 들기가 무섭게 바인가르텐이 완전히 술이 깬 목소리로 물었다.

「동지, 자네한테 무슨 일이 일어났었는지 빨리 다 불어.」

말랴노프는 순간 목구멍이 막힐 뻔했다.

「무슨 얘기야?」

「시침 떼긴. 지금 이 자리에 있는 우리 세 사람 모두 뭔가 불상사를 당했어. 그러니까 감출 거 없어. 말해 봐. 그래, 그 빨강 머리가 뭐라고 그러든가?」

「베체로프스끼?」

「아니, 아니, 여기 베체로프스끼가 왜 껴? 자네한테 빨강 머리 좀씨가 시키면 양복 입고 찾아왔었잖아? 그 자식이 뭐라고 그러더냐니까?」

말랴노프는 한 입 가득 빵을 베어 물고 맛도 모른 채 어적어적 씹었다. 세 사람 모두 그를 지켜보고 있었다. 자하르는 수줍은 미소를 띤 채 당혹해 하며 흘끔흘끔 그를 훔쳐보았다. 바인가르텐은 눈을 부릅뜨고 고함을 칠 태세로 앉아 있었고, 꼬마는 녹아내리는 초콜릿을 연신 빨아 가며 말랴노프를 유심히 바라보았다.

마침내 말랴노프 입을 열었다.

「여보게들. 빨강 머리라니 무슨 얘기야? 그런 인간은 한 명도 안 왔어. 나한테 찾아온 녀석은 그보다 훨씬 형편없는 녀석이었어.」

「그래, 그럼 그자에 대해서 얘기해 봐.」 바인가르텐은 성화를 부렸다.

「왜 내가 먼저 말해야 하지?」 말랴노프가 불끈했다. 「물론 감추고 싶진 않아. 하지만 자네가 캐내려는 게 뭐야? 그것부터 좀 알자. 그리고 무엇보다도 나한테 불상사가 생긴 걸 어떻게 알았는지 그것부터 불어!」

「자네가 먼저 해. 그럼 나도 말할게.」 바인가르텐은 고집불통이었다. 「그리고 나서 자하르가 말할 거야.」

「아냐. 자네들이 먼저 말해.」 또 한 개의 캐비아 샌드위치를 만들며 말랴노프는 신경질조로 말했다. 「너희는 둘이고 나는 하나 아냐.」

「아저씨부터 말해.」 꼬마가 말랴노프를 가리키며 명령했다.

「쉬, 쉬.」 완전히 당황한 자하르가 낮은 목소리로 중얼거렸다.

바인가르텐은 허탈하게 웃었다.

「댁의 아들입니까?」 말랴노프가 물었다.

「그럼 셈이죠……」 시선을 피하며 자하르는 기묘한 대답을 했다.

「저 친구 아들이야.」 바인가르텐이 초조한 듯 끼어들었다. 「그리고 그게 저 친구 얘기 중의 일부야. 미뜨까, 빨리 불어, 자, 하나도 빼지 말고……」

그들은 말랴노프를 완전히 혼란시켰다. 샌드위치를 옆으로 치워 놓고 이야기를 시작했다. 맨 처음, 그러니까 전화 건부터. 아무리 끔찍한 얘기라도 똑같은 얘기를 두 시간 만에 그대로 반복하노라면 누구나 거기서 일종의 재미를 느끼게 마련이다. 말랴노프는 무의식중에 자신의 이야기에 빨려 들어갔다. 바인가르텐은 니코틴이 밴 누런 송곳니를 드러내며 킬킬거리기 시작했다. 그러나 아무리 필사적으로 노력해도 말랴노프는 자하르를 웃길 수 없었다. 그는 거의 혼이 나간 사람처럼 앉아 있었다. 가끔 예의상 웃으려 했으나 오히려 그럴 때는 더욱 청승맞아 보였다. 그러나 얘기가 스네고보이의 자살 대목에 이르자 이젠 더 이상 웃기는 얘기가 될 수 없었다.

「거짓말 마.」 바인가르텐은 쉰 목소리로 말했다.

「그렇게 생각하고 싶으면 그건 자네 자유야. 그렇지만 그 사람 집에 봉납이 붙어 있어. 의심스럽거든 가서 자네 눈으로 확인해 봐.」

바인가르텐은 손가락으로 식탁을 톡톡 치며 잠자코 앉아 있었다. 그의 축 늘어진 볼이 규칙적으로 떨렸다. 그는 요란한 소리를 내며 자리에서 일어나 아무에게도 시선을 주지 않고 현관으로 사라졌다. 문이 덜컹 하는 소리가 들리고 집 안으로 양배추 수프 냄새가 들어왔다.

「으휴, 으휴……」 자하르는 고통스럽게 신음 소리를 냈다.

꼬마가 그에게 떡이 다 된 초콜릿 덩어리를 내밀며 말했다.

「먹어.」

자하르는 다소곳이 한 입 베어 물었다. 문소리가 나고 바인가르텐이 여전히 아무에게도 시선을 주지 않으며 자리로 돌아왔다. 그는 보드까 한 잔을 단숨에 삼키고 쉰 목소리로 물었다.

「그래서?」

「그게 다야. 그런 다음에 베체로프스끼한테 갔었어. 그 악당들이 사라지고 나서 말이야. 그리고 좀 전에 집에 온 거야.」

「그러면 그 빨강 머리는?」

「멍청한 자식! 몇 번 말해야 알겠니? 빨강 머리는 없었다니까!」

바인가르텐과 자하르는 시선을 교환했다.

「알았어. 일단 네 말이 다 사실이라고 치자. 그리고 그 여자, 리도츠까인지 뭔지. 그 여자가 수작을 걸어오든?」

「으응…… 응. 에, 그러니까, 내가 맘만 먹었더라면 간단히 넘어갈 것 같았어…….」 말랴노프는 신경질적으로 웃었다.

「에라, 이 나쁜 놈아! 내 얘긴 그런 뜻이 아니야. 어쨌든. 그러면 그 형사는?」

「이것 봐, 발. 이게 진짜 다야. 고스란히 다 말했어. 휴, 빌어먹을, 도대체 하루에 똑같은 심문을 세 번씩 받아야 하니 원!」

「발, 어쩌면 이쪽은 정말 다른 얘기인지도 모르잖아?」 자하르가 주저하며 말했다.

「말도 안 돼! 다른 얘기일 수가 없어. 저 친구는 연구를 해야 하고, 그래서 그자들이 방해하는 거야. 틀림없어. 거기다가, 저 친구 이름도 언급됐다고.」

「뭐? 누가 내 이름을 언급했어?」 말랴노프는 불길한 예감을 느끼며 물었다.

「오줌 마려워.」 꼬마가 분명한 소리로 말했다.

그들은 모두 그 아이를 쳐다보았다. 그들을 차례로 훑듯이 쳐다보며 꼬마는 걸상에서 내려와 자하르에게 말했다.

「데려다 줘.」

자하르는 비굴한 미소를 띠며 〈응, 알았다〉 하고는 꼬마를 데리고 목욕탕으로 사라졌다. 그들은 변기 뚜껑 위에 앉아 있던 깔람을 쫓아냈다.

「누가 내 이름을 들먹거렸다는 거야?」말랴노프가 바인가르텐에게 물었다. 「이게 대체 모두 무슨 사건이야?」

바인가르텐은 고개를 비스듬히 하고 목욕탕에서 나는 소리에 귀를 기울였다.

「휴, 저 친구 꼼짝없이 잡혔구나.」바인가르텐은 서글프게 말했다. 「구바르는 꼭 잡혔어!」

말랴노프의 머릿속에서 무언가 빙글빙글 돌기 시작했다.

「구바르라니?」

「저 친구 말이야, 자하르 구바르. 너도 보다시피 사람을 저렇게 맘대로 가지고 놀 수가 있냐……」

「저 사람 로켓 공학자야?」

「누구? 자하르? 아니. 정밀 공학자야. 그쪽에선 거물이야. 컴퓨터화된 벼룩을 만들어 낼 정도야. 아니, 무얼 만들어 내는 게 중요한 게 아니지. 문제는 저 친구 자기 하는 일에 세심한 배려와 철저한 사명감으로 임한다는 점이야. 자기 스스로가 인정했어. 그게 사실이고.」

꼬마는 부엌으로 돌아와 다시 걸상으로 올라갔다. 자하르가 그의 뒤를 따라 들어왔다.

「자하르, 지금 막 생각이 났는데요, 스네고보이가 선생에 대해 물어 보았소.」

말랴노프는 난생 처음으로 바로 자신의 눈앞에서 누군가가 문자 그대로 새하얗게 변하는 걸 보았다. 자하르의 얼굴은 백

짓장 같았다.

「나, 나에 대해서요?」

「예. 어젯밤에.」 말랴노프에게 그런 식의 반응은 정말 뜻밖이었다.

「네에, 그 친구 알고 있었나?」 바인가르텐이 부드럽게 물었다.

자하르는 소리 없이 고개를 저으며 담뱃갑을 더듬었다. 그러나 반 이상을 바닥에 흘리고 성급하게 줍기 시작했다. 바인가르텐이 쉰 소리를 냈다. 「동지들, 이 사건을 맨 정신으로는 도저히……」 그는 보드까를 더 따랐다. 그러자 꼬마가 말했다.

「생각들을 해봐! 사건은 그 자체로선 아무 뜻도 없다고!」

말랴노프는 다시 몸을 부르르 떨었다. 자하르는 자리에서 일어나 호소하는 듯한 얼굴로 꼬마를 보았다. 꼬마는 계속 떠들었다.

「우연의 일치야. 전화번호부 펼쳐 봐. 구바르라는 성이 적어도 여덟 개는 될걸!」

11

말랴노프는 그를 6학년 때 처음 알았다. 7학년 때 단짝이 된 이래 그들은 줄곧 붙어 다녔다. 바인가르텐은 세월이 지나도 조금도 달라지지 않았다. 다만 나날이 덩치가 커졌을 뿐이었다. 그는 언제나 명랑하고 다혈질이고 뚱뚱했다. 그리고 언제나 뭔가를 수집했다. 우표, 동전, 소인, 병의 레테르 등. 생물학자가 되고 나서 얼마 후 그는 배설물을 수집하기 시작했다. 젠까 시도르세프가 남극에서 고래 배설물을 갖다 주고, 사냐 지뜨뉴끄가 뻬제젠뜨 지방에서 사람 배설물을 갖다 준 것이 화근이었다. 물론 보통 배설물이 아니라 9세기 때의 화석이긴 했지만. 그는 언제나 친구들에게 잔돈 가진 거 보여 달라고 조르고, 친구들의 우편물을 중간에 가로채고, 그리고 소인이 찍힌 봉투를 달라고 늘 주위 사람을 괴롭혔다.

그러나 어쨌든 자신의 학문에는 철저했다. 벌써 오래 전부터 학과장직에 있어 왔고, 소련에서뿐만 아니라 국제적으로 알려진 스무 개 정도의 무슨 위원회 회원이었고, 늘 학술회의 건으로 해외여행을 했다. 조금 있으면 정교수로 승진되려는 참이었다. 그는 친구들 중에서 베체로프스끼를 가장 존경했다. 베체로프스끼가 노벨상을 수상한 사실에 그는 언제나 감격해 했고, 또한 자기도 조만간에 노벨상을 받겠노라고 늘 큰소리를 쳤다. 그는 말랴노프에게 이미 백 번도 넘게 자신이 노벨상을 받으면 메달을 어떤 식으로 달고 데이트 장소에 나갈 것인가를 얘기했다. 그는 허풍쟁이였고 또 기가 막힌 얘기꾼이었다. 아무리 하찮은 사건도 그의 입을 통하면 즉시 도스또예프스끼나 똘스또이의 대하드라마로 둔갑되었다. 그러나 이상하게도 그는 거짓말을 거의 할 줄 몰랐고 어쩌다 자신의 거짓말이 탄로 나면 지나치게 부끄러워했다.

어찌된 까닭인지 이르까는 그를 꺼려했다. 말랴노프 생각에는 그들의 결혼 초기에, 즉 아직 보브까가 태어나기 전에 그가 이르까에게 추파를 던졌는데 보기 좋게 퇴짜를 맞은 것 같았다. 그는 여자를 낚는 데 도사였다. 그렇다고 그가 무슨 치한이나 그런 류의 인간이라는 것은 아니었다. 그는 다만 정열적으로 생을 즐기고 있었을 뿐이며 여자에게 거절당했을 때는 언제나 기꺼이 패배를 인정했다. 결과야 어떻건 그는 언제나 새로운 여자와의 모험을 진지하게 즐겼다. 보기 드문 미인인 그의 아내 스베따는 이미 오래 전에 남편의 바람기에 대해 포기했다. 특히 그가 공공연한 장소에서 아내를 구박하고 부부 싸움을 하는 걸 즐기는 버릇이 있다는 것을 안 뒤에는 완전히 입을 다물고 말았다. 일반적으로 그는 싸우기를 좋아했다. 그와 함께 음식점 같은 데 가는 것은 한 마디로 싸움판에 끼는 셈이었다. 간단히 말해서 그는 아무런 큰 장애 없이 여태껏 행복하고 평탄하고 성공적인 생을 살아온 셈이었다.

그런데 한 2주 전부터, 그러니까 작년에 시작한 실험에서 완전히 예상 밖의, 심지어 세상을 놀라게 할 만한 결과들이 나타나기 시작할 때부터 이상한 사건이 연이어 발생했다. (「동지들, 자네들은 이해 못할 거야. 이건 역전사 효소와 관계가 있는 거라고. RNA-종속 DNA-폴리메라제란 말씀이야. 그리고 본인이 장담하건대 이건 노벨상 감이야.」) 그러나 실험실에서는 바인가르텐밖에 아무도 실험 결과를 충분히 평가하지 못했다. 대부분의 교수들이 숫제 관심조차 안 보였고 좀 창의성이 있는 과학자들은 그 실험이 완전히 실패한 거라고 치부해 버렸다. 여름이었으므로 모두가 바캉스 계획으로 들떠 있었다.

그러나 바인가르텐은 모든 휴가 신청서의 결재를 거부했고 결과는 일대 혼란이었다. 부하 직원들 간에 원성의 소리가 높아지고 지방 노사 분규 처리 위원회니 당간부 회의니 등이 소집되고……. 그는 여기저기 불려 다니며 해명을 하고 비지땀을 쏟았다. 그러던 중 어느 회의에서 그는 반쯤 비공식적으로 어떤 정보를 제공받았다. 즉 최고 위원회에서 발렌찐 안드레예비치 바인가르텐 동무를 현재 도브롤류보프 현에 건설 중인 초현대식 생물학 연구소 소장으로 점찍어 놨다는 것이었다.

처음에 그는 머리가 핑 돌았으나 곧 이성을 되찾았다. 첫째 소장직이란 아직도 미지수이며 그리고 둘째, 만약 그것이 사실이라 해도 소장직에 임명되면 자신이 현재 하고 있는 창조적 실험에서 1년 내지 1년 반, 아니면 2년 정도까지 손을 떼야 한다는 사실을 깨달았다. (「동지들, 그 사이에 노벨상은 물거품이 되는 거라고.」)

그리하여 바인가르텐은 공손히 고려해 보겠다는 말만 남기고 실험실과 역전사 효소와 부하 직원들의 원성과 스캔들 속으로 돌아갔다. 이틀 후, 과학 아카데미 원장이 그를 소환해서 그가 현재 하고 있는 실험에 대해 꼬치꼬치 캐물었다. (「헤, 내가 그걸 말할 줄 알아? 한 마디 뻥긋도 안 했다고.」) 원장은 그에게 결과가 의심스러운 그 실험을 당장 그만두고 대신 이러저러한 실험을 해보라고 종용했다. 후자는 국가 경제에 어마어마한 이익을 가져다 줄 것이며 성공만 하면 명성은 물론 하루아침에 돈방석에 앉게 된다는 거였다. 그리고 원장은 자기라면 목숨을 걸고 덤벼들 만한 일이라고 덧붙였다.

갑자기 밑도 끝도 없이 자신에게 굴러 들어온 이 엄청난 제안에 그만 어안이 벙벙해진 바인가르텐은 돌이킬 수 없는 실수를 저지르고 말았다. 즉 그 얘기를 집에서 자랑삼아 떠벌리고 만 것이었다. 그것도 다른 사람 아닌 장모가 있는 앞에서. 그는 장모를 〈각하〉라고 불렀는데 실제로 그녀는 은퇴한 여군 장교였다. 그리하여 검은 구름이 그의 머리 위에 끼기 시작했다. (「동지들, 그 순간부터 우리 집은 제재소로 돌변했어. 식구들이 밤이고 낮이고 나를 톱질해 대는 거야. 제의를 즉시 수락하라는 거지. 그것도 한꺼번에 두 가지다.」)

그러는 사이에도, 즉 간헐적인 온갖 소동과 말썽 속에서도 실험실에서는 놀라운 결과들이 속속 추출되었다. 그러자 이번에는 그의 무지무지 먼 친척뻘 되는 아주머니가 사망했다. 가산을 정리하던 중 근처 까브골로프 현에 있는 그녀의 저택 다락방에서 1961년도 이래 유통이 중단된 희귀한 소비에트 주화로 가득 찬 함지를 발견했다. 믿지 못할 일이지만 그 함지를 발견한 순간 바인가르텐은 인생의 모든 것을, 심지어 노벨상에 대한 포부까지 완전히 잊어버렸다. 그는 연구소에서 걸려 오는 전화와 〈각하〉의 잔소리에 완전히 귀를 막고 나흘 동안 침식을 잊은 채 방안에 틀어박혀 내용물을 검토했다. 그리고 함지에서 상상도 못하게 진귀한 동전을 찾아냈다. 아, 삶의 즐거움이여! 그러나 문제는 거기서 끝난 게 아니었다.

동전과 장난치는 걸 끝내고 그가 실험실로 돌아갔을 때 그는 심장이 멈춰 버렸다. 물론 아직 미비한 점이 상당히 있었고 논리적으로 정립시켜야 할 점들이 꽤 있었지만 실험은 의심의 여지없이 성공이었다. 바인가르텐은 쳇바퀴 속의 다람쥐처럼 일하기 시작했다. 그는 연구소에서 동료나 부하 과학자들이 떠들어대는 것에 종지부를 찍었다. (「동지들, 그 작자들 모조리 바캉스나 가라고 내쫓아 버렸어!」) 〈각하〉를 위시한 집안 식구들을 근교의 별장에 24시간 동안 대피시키고 모든 약속을 취소하고 그는 실험의 이론적 마무리를 짓기 위해 책상 앞에 앉았다. 그게 그저께의 일이었다.

그 빨강 머리가 나타난 것은 바로 그저께 그가 막 일에 착수하려던 찰나였다. 빛바랜 빨강 머리의 왜소한 사내였다. 검은 구닥다리 양복을 입은 그는 애들 방에서 나타났다. 바인가르텐이 하도 놀라 미처 소리도 지르지 못하고 있는 사이에 그자는 책상 모서리에 걸터앉아 얘기를 시작했다. 서론은 완전히 생략해 버리고 그는 단도직입적으로 본론에 들어갔다. 우주에 존재하는 어떤 4차원 문명이 오래 전부터 그를, 즉 V. A. 바인가르텐을 관찰해 왔으며 그의 연구를 조마조마하게 지켜봐 왔다는 얘기였다. 그리고 위에서 말한 바인가르텐의 실험에 대해 그들은 몹시 우려를 표명하게 되었고 그리하여 그가, 즉 빨강 머리가 V. A. 바인가르텐의 연구를 즉시 중단하고 거기 관련된 일체의 자료를 소각시켜 버리도록 하기 위해 파견되었다는 것이었다.

당신은 우리가 어째서 이런 요구를 하는지 알 필요는 전혀 없소. 빨강 머리는 계속 말했다. 알아 둘 것은 우리로선 우리의 목표를 자연스럽게 달성하기 위해 이미 다른 모든 수단을 취했다는 점이오. 당신에게 제의된 소장직이나 새 실험 과제, 그리고 동전함의 발견, 심지어 연구소에서 일어난 바캉스 스캔들이 그냥 우연히 일어난 게 아니었소. 우리는 당신을 그런 식으로 저지하려 했던 거요. 그러나 우리는 성공하지 못했고 따라서 본인의 직접 방문 같은 이런 비상조치를 쓰게 된 거요. 또 한 가지, 당신에게 제의된 것들은 아직도 유효하므로 당신이 우리의 요구에 응하기만 한다면 아직 그것들을 수락할 기회가 있소. 그리고 당신이 우리에게 협조할 경우, 우리는 당신의 인간적 속성에서 비롯되는 온갖 속물적인 욕망들을 기꺼이 충족시켜 줄 작정이오. 이 약속에 대한 표시로 지금 당장 작은 선물을 주겠소.

그러더니 빨강 머리는 공기 중으로부터 작은 꾸러미를 꺼내 바인가르텐 앞에 떨어뜨렸다. 꾸러미는 직업 우표 수집가가 아니면 그 가치를 상상도 못할 정도의 희귀 우표로 가득 차 있었다.

빨강 머리는 얘기를 계속했다. 당신이 우리 4차원계의 감시를 당하고 있는 유일한 지구인은 아니오. 당신의 동료 중에 적어도 3명의 지구인이 똑같이 감시를 받고 있소. 당신들의 공통점은 모두 현재 어떤 중요한 실험이나 발견에 마무리를 짓는 단계에 와 있다는 점이오. 그들의 이름은 이렇소. 천문학자 드미뜨리 알렉세예비치 말랴노프, 정밀 공학자 자하르 자하로비치 구바르, 그리고 물리학자 아르놀드 빠블로비치 스네고보이. 우리는 당신에게 지금부터 정확하게 72시간의 생각해 볼 여유를 주겠소. 그 이후엔 우리도 다소 극단적인 〈최후 수단〉을 강행할 수밖에 없을 것이오.

「그 작자가 이런 얘기를 하는 동안 말이지,」 바인가르텐이 말했다. 「내가 생각한 게 뭔 줄 알아. 동지들? 난 저 녀석이 열쇠도 없이 어떻게 들어왔을까 줄곧 생각만 하고 있었다고. 더구나 내가 문에다 빗장까지 질러 놨는데 말이야. 미리 침입해서 침대 밑에 숨어 있다가 그게 싫증이 나니까 본색을 드러낸 좀도둑? 나도 사실 처음엔 그렇게 생각했어. 그러는 사이에 녀석이 연설을 끝냈어.」 바인가르텐은 효과를 위해 잠시 말을 멈췄다.

「그리고 그는 창밖으로 유유히 날아가 버렸다?」 이를 갈며 말랴노프는 대꾸했다.

「무슨 소리!」 바인가르텐은 조금도 당황하지 않고 더욱 웅변적인 태도로 말했다. 「날아간 정도가 아니야. 그냥 그 자리에서 증발해 버렸어!」

「빌까!」 참다못해 말랴노프가 외쳤다.

「진짜야, 동지. 그자는 바로 내 코앞에 앉아 있었어. 난 앉은 채로 자식의 상판을 한 대 갈겨 줄 참이었거든……. 근데 녀석이 없어졌어! 영화에서처럼. 무슨 얘긴지 알겠어?」

바인가르텐은 마지막 남은 커다란 캐비아 한 점을 입 속에 처넣고 눈물까지 흘려 가며 힘들게 꿀꺽 삼키고는 눈을 끔벅이며 얘기를 계속했다.

「지금은 좀 나은 편이야, 동지들. 그렇지만 그때는 의자 위에 완전히 뻗어 가지고 눈도 못 뜨고 그자의 얘기를 되새기고 있었어. 휴, 전신이 그야말로 사시나무처럼 떨리더라고. 진짜 그 자리에서 당장 죽을 거 같더라니까. 그런 일을 언제 당해 봤어야지. 간신히 〈각하〉 방으로 엉금엉금 기어가 각하가 드시던 발레리안을 몇 알 삼켰지. 소용이 없더라고. 근데 옆을 보니 브로마이드가 있기에 그것도 몇 알 먹었어……」


12


「순 거짓말……」 말랴노프가 마침내 입을 열었다. 바인가르텐은 대답 대신 경멸하는 표정을 지었다. 그러다가 소리를 꽥 질렀다.

「바보!」

말랴노프는 무슨 말을 어떻게 해야 좋을지 몰랐다. 만일 그의 얘기가 새빨간 거짓말이거나 아니면 하다못해 〈약간만〉 거짓말이었어도 그는 그런 식으로 얘기하지 않았을 것이다. 그는 우선 그 우표딱지들을 먼저 보인 후 다소 그럴듯한 이야기를 꾸며 대어 장광설을 늘어놓았을 것이었다.

「그래서 그 다음엔 어떻게 됐는데?」 또 다시 심장이 아래로 떨어지는 것을 느끼며 말랴노프가 물었다.

아무런 대답이 없었다. 바인가르텐은 보드까를 한 잔 더 따라 단숨에 마시고 마지막 한 점 남은 청어를 입 속에 집어넣었다. 구바르는 꼬마가 술잔을 가지고 장난하는 것을 불안하게 바라보고 있었다. 그의 얼굴은 창백하고 심각했다.

청어를 삼킨 바인가르텐이 얘기를 계속했다. 그러나 이번에는 지쳤는지 조금도 농담을 섞지 않았다. 그는, 구바르에게 전화를 했으나 아무도 안 받았다는 것, 말랴노프에게 전화를 걸어 스네고보이란 사람이 실제로 있다는 걸 알아냈다는 것, 그리고 말랴노프가 리도츠까를 맞으러 문으로 가버린 후 하도 오랫동안 수화기로 돌아오지 않아 기절초풍을 했었다는 것 등을 간략하게 얘기했다. 그는 밤새도록 한숨도 못 자고 방안을 거닐며 생각하고 생각하고 또 생각하다 브로마이드를 먹고 조금 더 생각했다. 오늘 아침에 말랴노프에게 전화를 걸어 그들이 그에게도 접근한 사실을 알아냈고, 그러는 참에 구바르가 찾아왔다. 자신의 문제를 가지고…….

## 제6장

13

구바르는 열등생이었다. 어렸을 때부터 농땡이 부리기 일쑤였고 좀 지나치다 싶게 성(性)에 관심이 많았다. 9학년 때 퇴학을 당하고 병원의 노무원, 트럭 운전수 등을 전전하다 실험실 조수로 고용되었다. 거기서 그는 바인가르텐과 알게 되었다. 현재 그는 과학 기술 연구소에서 에너지 역학과 관련된 중요한 기밀 프로젝트를 위해 일하고 있었다. 그는 아무런 정규 기술 교육을 받은 적이 없었지만 언제나 아마추어 라디오 광이었고 태어날 때부터 전자 공학이 몸에 배어 있었다. 따라서 학위도 아무것도 없었지만 그는 연구소에서 급속도로 두각을 나타냈다.

이미 몇 가지 신안 특허권을 취득한 그는 현재도 두서너 가지 발명에 손대고 있는 중이었다. 자신도 그 중 어떤 것 때문에 불상사를 당했는지는 확실히 몰랐다. 작년에 한 일 때문인 것 같았다. 작년에 그는 〈페이딩의 건설적 이용〉에 관해 뭔가 발명을 했고, 확신은 못했지만 그것이 화근이 된 것으로 짐작하고 있었다.

그의 인생에서 가장 중요한 것은 언제나 여자였다. 여자들이 늘 꿀을 찾는 벌떼처럼 그에게 달라붙었다. 언젠가부터 여자들이 그에게 달려드는 것을 멈추자 이번엔 그가 여자들에게 달려들기 시작했다. 그는 한 번 결혼한 적은 있으나 결혼 생활에서 얻은 거라곤, 가장 불쾌한 기억과 밥맛없는 교훈뿐이었다.

그래서 그 이후로 그는 결혼이란 것에 대해 가장 단호한 거부감을 고수해 왔다. 한 마디로 말해서 그는 최고 수준급의 〈레이디 킬러〉였다. 그리고 그에 비하면 바인가르텐은 수도승이나 은자, 아니면 금욕주의자로 보일 지경이었다. 그렇다고 해서 그가 무슨 더러운 호색한(好色漢) 같은 종류의 인간은 아니었다. 그는 여성에게 존경과 심지어 일종의 경외감까지 갖고 대했으며 도구로 여겼다. 그는 절대로 한 번에 두 여자와 사귀는 적이 없었고, 한 번도 싸우거나 불유쾌한 장면을 연출한 적도 없었다. 그리고 단 한 번도 여자의 가슴에 못을 박은 적이 없었다. 그러니까 그의 불행한 결혼이 파탄이 난 이래 여자와의 문제에 관한 한 만사가 순조로웠던 셈이었다. 최근까지.

그는 자신을 향한 우주인의 협박은 우선 발에 원인 불명의 악성 발진이 돋은 데서부터 시작된 것으로 간주했다. 신체의 건강관리에 늘 철저한 그는 의사에게 곧 달려갔고 의사는 별거 아니라고 하며 알약을 지어 주었다. 발진은 곧 잠잠해졌다. 그러자 이번에는 여자들의 습격이 시작되었다. 하루아침에 여자들이, 즉 과거에 그와 관계를 맺었던 모든 여자들이 떼를 지어 모여들었다. 그들은 삼삼오오 짝을 지어 그의 아파트로 찾아왔다. 어떤 날은 한꺼번에 다섯 명이 동시에 들이닥쳤다. 그는 그녀들이 무엇을 원하는지 도무지 알 수가 없었고 더욱 해괴한 것은 그녀들 자신조차 자기들이 무얼 원하는지 모르는 것 같은 점이었다. 그들은 욕지거리를 해대며 그의 바짓가랑이에 매달리고 무언가를 애원하였다. 그러다가 자기들끼리 뒤엉켜 싸우고 그의 집에 있는 모든 접시와 일제(日製) 대야를 깨뜨리고 가구를 부수었다. 한 마디로 발작이었다. 자기들끼리 서로 독살하려는가 하면 그를 독살하겠다고 위협하고 끝없이 섹스를 요구하였다. 그들 중의 대부분이 이미 오래 전에 결혼해서 아들딸 낳고 행복하게 살고 있던 터였다. 그녀들의 남편들도 그의 아파트로 찾아와 몹시 기묘한 장면을 연출하였다 (이 대목에 가서 구바르는 우물거리며 말끝을 흐렸다).

그의 생활은 간단히 말해 생지옥이었다. 그는 7킬로그램이나 살이 빠지고 온몸에 발진이 돋았다. 일을 할 수 없는 것은 자명한 사실이었다. 그는 비록 빚더미 위에 앉아 있었지만 하는 수 없이 무급 휴직서를 제출해야 했다(처음에 그는 이 난리를 피해 연구소로 도망칠 생각도 했으나 순수하게 개인적인 문제로 공공연히 물의를 빚게 될까 봐 곧 포기했다. 이 대목에서도 그는 우물거렸다).

아비규환은 열흘간 〈논스톱〉으로 계속되다가 갑자기 이틀 전에 중단되었다. 그가 마지막으로 남은 여인을 음울하게 생긴 경찰관 남편에게 간신히 돌려보내고 났을 때 한 여자가 아이를 데리고 나타났다. 그는 그 여자를 기억했다. 6년 전의 일이었다. 그들은 만원 버스에서 서로 부대끼다가 알게 되었다.

그는 그녀를 보았고 대번에 자기가 본 대상에 마음이 끌렸다. 실례합니다, 하고 그가 말했다. 혹시 연필하고 종이 좀 있으면 잠깐 빌려 주시겠어요? 그러죠, 여기. 그녀는 핸드백에서 종이와 연필을 꺼냈다. 감사합니다. 그럼 이제 여기다 댁의 성함과 전화번호를 좀 적으실까요. 그들은 리가 해변에서 톡톡히 재미를 보았고 평화롭게 헤어졌다. 서로에게 만족한 채 미래에 다시 만날 약속 같은 것은 전혀 하지 않은 채 깨끗이 헤어졌다.

그런데 지금 난데없이 그녀가 문간에 서서 데리고 온 아이가 그의 아들이라고 주장하는 것이었다. 그녀는 3년 전에 명성과 성품을 함께 갖춘 남자와 결혼하여 사랑과 흠모 속에서 살고 있었다. 그녀는 자신이 왜 구바르에게 찾아왔는지 설명하지 못했다. 그가 묻기만 해도 울음을 터뜨렸다. 그녀는 꼭 마주잡고 마치 내 죄를 내가 압니다 하는 표정으로 가만히 있었다. 그녀가 구바르의 쑥밭이 된 아파트에서 보낸 며칠간은 악몽 중에서도 가장 지독한 대목이었다. 그녀는 몽유병자처럼 밤낮을 가리지 않고 무언가를 중얼거렸는데 구바르는 한 마디도 이해할 수 없었다. 그러다가 어제 아침 그녀는 몽유병에서 깨어나 구바르를 목욕탕으로 끌고 갔다. 수돗물을 있는 대로 세게 틀어 놓고 그녀는 구바르의 귓속에다 전혀 믿을 수 없는 이야기를 소곤소곤 하기 시작했다.

그녀의 얘기에 의하면 세상이 창조된 때부터 지구 위에는 신비의 9인 연합이라는 것이 존재해 왔다는 것이었다. 그들은 무시무시할 정도로 현명한 자들로 절대로 죽지 않는 초능력이 있었다. 그들의 관심사는 두 가지로, 첫째 인류의 모든 과학의 업적을 수집하여 자신들이 지배하는 것, 둘째 인류가 과학 기술의 진보를 자기 파괴의 목적에 이용하지 못하도록 통제하는 것 등이었다. 이 9인의 현자(賢者)들은 절대적으로 전지전능하므로 그들로부터 숨거나 그들에 대항해 싸운다는 것은 헛수고였다. 지금 9인 연합에서 자하르 구바르를 감시하고 있었다. 왜? 그것은 그녀도 몰랐다. 그리고 그들이 구바르에게 무엇을 요구하는지도 그녀는 설명할 수 없었다. 구바르 자신이 알아내야 할 문제였다. 그녀가 아는 것은 다만 한 가지, 최근 그에게 일어난 불상사는 경고였으며 그녀 자신 또한 경고의 표시로 그에게 파견됐다는 점이었다.

그녀는 아이를 그에게 남기고 오라는 지령을 받았다. 누가 지령을 내렸는지 알지도 못했거니와 알고자 하지도 않았다. 제발 저 아이에게 아무 일도 생기지 않도록 해주세요. 저 아이에게 무슨 말이나 행동을 취할 때는 스무 번 이상 생각한 뒤 하세요. 제발…… 흑흑…… 전 이제 가봐야 해요……. 손수건에 얼굴을 파묻고 엉엉 울며 그녀는 떠났다. 그리고 구바르는 아이와 단둘이 남겨졌다. 오늘 오후 3시까지 그들 사이에서 벌어진 일에 대해 그는 언급을 회피했다. 그러나 뭔가 일이 생겼음에는 틀림없었다. (이 대목에 가서 꼬마가 소리쳤다. 「내가 군기를 잡아 놨어!」) 3시경에 구바르는 더 이상 참을 수가 없어 가장 친한 친구인 바인가르텐에게로 찾아왔다.

「나는 아직도 아무것도 이해할 수가 없어.」 그는 결론을 맺었다. 「선생의 얘기도 들었고, 발까, 자네의 얘기도 들었지만 아직도 뭐가 뭔지 모르겠어. 더위 탓인가? 아무튼 2백 50년 만에 처음 있는 폭서라잖아. 우리 모두 정신이 좀 이상해졌나 봐. 각자 제 나름대로.」

「잠깐, 자하르.」 상을 찌푸리며 바인가르텐이 말했다. 「자네는 정신이 돈 게 아니야. 그러니까 아직 가정은 세우지 마.」

「가정?」 못마땅한 듯 구바르가 말했다. 「가정 같은 거 필요 없어. 내겐 확실해. 여기 앉아 있으면서 해결되는 일은 아무것도 없어. 적절한 기관에 이 문제를 보고해야 돼.」

바인가르텐은 덤벼들 듯한 기세로 그를 쳐다보았다.

「어디다 이 일을 보고하자는 거야?」

「내가 어떻게 알아.」 구바르가 음침한 목소리로 말했다. 「무슨 관청이 있을 거야. 정보부 같은 데.」

꼬마가 큰소리로 키득거렸다. 구바르는 입을 다물었다. 말랴노프는 바인가르텐이 정보기관에 출두하여 취조관에게 검은 양복을 입은 빨강 머리 난쟁이 얘기를 하는 모습을 상상했다. 비슷한 상황에서의 구바르의 모습은 더욱 우습게 보일 것 같았다. 그리고 말랴노프 자신은······.

「이봐, 자네들은 하고 싶은 대로 하라고. 그렇지만 경찰서는 나한테는 적절한 기관이 아니야. 우리 앞집 사는 남자가 기묘한 상태로 죽었어. 그리고 나는 그를 마지막으로 본 사람이고 아무튼 내 발로 경찰서까지 갈 필요가 없다고. 조만간에 경찰서에서 날 찾아올 테니까.」

바인가르텐은 즉시 말랴노프의 잔에 코냑을 따랐고, 그는 맛도 안 보고 단숨에 삼켰다. 바인가르텐은 한숨을 쉬었다.

「그래. 동지들. 상상을 할 수가 없어. 한 마디만 해봐. 당장 정신 병원으로 끌려갈 거야, 우리 스스로가 해결해야 해. 미뜨까, 자네가 생각을 해봐. 자네 머릿속이 그래도 제일 또렷또렷하잖아. 어서 해결책을 찾아보라고.」

말랴노프는 이마를 쓰다듬었다.

「사실은 내 머리 속도 엉망이야. 무슨 말을 할 게 있겠어. 이건 완전히 악몽이야. 한 가지 이상한 건 너와 저 친구는 노골적으로 일을 중단하라는 명령을 받았는데 나는 아니라는 점이야. 다만 내 생활이……」

「맞아!」 바인가르텐이 참견을 했다. 「첫 번째 사실: 누군가가 우리의 연구를 저지하려고 한다. 질문: 누가? 관찰: 낯선 사람이 찾아온다.」 바인가르텐은 손가락의 마디를 꺾으며 계속했다. 「9인 연합의 정보원이 자하르를 방문한다. 그런데, 참, 너는 9인 연합이란 것에 대해 들어 본 적 있어? 나는 그런 말 들어 본 것 같아. 기억은 안 나지만 무슨 책 같은 데서 읽은 것도 같고. 좌우지간…… 그러나 너에겐 직접적인 압력이 가해지지는 않았다. 물론 너를 방문한 자들은 변장한 정보원들이지만. 이런 사실들로부터 얻어지는 결론이 무엇이겠어?」

「글쎄……」 말랴노프는 우울하게 말했다.

「결론은, 외계인이니 9인의 현자니 하는 것은 말짱 헛소리고, 다른 어떤 것, 어떤 미지의 세력이 우리의 일에 간섭을 하고 있는 거야.」

「말도 안 돼. 환각이야. 순전히 조작이야. 생각을 해 봐. 내가 연구하는 것은 먼지 구름에 싸인 별들에 대한 거야. 너는 역전사 효소고. 자하르는 일반 전자 공학이고.」 말랴노프는 갑자기 어떤 사실에 생각이 미쳤다. 「참, 스네고보이도 그 비슷한 말을 했어. 그가 죽기 얼마 전에 뭐라고 그랬는지 알아? 〈여기는 땅, 저기는 물〉 그랬어. 이제야 그 친구가 한 얘기의 의미를 알겠어. 그 친구도 머릴 싸매고 생각했던 거야. 너는 우리에게 접근한 것이 세 가지 각기 다른 세력이라고 생각하나?」

「아니, 동지, 잠깐, 잠깐, 그렇게 서두를 것 없어.」

바인가르텐은 마치 자신은 이미 오래 전에 이 문제를 해결했으며 만일 아무도 자신을 방해하지 않는다면 당장에 모든 걸 완전히 명료하게 설명할 수 있을 거라는 태도로 앉아 있었다. 그러나 그는 아무것도 설명하지 못했다. 말을 멈추고 빈 청어 단지를 뚫어지게 바라볼 뿐이었다.

침묵이 흘렀다. 한참 후에 구바르가 조심조심 입을 열었다.

「나는 스네고보이에 대해 줄곧 생각하고 있는 중이야. 그러니까……. 그 친구도 일을 중지하라는 명령을 받았겠지……. 그러나 그럴 수가 없었을 거야. 군인이었거든. 그 친구 일은 국가 기밀에 해당…….」

「오줌 마려워!」 꼬마가 소리를 질렀다. 구바르는 한숨을 쉬며 아이를 목욕탕으로 데려갔다.

「아니, 동지, 서둘지 말고 찬찬히 생각해 보자고.」 바인가르텐이 다시 말문을 열었다. 「지구 위에 어마어마한 힘을 보유한 일단의 생명체가 존재한다고 가정하자. 여태껏 일어난 모든 장난을 조작해 낼 정도로 초인적인 힘을 보유했다 치자 이런 얘기야. 일단 그것을 9인 연합이라 부르자고. 그들의 관심사가 무엇인가? 어떤 목표를 향해 어떤 분야에서 진행되는 어떤 연구를 중단시키는 거야. 그걸 우리가 어떻게 안다? 어쩌면 레닌그라드에 지금 우리처럼 미치려고 하는 사람들이 백 명쯤 더 있을지도 몰라. 그리고 세계적으로 수천 명의 학자들이 우리와 똑같은 입장에 처해 있는지도 몰라. 그리고 우리처럼 그들도 사태를 인정하기 두려워 할 거야. 공포에 떨거나 몹시 당황해하거나. 어떤 자들은 기뻐할지도 모르지만! 어쨌든 상당히 구미가 당기는 제안들을 받았을 테니까.」

「흥, 나한테는 아무것도 구미 당기는 제의 같은 거 안 했어. 오히려 내 코냑을 훔쳐 갔어.」 말랴노프는 볼멘소리로 대꾸했다.

「그것도 계획에 있는 일이야! 너는 돈이 뭔 줄 모르는 머저리 아니냐! 네 녀석은 도대체 언제 누구한테 뇌물을 바쳐야 하는지도 모르는 멍청이야! 너 같은 놈이 세상 살다간 밥 굶기 꼭 알맞아. 레스토랑에 자리가 모두 예약됐다. 그러면 뭔가 수를 써야 돼. 그런데 너같이 주변머리 없는 녀석은 도대체가 아무…….」

「알았어. 이제 그만해. 여기 설교하러 왔어?」

바인가르텐은 기꺼이 설교를 중단하고 하던 얘기를 계속했다.

「미, 미안. 다시 본론으로 돌아가자. 내 얘기는 즉, 그들이 엄청나게, 터무니없을 정도로 막강한 존재라는 거야……. 제기랄, 암시나 최면술은 실제로도 가능해……. 그리고 제기랄, 텔레파시라는 것도 있어…… 하지만, 동지, 일단 이렇게 가정하

자. 현명한 인종이, 태곳적의 인종이, 어쩌면 인간이 아닌지도 모르는 그 어떤 존재가 있다고 치자. 그들은 보이지 않게 우리 인간들과 경쟁을 하며 참을성 있게 기다려 왔어. 그리고 지금 때가 된 거야. 그러나 인류와 노골적으로 전쟁을 하고 싶진 않다 이거야. 불필요한 피를 흘리고 싶지 않고, 어쩌면 전쟁은 그들에게도 불리한지 몰라. 그래서 훨씬 간교하고 용의주도하게 일을 벌이는 거야. 즉 인류의 대뇌 세포에 메스를 대는 거야. 모든 과학 기술 진보의 핵심이라 할 수 있는 가장 전망이 밝은 분야를 방해한다 이런 얘기야. 알아들어?」

말랴노프는 그의 말을 알아들은 것도 같고 알아듣지 못한 것도 같고, 좌우간 그냥 멍했다. 몹시 불쾌한 감정이 목구멍으로 치밀어 올라왔다. 그는 귀를 막고 방으로 뛰어가 벌떡 누워 베개 밑에 얼굴을 숨기고 싶었다. 그것은 공포였다. 그것도 웬만한 공포가 아닌 지옥의 공포였다. 말랴노프, 어서 빠져 나가! 모든 걸 버리고 달아나! 뛰어라, 말랴노프! 꿈에서 깨어! 아냐, 넌 그렇게 못 해······. 말랴노프는 가까스로 입을 열었다.

「알아들어. 하지만 말이 안 돼.」

「왜?」

「그건 동화 속에서 나오는 얘기야.」 그는 쇳소리를 내며 마른기침을 했다. 「어린애들이 읽기 안성맞춤이지. 지금 네가 떠든 걸 그대로 글로 써서 〈모닥불〉 출판사에 가져가렴. 맨 마지막에 우리들의 용감한 소년단원 바샤가 나쁜 놈들을 물리치고 세상을 구한다는 식으로 써라!」

「알았어.」 바인가르텐은 침착하게 말했다. 「한 가지 물어 보

자. 이 사건들이 실제로 우리에게 일어난 건 사실이지?」

「그래. 사실이야.」

「터무니없는 사건이지?」

「그래. 터무니없다고 치자.」

「그럼 말이지, 동지. 어떻게 터무니없는 문제를 터무니없는 가정 없이 풀 수가 있냐고?」

「모르겠어. 지난 두 주 동안 너희 둘은 고주망태가 되도록 마시고 있었겠지. 내겐 터무니없는 일 아무것도 안 생겼어. 나는 술꾼이 아니거든.」

바인가르텐의 얼굴이 불덩이처럼 돌변했다. 그는 주먹으로 식탁을 치며 고함을 질렀다.

「병신 같은 자식! 너, 내 말 믿어야 해! 우리가 서로 믿지 못하면 대체 어떻게 하잔 말이야! 이건 그 악당들이 계산에 넣은 항목인지도 몰라. 어휴, 빌어먹을. 우리가 서로 믿지 못하고 마침내 각각 뿔뿔이 흩어져 얌전히 놈들의 조정을 받게 되는 것 말이야!」

그가 하도 침까지 튀어 가며 과격하게 소리 지르는 바람에 말랴노프는 질려 버리고 말았다. 그는 놀란 나머지 자신의 〈지옥 같은 공포〉도 잊고 말았다.

「그래, 그래, 알았어. 내가 말 잘못했어. 미안하다. 정말 그런 뜻이 아니었어.」

구바르가 화장실에서 돌아와 그 둘을 겁에 질려 바라보았다.

소리를 다 지른 바인가르텐은 벌떡 일어나 냉장고에서 탄산수 한 병을 꺼내 이빨로 플라스틱 마개를 뜯어낸 후 병째 들고 꿀꺽꿀꺽 마셨다. 그의 수염이 들쭉날쭉한 퉁퉁한 볼을 통과한 탄산수는 즉각 이마와 털투성이의 가슴팍에 땀방울의 형태로 나타났다.

「그러니까 내 말은. 불가사의한 일이 불가사의한 원인으로 해명될 때, 난 납득할 수가 없는 거야. 그냥 어물쩍 얼버무리는 게 싫은 거야.」 달래는 투로 말랴노프가 말했다.

「그럼 자네 의견은 뭐야?」 한결 누그러진 바인가르텐이 빈 병을 식탁 밑으로 내려놓으며 물었다.

「의견 없어. 있으면 말했게. 머릿속에 서리가 앉은 기분이야. 하지만 한 가지…… 만일 그자들이 그렇게 전지전능하다면 일을 훨씬 간단히 처리할 수도 있었을 텐데 하는 느낌이야.」

「이를테면 어떻게?」

「휴, 나도 몰라…… 이를테면 그자들은 너를 썩은 통조림으로 독살했을 수도 있었어. 자하르는 1천 볼트 전기 쇼크로 간단히 처리하고. 그리고 어찌됐건 왜 살인이니 협박이니 등등의 귀찮은 일을 하느냐 말이야. 만일 그들이 전지한 초능력자들이라면 우리를 바보로 만들 수도 있었잖아. 아니면 조건 반사 현상을 일으키게 한다든가……. 일을 하려고 책상에 앉기만 하면 설사가 난다든가, 콧물이 나고 두통이 시작되고……. 아니면 두드러기가 난다든가. 얼마든지 딴 방법이 있어. 조용히, 평화적으로, 아무도 눈치 채지 못하게…….」

바인가르텐은 그가 말을 끝내기를 초조하게 기다렸다.

「미뜨까, 그렇지만 한 가지 네가 간과한 사실이 있어.」

그때 자하르가 끼어들었다.

「잠깐!」 그는 마치 두 사람의 싸움을 뜯어말리듯 양팔을 좌우로 벌리며 사정했다. 「나도 한마디 하게 해줘. 생각났을 때. 말까, 좀 기다릴 수 있지? 두통 얘긴데. 드미뜨리, 방금 선생이 한 말에서 생각이 났소. 그러니까 작년에 제가 입원했을 때 얘긴데……」

그의 얘긴 즉 그가 작년에 혈액에 이상이 생겨 입원을 했을 때 블라들렌 세묘노비치 글루호프라는 동양학자와 같은 병실을 썼다는 것이었다. 글루호프는 심장이 나빠 병원 신세를 지고 있었다. 그들은 입원해 있는 동안 친해져서 퇴원 후에도 이따금씩 연락을 주고받았다. 그런데 한 번은 약 2개월쯤 전에 그가 구바르에게 하소연을 해왔다. 즉 한 10여 년 전부터 자료를 수집하며 해오던 연구가 있는데 최근 들어 신체에 이상한 증세가 나타나기 시작해 연구가 완전히 엉망이 되고 있다는 것이었다. 쓰고 있던 논문에 손을 대기만 해도 무지무지한 두통이, 거의 의식을 잃을 지경으로까지 성화를 부린다는 것이었다.

「그래도 그 친구 자기 연구에 대해 생각을 할 수 있었던 모양이야.」 자하르가 계속했다. 「자료를 읽기도 하고 또 거기에 대해 얘기도 할 수 있었다나. 그런데, 섣불리 말할 것도 아니고 또 확신하는 것도 아니지만 내 생각엔 그 친구 논문 쓰는 건 완전히 포기한 것 같아. 드미뜨리 얘기를 들으니까 퍼뜩 그 친구 생각이 나는구먼.」

「그 친구 주소 알아?」 바인가르텐이 대뜸 물었다.

「응.」

「전화 있지?」

「응. 번호도 알고 있어.」

「당장 전화해서 그 친구 이리 오라고 해. 그 작자도 우리 중의 하나야.」

말랴노프는 펄쩍 뛰며 소리 질렀다.

「말도 안 돼! 너 정신 나갔구나! 그게 무슨 헛소리야. 그 사람은 단순히 병에 걸린 거야!」

「우리도 모두 병에 걸린 셈이지.」

「발까, 그 사람은 동양학자야. 우리랑 분야가 완전히 다르다고.」

「매한가지야, 동지. 내 장담하는데, 그 친구도 걸렸어.」

「자하르, 전화하지 마세요. 앉아 계세요. 저 녀석 얘기 듣지 말고, 저 녀석 지금 완전히 취했어요.」

생판 낯모르는 멀쩡한 남자를 담배 연기로 앞도 안 보이는 푹푹 삶는 부엌으로 불러들여 광기와 공포와 추태에 가담시킨다는 것은 생각만 해도 끔찍하고 언어도단의 일이었다.

「이봐, 이렇게 하자. 베체로프스끼를 부르자. 그쪽이 훨씬 나을 거야.」

바인가르텐도 그 제안에는 아무런 반대도 하지 않았다.「좋지, 좋은 생각이야, 베체로프스끼는 늘 참모니까. 자하르, 가서 글루호프한테 전화해. 베체로프스끼한테는 우리가 걸 테니까.」

말랴노프는 결사적으로 글루호프인지 누군지 불러오는 것에 반대했다. 그는 사정하고 애원하고 이 집은 내 집이니 너희들 다 나가라고 협박도 했다. 그러나 바인가르텐의 고집이 한 수 위였다. 자하르는 글루호프에게 전화를 걸러 갔다. 꼬마가 걸상에서 미끄러지듯 내려와 그림자처럼 그의 뒤를 따라갔다……

## 제7장

14

자하르의 아들은 구석의 소파에 편한 자세로 앉아 말랴노프가 입막음으로 던져 준 『백만 인의 의학 백과사전』에 정신이 팔려 있었다. 행색이 엉망인 땀투성이 바인가르텐에 비해 놀랄 정도로 말쑥한 베체로프스끼는 붉은 눈썹을 잔뜩 치켜뜨고서 진기한 듯 꼬마를 보았다. 그는 아직 중요한 얘기는 아무것도 하지 않았다. 몇 가지 질문을, 그것도 말랴노프 생각에는 (그리고 그렇게 생각한 것은 말랴노프만이 아니었다) 사건과 전혀 무관한 질문을 했을 뿐이었다. 이를테면 그는 밑도 끝도 없이 자하르에게 상관과 종종 싸움을 하냐고 물었고 글루호프에게는 TV를 좋아하느냐고 물었다. (그들의 대답에 의하면 자하르는 절대로 싸움 같은 것은 안 하며 글루호프는 진짜로 TV를 좋아했다. 그냥 좋아하는 정도가 아니라 사족을 못 쓰는 편이었다.)

말랴노프는 글루호프가 정말로 마음에 들었다. 대체로 그는 절친한 친구끼리 모인 자리에 타인이 끼는 것을 꺼림칙해 했었다. 친구들이 너무 허물없이 아무 말이나 마구 해서 그 자리에 처음 끼는 사람이 어색해 할까 봐 늘 조마조마했었다. 그러나 글루호프와는 만사가 순조로웠다. 지극히 온순하고 악의 없이 보였다. 약간 들창코에다가 두꺼운 안경알 너머에서 불그스름한 눈이 반짝거리는 홀쭉한 사내였다. 그는 도착하자마자 바인가르텐이 권한 보드까를 달게 마셨고 그게 집 안에 남아 있던 마지막 보드까라는 말을 듣자 노골적으로 슬프디 슬픈 표정을 지었다. 그들은 그에게 반대 심문을 했고 그는 직업인다운 태도로 질문 하나 하나를 주의 깊게 들었다. 「아뇨. 전혀요. 그 비슷한 일도 없었어요. 상상도 못할 일이군요. 제 논문이요? 여러분들께는 좀 너무 생소할 것 같습니다만……. 『일본에 끼친 미국의 문화적 영향 — 질량적 분석에 대한 시도』뭐 그런 거예요. 확실히 제 두통은 이상하긴 해요. 유명하다는 의사들과 얘기를 해봤죠. 드문 병이라고 그러더라고요.」그는 사과하듯이 말했다. 한 마디로 그들은 글루호프와의 흥행엔 실패한 셈이었다. 그러나 어쨌든 그가 한자리에 있다는 것은 기분 좋은 일이었다. 그는 완벽하게 현실적인 인물이었다. 흐뭇하게 권하는 대로 받아 마셨고 번번이 조금 더 마셨으면 하는 얼굴이었고 어린애처럼 좋아하며 캐비아를 먹었다. 그는 실론 차를 각별히 즐겼으며 그가 좋아하는 책은 추리 소설이었다. 그는 근심스럽게 그 괴상한 꼬마를 관찰했고 가끔 자신 없이 웃었고 그들의 어처구니없는 얘기를 진심으로 동정하며 들어 주었다. 「예, 정말 놀라운 얘기예요. 믿을 수가 없군요.」그는 양 귀의 뒷부분을 긁적거리며 중얼거렸다. 말랴노프에게는 글루호프의 모든 점이 단순 명백하게 느껴졌다. 아무튼 그에게서 무슨 새로운 정보나 조언을 유도해 내기는 힘든 것 같았다.

언제나처럼 바인가르텐은 베체로프스끼 앞에서 믿을 수 없을 정도로 얌전해졌다. 고개를 숙인 채 단정하게 앉아 있었다. 고함치던 그는 양처럼 온순해졌고 심지어 아무한테나 대고 말끝마다 〈동지〉를 붙이던 버릇까지 쏙 들어가 버렸다. 그러나 어찌되었건 마지막 남은 캐비아의 알갱이를 먹어 치운 사람은 역시 바인가르텐이었다.

자하르는 베체로프스끼의 질문에 간략히 대답한 것 외에는 시종일관 침묵을 지켰다. 자신의 얘기조차 그는 바인가르텐더러 대신 하라고 했다. 그리고 꼬마에게 〈쉬, 쉬〉 하던 것도 중단했다. 그는 꼬마가 의학 백과사전을 들춰보며 여러 가지 병명을 읊조려 대는 것을 고통스럽게 듣고 있었다.

그리하여 그들은 한참을 정적 속에 그대로 앉아 있었다. 식어 버린 차를 홀짝거리며, 쉬지 않고 담배 연기를 내뿜으며. 길 건너편 건물의 창문들이 용해된 금빛으로 빛나고 있었다. 검푸른 하늘에는 낫처럼 생긴 은빛 달이 걸려 있었고, 창문을 통해서는 빠닥빠닥 하는 소리가 들려 왔다. 거리에서 사람들이 또다시 과일 상자를 태우고 있는 것 같았다. 바인가르텐은 부스럭거리며 담뱃갑 속을 뒤져 보다가 구겨 버렸다. 그리고 조용히 물었다. 「담배 더 있는 사람?」 자하르가 낮게 대답했다. 「여기, 맘대로 피워.」 글루호프는 헛기침을 하고 찻숟가락으로 술잔을 톡톡 건드렸다.

말랴노프는 슬쩍 베체로프스끼를 훔쳐보았다. 그는 다리를 꼰 채로 쭉 펴고 앉아 오른손의 손톱을 유심히 살피는 중이었다. 그는 바인가르텐에게 눈을 주었다. 바인가르텐은 담배를 피우며 담배 연기를 통해 베체로프스끼를 보고 있었다. 자하르도, 글루호프도 베체로프스끼만을 쳐다보고 있었다. 말랴노프는 그 광경의 어리석음에 진실로 경악했다. 우리가 실제로 저 친구에게 기대하는 바가 무엇인가? 그래, 저 친구는 수학자야. 그래, 위대한 수학자야. 그래, 무지무지하게 위대한 수학자야. 세계적인 학자야. 그래서? 우리는 마치 한 무리의 어린애들 같다. 맙소사. 길을 잃고서 저 친절한 아저씨를 향해 눈을 끔벅이며 앉아 있는 거야. 아저씨가 우릴 구해 주실 거야 하며.

「에 그러니까 근본적으로 그게 이 사건에 관한 우리 생각의 전모야.」 바인가르텐이 조용조용 말했다. 「알다시피, 현재 두 가지 입장이 대치되고 있는 상태지.」 그는 좌중을 향해 말을 걸고 있는 태도로 말했지만 실제로 그의 눈은 베체로프스끼에게 고정되어 있었다. 「미쨔 생각에 우리는 자연 현상의 테두리 안에서 진상을 규명해야 된다는 거야. 그리고 나는 우리가 현재 우리에겐 완전히 미지수인 어떤 세력의 간섭을 받고 있다고 전제하고서 문제를 해결하자는 거고. 즉 이독제독의 전략이지. 터무니없는 일은 터무니없는 가정으로 규명하자는 얘기야.」

그의 장광설은 믿을 수 없이 엉성하게 들렸다. 그는 단순히 형님, 길을 잃었으니 좀 구해 주시오라고 말할 수는 없었던 것이다. 그는 적어도 우리도 생각할 대로 다 했다는 것을 말하고 싶었던 것이다. 그리고는 바보처럼 앉아 있었다. 말랴노프는 발까를 수치감 속에 혼자 내버려둔 채 주전자를 들고 싱크대로 갔다. 대화를 듣지 않으려고 일부러 수돗물을 세게 틀었다. 그가 자리로 돌아 왔을 때 베체로프스끼는 신중하게 왼손의 손톱을 살피며 천천히 얘기하고 있었다.

「……그래서 나는 자네 입장이 더 정확하다고 느끼는 거야. 사실, 비현실적인 것은 비현실적인 것으로 설명되어야만 해. 내 생각에 너희들 모두가 어떤 세력의 주목을 받고 있는 것 같아. 일단 그것을 4차원 문명이라 부르자. 인간의 지능보다 몇 백 배 고차원적인 지능에 대한 일반적인 명칭 같으니까.」

바인가르텐은 깊이 담배를 들이마셨다가 내뿜으며 고고하게 고개를 끄덕였다.

「어째서 그들이 특별히 너희들의 연구를 저지하려 하느냐 하는 것은 학문적으로도 상당히 복잡한 문제야. 여기서 우리가 인정해야 할 것은 인류는 자신들도 의식하지 못하는 가운데 이 미지의 4차원 문명의 주의를 끌게 되었다는 점이지. 우리는 무의식중에 4차원 문명의 영역으로까지 침범했고 따라서 그들은 우리의 진보를 통제하기로 결정한 거야. 그리하여 이제 인류는 독립된 문명 체제로서의 자신의 위치를 더 이상 지킬 수가 없게 되었어.」

「필! 잠깐만.」 말랴노프가 참견을 했다. 「너도 발까와 같은 생각인가 본데……. 4차원 문명이고 나발이고 말이 안 돼! 내 취조관과 코냑 때문에? 그리고 자하르의 여자들 때문에? 대체 이성의 기본적 원리가 여기 어디 있는 거냐?」

「네가 말하는 것은 세부적인 일일 뿐이야.」 베체로프스끼가 타이르듯 말했다. 「어째서 인간이 아닌 존재의 원칙을 인간적 존재의 원칙으로 규정지으려고 하지? 생각해 봐. 일례로 뺨에 앉은 모기 한 마리 잡으려고 네가 얼마나 세게 뺨을 때리는지 상상해 봤어? 그 정도의 힘이면 방안의 모든 모기를 죽이고도 남을 거야.」

바인가르텐도 옆에서 한몫 거들었다.

「그리고 또, 물속에서 노는 송어의 눈에, 강에 다리를 놓는 인간이 어떻게 보이겠어?」

「나도 몰라.」 말랴노프가 말했다. 「그냥, 다만 이 모든 게 말이 안 돼.」

베체로프스끼는 잠시 기다렸다가 말랴노프가 얘기를 끝낸 것을 확인한 뒤 다시 입을 열었다.

「내가 강조하고 싶은 것은 사건을 조금 전에 내가 말한 각도에서 본다면 너희들의 개인적인 문제들은 뒷전으로 물러나게 된다는 사실이야. 우린 지금 인류의 생사를 논하고 있는 거야. 실제로 죽고 사느냐의 문제는 아닐지 몰라도 어쨌든 인간 존엄성의 생사가 달린 문제거든. 그래서 우리의 임무란 다만, 가령, 발까, 너의 역전사 효소를 보호하는 것뿐이 아니라 생물학 전체의 미래를 지켜야 되는 것이야. 내 말 틀려?」

베체로프스끼 앞에서 발까는 처음으로 평소와 같은 말투로 자신의 의사 표시를 했다. 그는 열심히 고개를 끄덕이며 저돌적으로 외쳤다.

「그럼! 그럼! 전적으로 옳은 얘기야. 우리는 지금 우리들에 관한 얘기를 하는 게 아니야. 수백 건의 연구, 수천 건의 연구, 아니 한 마디로 학문 일반의 미래에 관해 논하고 있는 거라고!」

「그렇지.」 베체로프스끼가 진지하게 말했다. 「우리 앞에는 전쟁이 기다리고 있는 셈이야. 그들의 무기는 은폐야. 그러므로 우리의 무기는 폭로야. 우리가 제일 먼저 해야 할 일은 동포들에게 이 사건을 폭로시키는 거야. 우리의 말을 믿을 정도로 상상력이 있고 또 한편 학계의 고위층 간부들을 설득시킬 만한 권위가 있는 동료들을 먼저 선정해야 해. 그런 식으로 해서 간접적으로 정부와 손을 잡고 매스 미디어에 접근하는 거야. 그리하여 결국 전 인류가 이 일을 알게 되는 거지. 너희가 취한 행동, 즉 나한테 먼저 도움을 청한 행동은 전적으로 옳았어. 나는 처음엔 개인적으로 정부 고위층에 있는 거물급 수학자를 설득시킬 작정이야. 우선 우리나라 사람들과 접촉한 뒤 그 다음에 외국인 수학자들에게 연락을 취하는 게 당연한 절차인 거 같아.」

그는 자기 말에 자기가 도취되어 부동자세로 앉아 지껄이고, 지껄이고 또 지껄였다. 그는 말랴노프는 누구와 연락을 해야 하며 바인가르텐은 누구에게 도움을 청해야 하는가를 구체적으로 이름, 직함, 지위까지 들어가며 지정했다. 마치 며칠 전부터 계획을 세워 놓고 기다린 것 같은 태도였다. 그러나 그가 지껄이면 지껄일수록 말랴노프는 더욱 착잡해졌다. 그리고 베체로프스끼가 천박할 정도의 선동적 입심으로 자신의 전략 계획 제2부로 넘어갔을 때, 즉 공동의 비상사태로 일치단결한 인류가 손에 손을 맞잡고 외계의 적을 지구로부터 추방한다는 대목에 이르렀을 때, 말랴노프는 속으로 〈만세〉를 외치며 자리에서 일어났다. 그는 부엌으로 가서 차를 더 끓였다. 베체로프스끼도 갔구나. 머리는 좋은 친군데……. 저 친구도 겁에 질린 게 틀림없어. 이건 단순히 텔레파시 문제가 아니라고, 하지만 우리 책임도 커. 사사건건 베체로프스끼한테 매달려 온 게 잘못이야. 저 친구도 평범한 인간일 뿐이야. 똑똑은 해. 거물급 수학자야. 그러나 그 이상도 그 이하도 아니야. 추상적인 개념 운운할 땐 저 친구 따를 자가 없지만 현실 문제에 부딪히면……. 베체로프스끼가 즉시 바인가르텐의 편을 들며 자신의 얘기는 들으려조차 안 했다는 사실에 말랴노프는 적이 모욕감을 느꼈다. 그는 주전자를 들고 방으로 돌아왔다.

당연한 일이었지만 바인가르텐은 베체로프스끼의 얘기를 다소곳이 듣고 있었다. 존경심은 어디까지나 존경심이었으니까. 그러나 한 인간이 완전히 허무맹랑한 얘기를 주절거릴 때는 아무리 깊은 존경심이라도 별로 도움이 안 되었다.

저 친구는 우리가 모두 얼간이인 줄 아는 건가……. 바인가르텐은 생각했다. 그래, 저 친구는 어쩌면 한두 병 정도 마신 후에는 자기 얘기를 진지하게 반겨 들을 멍청한 아카데미 회원 몇 몇은 알고 있는지도 몰라. 그러나 나, 바인가르텐은 개인적으로 그런 친구 없어. 내가 아는 친구는 소꿉동무 드미뜨리 말랴노프야. 그리고 내가 그 녀석한테 기대했던 것은 살뜰한 동정심이었어. 특히, 그 녀석도 비슷한 불상사를 당한 처지이니 동병상련을 기대했던 거야. 그러나 어떻게 됐느냐 말이야……. 내 이 불행한 얘기를 진지하게 들어 줬어? 적어도 조금이라도 관심 있게 들어 줬냐 이 말이야. 대뜸 나보고 거짓말쟁이라고 그랬어. 일리는 있어. 나만 해도 그런 식의 얘기를 내 상관 앞에서 꺼낸다는 것은 생각도 못할 일이니까. 물론 우리 대장이야 아직 젊고 과학자들 사이의 일종의 광기는 너그럽게 봐줄 만한 인간이긴 하지만. 그래, 베체로프스끼는 어떨지 몰라. 그러나 적어도 나, 바인가르텐은 아무리 호사스럽게 꾸며졌다 해도 정신 병원에서 여생을 마치고 싶은 생각은 추호도 없어…….

「병원에서 달려와 우릴 끌고 갈 거예요!」자하르가 구슬프게 말했다. 「분명한 일이에요. 선생들이야 차라리 괜찮아요. 하지만 나는 거기다가 겸사겸사 성도착증 환자 취급까지 받을 거라고요.」

「가만있어, 자하르.」 바인가르텐이 신경질적으로 말을 막았다. 「이봐, 필. 난 아무래도 네 의견에 찬성 못하겠어. 정신 병원 운운은 좀 과장이라 치자. 그러나 역시 네 말대로 한다면 과학자로서의 우리 목숨은 끝이야. 당장에! 모조리 끝장이라고! 그리고, 빌어먹을, 설사 우리가 과학 아카데미에서 한두 명쯤 동조적인 인간을 확보한다고 쳐. 그들이 어떻게 이 따위 헛소리를 정부에 보고한다는 말이야? 세상에 누가 그런 바보짓을 자청하고 나설 거냐고. 그리고 〈인류〉 말인데……. 우리의 행성 지구에 사는 친애하는 주민 동무들 말이야…….」 바인가르텐은 손을 휘휘 내저으며 올리브 색 눈을 말랴노프에게 던졌다. 「뜨거운 차 좀 더 따라 줘.」 그리고 그는 말을 계속했다. 「홍보 전략…… 홍보란 어차피 쌍날 도끼야.」 그는 땀방울이 맺힌 콧잔등을 털투성이 손등으로 문지르며 차를 마셨다.

「더 마실 사람?」 말랴노프가 물었다.

그는 베체로프스끼 쪽을 보지 않으려고 노력하며 자하르와 글루호프의 찻잔에 차를 더 따랐다. 그리고 자신의 컵에도 더 따르고 자리에 앉았다. 베체로프스끼가 몹시 측은하게 느껴졌고 그 자리에 있는 것이 거북했다. 발까 말이 맞아. 과학자의 명성이란 풍전등화 같은 거야. 말 한마디 잘못 해봐, 필립 빠블로비치 베체로프스끼, 자네의 명성이란 것도 순식간이야!

베체로프스끼는 두 손으로 얼굴을 감싸고 의자에 깊숙이 파묻혔다. 차마 바로 보기조차 민망했다. 말랴노프가 말했다.

「필, 너의 제안이나 행동 계획 등 모두 이론적으로는 옳을지도 몰라. 하지만 우리에게 지금 필요한 건 이론이 아냐. 현실에서 실현 가능한 현실적 계획이 필요해. 넌 단합된 인류 운운했지……. 네 작전을 실행하자면 어떤 힘이 필요해. 그러나 내 생각에 그건 지구인의 힘이 아니야. 인간은 절대로 그런 식의 얘긴 안 믿어. 우주인들이 비행접시를 타고 무더기로 날아와 폭탄 세례를 퍼부을 때는 아마 믿을 거야. 그때는 아마 단결하겠지. 그러나 그때조차 당장은 아니야. 우리끼리 우선 입씨름 좀 하다가 뭉칠 거라고.」

「바로 그거야!」 바인가르텐이 불편한 목소리로 동의하고 짤막하게 웃었다.

아무도 아무 말도 하지 않았다.

「그리고 우리 소장은 여자예요.」 자하르가 말했다. 「굉장히 상냥하고 멋진 여자인데……. 어떻게 그 여자에게 이 얘기를, 아니, 즉, 내 과거 얘기를 하겠냐고요…….」

그들은 모두 조용히 차를 홀짝이며 앉아 있었다. 갑자기 글루호프가 작은 목소리로 중얼거렸다.

「굉장한 차군요! 선생님은 진짜 전문가세요, 드미뜨리 알렉세예비치. 이런 차 마셔 본 지 정말 오래됐어요. 그래요…… 사태가 몹시 어렵게 된 건 사실이에요. 그러나 한편, 저 하늘을 좀 보세요. 그리고 저 빛나는 달을요. 향기로운 차, 담배…… 더 이상 뭐가 필요하겠어요? TV에서 해주는 추리극 정도? 드미뜨리 알렉세예비치, 선생은 뭔가 별에 관계된 일을 하고 계시죠? 성간 물질 그런 거라 하셨죠. 진심으로 하는 얘긴데, 그런 일을 왜 하십니까? 생각을 해보세요. 결국 우주를 정탐질하는 거죠. 하늘은 정탐질하라고 있는 게 아니고 감상하라고 있는 거예요. 대답은 간단해요. 그만들 두세요. 차 마시고 TV 보고…….」

그때 자하르의 꼬마가 소리쳤다.

「아저씨는 교활해!」

말랴노프는 글루호프를 두고 한 얘기라고 생각했으나 아니었다. 꼬마는 마치 어른처럼 눈살을 찌푸리며 베체로프스끼를 보고 있었다. 그리고 초콜릿이 범벅이 된 손가락으로 그를 향해 삿대질을 했다. 「쉬, 쉬.」 자하르가 무력하게 속삭였다. 베체로프스끼는 갑자기 얼굴에서 손을 떼고 원래의 자세로 돌아가 발을 꼰 채 쭉 뻗고 편히 앉았다. 그의 얼굴에는 조소가 있었다.

「그래. 기쁘게도 우리는 바인가르텐 동무의 가정에서 유도되는 결론이란 막다른 골목뿐임을 명백하게 증명했어. 그러므로 같은 이치에서, 전설적인 9인 연합이나 신비의 현자 등등에 관한 가정 또한 막다른 골목에 봉착하고 말 거라는 걸 예상하기는 간단한 일이지. 나는 너희들이 한번 입 닥치고 1분간 내가 지금 한 얘기를 생각해 보고 그것이 옳음을 스스로 깨달아 준다면 고맙겠어.」

말랴노프는 차를 저으며 생각했다. 악당! 저 녀석이 우리한테 뭘 과시하자는 거야? 대체 왜? 왜 저런 식의 연극을 하는 거야? 바인가르텐은 눈을 부릅뜨고 정면을 바라보고 있었다. 땀에 번들거리는 우둥퉁한 두 뺨이 위협적으로 경련을 일으켰다. 글루호프는 좌중을 차례로 훑어보았다. 자하르는 그저 참을성 있게 기다리고 있었다. 1분간의 침묵이 내포하는 극적 효과는 그에게 전혀 무의미한 것 같았다.

베체로프스끼가 다시 입을 열었다.

「즉 비현실적인 사건을 설명하기 위해서 우리는 비현실적인, 그러나 역시 현대인의 지성의 영역 내에 속하는 어떤 개념을 도입했어. 그 결과 얻은 것은 아무것도 없어. 전적으로 제로야. 발까가 그걸 엄청나게 설득력 있게 증명했어. 그러므로 유추에 의해, 현대인의 지성 너머의 어떤 개념을 도입한다 해도 결과는 마찬가지라는 것이 분명해졌어. 이를테면…… 신(神)이라든가 뭐 그런 것……. 결론?」

바인가르텐은 신경질적으로 얼굴의 땀을 닦아 내고 거의 발작적으로 차를 마셨다. 말랴노프는 볼멘소리로 말했다.

「그러니까 너는 여태껏 고의로 우리를 우롱하고 있었구나?」

베체로프스끼는 그 빌어먹을 붉은 눈썹을 치켜뜨며 얘기했다.

「그럴 수밖에. 정보부에 연락하는 것의 무의미함을 어떻게 증명해? 너희들의 질문의 방향이 근본적으로 오류였음을 어떻게 설득시켜? 9인 연합이니 중국인 연합이니 다 매한가지 소리야. 대체 거기에 대해 떠들 일이 뭐가 있어? 무슨 결론을 너희가 끄집어냈건 그건 실질적 행동에 대해 아무것도 제시해 주지 않아. 너희들의 집이 불에 탔거나 홍수에 떠내려갔거나 아니면 태풍에 날아 갔을 때 너희들은 집이 사라지게 된 정확한 원인을 따져? 그게 아니잖아. 어떻게 살 것인가, 어디서 살 것인가, 무엇을 할 것인가 등에 대해 생각하지.」

「즉 네가 하려는 얘기는……」 말랴노프가 말참견을 했다.

「즉 내가 하려는 얘기는 사건 자체는 흥미 있을 게 아무것도 없다는 거야. 관심 가질 일도, 분석할 일도 아무것도 없어. 원인에 대한 너희들의 토론은 모조리 시간 낭비의 탁상공론이야. 지금 너희에게 압력을 가하고 있는 것이 무엇이냐를 따질 때가 아니야. 그 압력에 대해 어떻게 대처할 것인가를 생각해야 돼. 그리고 그것은 무슨 아소카 왕 따위에 대해 공상하는 것보다 훨씬 심각한 문제야. 왜 그런지 알아? 지금부터 너희들은 각자 철저하게 혼자이기 때문이야. 아무도 너희들을 도와주지 않아. 아무도 조언을 해주지 않을 것이고 아무도 너희 각자를 위해 대신 결정을 해주지 않을 거야. 아카데미 회원도, 정부 고관도, 그리고 우리의 친애하는 인류도……. 발까가 그 점을 명백하게 증명해 주었지.」

그는 일어나서 잔에 차를 더 따르고 자리로 돌아왔다. 옆에서 봐주기 역겹도록 자신만만하고 침착하고 우아하고 여유 있게. 궁전의 학위 수여식 리셉션에 참가한 학자 같은 태도로.

꼬마가 큰소리로 백과사전을 읽기 시작했다.

「만일 환자가 의사의 명령을 듣지 않고 약을 먹지 않거나 술을 마실 경우 약 5년 내지 6년쯤 후에 증상의 제2단계, 3단계, 그리고 마지막 단계가 나타난다……」

자하르는 한숨을 쉬었다.

「그렇지만 왜? 왜 나를? 왜 하필이면 우리를?」

베체로프스끼는 찻잔을 받침 위에 내려놓은 뒤 옆 탁자로 갔다.

「왜냐하면 우리 시대는 상복을 입고 있기 때문이지.」 눈처럼 새하얀 손수건으로, 말 주둥이를 연상케 하는 분홍빛 입술을 닦으며 베체로프스끼가 설명했다. 「우리 시대는 실크해트를 쓰고 아직도 달리고 있도다. 그러나 시계가 종말의 순간을 알릴 때 그리하여 생에 작별을 고하고 파멸을 향해 떠나가야 할 때, 우리의 꿈은…… 킥킥.」

「에라, 나쁜 자식!」 말랴노프가 외쳤다. 베체로프스끼는 예의 그 화성인 너털웃음을 터뜨렸다.

바인가르텐은 재떨이를 뒤적거려 가장 긴 꽁초를 찾아내었다. 그는 담배를 피워 물고 잠시 그대로 앉아 있었다.

「진짜로.」 그가 중얼거렸다. 「어떤 세력인지가 뭐가 문제야? 아무튼 인간의 힘보다 우월한 것은 확실한데……」 그는 담배를 깊숙이 빨았다. 「벽돌에 깔려 죽은 진드기나 동전에 깔려 죽은 진드기나……. 그러나 난 진드기가 아니야! 내겐 선택할 능력이 있어!」

자하르가 희망적으로 그를 보았으나 그는 더 이상 아무 말도 안 했다. 선택이라…… 말랴노프는 생각했다. 말은 쉽지…….

「선택! 말은 쉬워!」 자하르가 말문을 열었으나 그때 글루호프가 끼어들었다. 자하르는 희망을 갖고서 그를 쳐다보았다.

「간단한 일이에요.」 감정을 듬뿍 넣어 글루호프는 얘기했다. 「어떤 길을 선택하느냐? 물론 삶을 선택해야지요! 망설일 여지가 없어요. 망원경이나 실험관보다 삶이 더 중요한 게 사실 아닌가요? 망원경이고 항성 물질이고 다 지옥으로 가라고 하세요. 여러분은 살아야 해요. 살아서, 사랑하고, 자연을 느껴야 해요. 자연에 매장되는 것이 아니고 자연을 피부로 느끼는 거예요. 저는 한 그루의 나무나 덤불을 볼 때 그것이 나의 친구 같은 생각이 들어요. 그리고 우리는 서로를 위해 존재함을, 서로를 필요로 함을 절감합니다.」

「그래서요?」 갑자기 베체로프스끼가 큰소리로 물었다.

「예?」 글루호프는 멈칫했다.

「아시다시피 우린 구면이죠, 블라들렌 세묘노비치.」 베체로프스끼가 말했다. 「기억하십니까? 에스토니아에서…… 수리 언어학 연구소…… 사우나탕, 맥주…….」

「아, 예…… 그럼요.」 눈을 내리깔며 글루호프가 말했다.

「그때는 지금 하고는 참 많이 다르셨지요.」

「그랬겠죠. 그때야……. 하지만 사자도 늙는다지 않습니까.」

「늙는 것이지 싸움을 멈추는 건 아니죠. 그리고 그다지 오래 전의 일도 아닙니다.」

글루호프는 말없이 양팔을 벌렸다.

말랴노프는 그들의 대화를 아무것도 이해하지 못했다. 그러나 뭔가가 있었다. 그들이 주고받는 얘기의 배후에는 뭔가가, 뭔가 불유쾌하고 사악한 의미가 도사리고 있었다. 자하르는 자기 나름대로 그것을 해석하고 어떤 모욕감을 느낀 것 같았다. 그는 갑자기 비정상적으로 퉁명스럽게 적개심까지 나타내며 베체로프스끼를 향해 소리쳤다.

「그자들이 스네고보이를 죽였소! 필립 빠블로비치! 선생의 경우 말하기는 쉬워요. 선생은 지금 단두대 아래 서 있지 않으니까. 선생은 안전하니까!」

베체로프스끼는 고개를 끄덕였다.

「그래요. 나는 안전해요. 나도 안전하고 블라들렌 세묘노비치 씨도 안전해요. 맞죠, 블라들렌 씨?」

금속 테의 두꺼운 안경 속에서 토끼 같은 눈을 반짝이며 그 온순하고 자그마한 남자는 또다시 말없이 양팔을 벌렸다. 그리고 일어서서 모두의 시선을 피하며 말했다.

「실례합니다, 여러분. 늦어서 그만 가봐야겠습니다……」

## 제8장

15

「우리 집에 와서 자고 싶어?」 베체로프스끼가 물었다.

말랴노프는 설거지를 하며 그의 제안을 곰곰이 생각했다. 베체로프스끼는 대답을 기다리지 않고 방으로 들어가 한참 후에 축축한 신문지에 쓰레기를 한 무더기 싸가지고 돌아왔다. 그는 뭉치를 쓰레기통에 처넣고 행주로 식탁을 닦았다.

사실 말랴노프는 그날 하루 동안의 사건과 토론 등을 되새겨 보건대 혼자 있고 싶지가 않았다. 그러나 한편 자신의 아파트를 버리고 도망치는 것도 과히 아름다운 일은 아닐 것 같았다. 창피한 일이야. 놈들한테 내가 내 집에서 쫓겨난 것처럼 보일 거야. 그리고 설령 친구 집이라 하더라도 남의 집에서 자는 것은 딱 질색이다. 그것이 베체로프스끼의 집이라 할지라도. 갑자기 커피 냄새가 나는 것 같았다. 그리고 장미 꽃잎처럼 매끄러운 분홍빛 찻잔, 그 안에 넘실거리는 〈베체로프스끼 제(製)〉 커피, 그 마술의 향기……. 하지만 뭐 어쨌든 자기 전에는 커피 안 마시니까. 내일 아침에는 또 모르지만.

그는 그릇들을 모두 건조대 위에 얹어 놓고, 바닥에 흥건한

물을 걸레로 훔쳐내고 방으로 갔다. 베체로프스끼는 창문을 향해 안락의자에 앉아 있었다. 하늘은 황금빛이 도는 분홍색이었고 은색 초승달이 건너편 건물 꼭대기에, 첨탑에라도 걸린 양 매달려 있었다. 말랴노프는 의자를 창문 쪽으로 향해 돌려 베체로프스끼가 깨끗이 정리해 놓은 책상을 사이에 두고 그와 나란히 앉았다. 책상 위에 1주일 동안 쌓여 있었던 두꺼운 먼지 층은 사라졌고 노트와 연필 등이 완전히 일사불란하게 제자리에 놓여 있었다. 말랴노프가 설거지를 하는 동안 베체로프스끼는 방을 청소해 놓았다. 그러나 청소를 하고 난 직후의 베체로프스끼는 여전히 말쑥하고 우아했다. 크림색 양복에 먼지 한 점이 안 묻어 있었고, 심지어 땀 한 방울도 안 흘린 것 같았다. 말랴노프로선 상상도 못할 일이었다. 그는 이르까의 앞치마를 두르고 설거지를 했음에도 뱃가죽에 땀이 질펀했다. 만일 설거지 후에 여자의 배에 땀이 맺힌다면 그것은 그녀의 남편이 술꾼이라는 증거다. 하지만 만일 남편의 배가 땀에 젖는다면?

그들은 말없이 앉아서 건너편 12층짜리 건물에 하나둘씩 불이 꺼지는 것을 바라보았다. 보드라운 야옹 소리를 내며 깔랴이 나타났다. 고양이는 베체로프스끼의 무릎 위로 폴짝 올라가 가르랑거리기 시작했다. 베체로프스끼는 창밖으로 시선을 준 채 길고 섬세한 손가락으로 깔랴을 쓰다듬었다.

「녀석이 오줌 쌀지도 몰라.」 말랴노프가 경고했다.

「괜찮아.」 베체로프스끼는 부드럽게 대답했다.

또다시 침묵이 흘렀다. 땀에 젖은 바인가르텐도 사라지고 겁에 질린 자하르와 그의 혐오스러운 아들, 그리고 평범한 것 같으면서도 수수께끼의 인물인 글루호프도 사라졌다. 그 자리에 남아 있는 인물은 오로지 베체로프스끼, 무한히 침착하고 무한히 자신만만한, 그리고 그 어떤 초자연적인 결정도 사람들로부터 기대하지 않는 베체로프스끼였다. 그날 일어난 모든 일이 꿈같았다. 무슨 괴기 동화 같았다. 일어났어도 아주 오래 전에 일어났거나 아예 일어나기 직전에 무산된 어떤 허구의 사건 같았다. 말랴노프는 심지어 그 동화의 반쯤 허구적인 주인공에게 일종의 흥미마저 느꼈다. 그가 과연 15년형을 받게 될까, 아니면…….

## 제9장

16

스네고보이의 바지 주머니에 있던 권총과 그의 문에 붙은 봉납 생각이 났다. 그래서 나는 물었다.
「그런데 그자들이 진짜로 스네고보이를 죽인 걸까?」
「누구?」 베체로프스끼가 한참 후에 되물었다.
「있잖아, 저……」 나는 말을 하려다가 멈추었다.
「여러 가지 정황 증거로 미루어 보건대 스네고보이는 자살한 게 틀림없어.」 베체로프스끼가 말했다. 「견딜 수가 없었겠지.」
「견딜 수가 없었다니, 뭘?」
「압력. 그 친구는 자신의 길을 간 거야.」
이제 얘기는 더 이상 괴기 소설이 아니었다. 나는 그 무시무시한 공포를 다시 느끼며 다리를 걸상 위로 끌어올려 양팔로 무릎을 꽉 껴안았다. 관절에서 우두둑 소리가 나도록. 나, 나에게 생긴 일이었다. 왕자 이반이나 바보 이반, 아니면 그 어떤 가공의 주인공이 아닌 바로 나 자신에게 닥친 일이었다. 베체로프스끼는 지껄일 수 있었다. 자기 일이 아니었으니까.

「그런데 말이지.」 나는 이를 악물고 말했다. 「너랑 글루호프 사이에 무슨 일이 있었어? 아까 너희들이 하던 얘기가 대체 뭐야?」

「그 친구가 나를 화나게 했어.」

「어떻게?」

베체로프스끼는 대답을 망설였다.

「그 친군 혼자인 게 무서운 거야.」

「무슨 얘기인지 잘 모르겠어.」 약간 생각을 한 뒤에 나는 말했다.

「나를 화나게 하는 것은 그자가 어떤 식의 선택을 했느냐가 아니야. 그러나 왜 그런 식으로 자신의 행위를 극구 정당화해야 하는 거지? 게다가 정당화뿐이 아니고 다른 사람들까지 자기의 길을 따르게끔 선동까지 하고 있어. 용감한 자들 가운데서 자기만이 비겁한 게 수치스러운 거야. 그래서 너희들도 똑같이 비겁하길 바라는 거지. 그래야 자기 마음이 편할 거로 생각하는 걸 거야. 어쩜 그 친구가 옳을지도 몰라. 그렇지만 그런 식의 태도는 정말 구역질 나.」

나는 입을 헤 벌리고 그의 말을 들었다. 그리고 그가 말을 마치자 물었다.

「네 얘기는…… 글루호프도…… 압력을 받고 있다는 거야?」

「받았었지. 그러나 지금은 항복했어.」

「잠깐, 잠깐!」

베체로프스끼는 서서히 내 쪽으로 얼굴을 돌렸다.

「너는 눈치 못 챘구나?」

「내가 어떻게? 그 친구가 자기 입으로 그랬잖아…… 내 귀로 똑똑히 들었어. 자기는 꿈도 못 꾸고 상상도 못할 일이라고…… 확실히 그랬어!」

그러나 그 순간 내 머리 속에는 희미하게 의심이 떠오르기 시작했다.

「그렇다면 너는 눈치 채지 못한 거야.」 이상하다는 듯 나를 보며 그가 말했다. 그리고 파이프를 꺼내 침착하게 잎담배를 채웠다. 「자하르는 알아챘어. 네가 파악을 못했다니 참 이상하구나. 하지만 넌 제정신이 아니었으니까 그럴 수도 있지. 네 스스로가 생각을 해보렴. 그자는 탐정 소설을 좋아하고 TV라면 사족을 못 써. 그리고 그자가 즐겨 보는 TV 프로가 오늘 있어. 그런데 무슨 까닭인지는 모르지만 생판 낯모르는 인간들을 만나려고 단숨에 뛰어왔어. 왜? 두통을 호소하려고?」 그는 성냥을 그어 파이프에 붙였다. 오렌지 빛 연기가 춤추듯 피어올랐다. 그는 파이프를 빨며 말을 계속했다. 「나는 첫눈에 그자를 알아보았어. 아니, 첫눈에는 아니었지. 참 많이 변했더군. 활동가였어. 정력적이고 흥분 잘하고 매사에 비판적이고. 루소 식의 낭만주의는 찾아볼 수도 없었지. 술도 안 마셨고. 처음에 나는 그자가 단지 불쌍했어. 그렇지만 자기의 새로운 인생철학에 대해 찬가를 부르기 시작할 때 나는 울화가 치밀었어.」

나는 그의 파이프에 시선을 집중했다. 그리고 더욱 몸을 웅크렸다. 그랬었구나. 그 친구는 항복했어. 아직 목숨은 부지하고 있지만 더 이상 예전의 자신이 아니야. 부서진 육체. 부서진 영혼. 그자들이 어떤 식의 압력을 그에게 가했을까? 모르긴 몰라도 그 어떤 인간도 견뎌 낼 수 없는 끔찍한 압력이었을 거야.

「그러면 너는 스네고보이도 비난하겠구나?」 내가 물었다.

「나는 아무도 비난 안 해.」

「그렇지만 너는 글루호프에게 화내고 있잖아.」

「아직도 못 알아듣는구나.」 그는 약간 신경질적으로 말했다. 「내가 화를 내는 것은 글루호프의 선택 때문이 아니라니까. 내가 무슨 권리로 아무 도움도 없이 아무 희망도 없이 혼자 남겨진 인간이 선택한 길에 화를 내겠니. 나는 다만 결정 후의 그의 태도에 짜증이 나는 것뿐이야. 다시 말하자면, 그자는 자신의 선택에 수치스러워 하고 있어. 그래서 오로지 그 이유 때문에, 다른 사람들도 자기와 똑같이 되기를 원해. 알아들어? 그는 자신의 추한 모습을 마주 대할 용기가 없는 거야.」

「알겠어. 이론적으로는.」

나는 글루호프를 완전히 이해할 수 있고 이해하기 때문에 용서할 수 있으며, 글루호프의 행위는 분석하고 비판할 성질의 것이 아니라 자비와 동정으로 감싸 주어야 할 일이라고 덧붙이고 싶었다. 그러나 말을 할 힘조차 없었다. 나는 부들부들 떨고 있었다. 도움도 없이, 희망도 없이. 도움도 없이 희망도 없이……. 왜 나를? 내가 무슨 잘못을 했기에? 왜, 왜……. 대화를 계속해야 했으므로 나는 한 마디 한 마디에 이를 꽉 물어가며 말했다.

「어쨌든 — 누구도 — 견뎌 — 낼 — 수 — 없는 — 압력일 — 거야.」

베체로프스끼가 뭐라고 말을 했으나 나는 그 말을 듣지 못했다. 어쩌면 이해를 못했는지도 몰랐다. 나는 새삼스럽게 바로 어제까지만 해도 나는 평범한 인간이었으며 사회의 평범한 구성원이었음을 상기하고 있었다. 내 개인적인 걱정 근심이 없는 것은 물론 아니었다. 그러나 적어도 내가 체제에 의해 제정된 일련의 법을 준수하는 한 나는 경찰과 군대와 노동조합과 여론과 친구들과 가족에 의해 모든 가능한 위험으로부터 보호될 것이다. 그런데 이제 내가 속한 세계에서 무언가가 잘못 궤도를 벗어났고, 나는 하루아침에 구덩이에 빠진 메기의 꼴이 되어버렸다. 내 주위에는 상어의 그림자들이 막연하게 어른거렸다. 그들이 지느러미만 한번 살짝 움직여도 나는 가루가 되어 흔적도 없이 사라질 것이었다. 한 가지 확실한 점은 내가 그 구덩이에 남아 있기로 결정한다면 목숨은 부지할 거란 사실이었다. 그러나 그건 더 더욱 소름끼치는 일이었다. 나는 소외될 것이다. 무리로부터 격리되어 어디론가 끌려가는 양처럼. 만일 그들이 어떤 전투적인 외계인이거나 아니면 4차원의 세계로부터 온 흡혈귀 같은 침략자들이었다면 내 마음은 훨씬 편했을 것이었다. 나는 적어도 다른 모든 사람들과 운명 공동체였을 것이니까. 내가 낄 자리가 있고 내가 할 일이 있고 심지어 나는 군대에 자원할 수도 있을 것이니까! 그러나 나는 아무도 모르게, 철저하게 혼자서 파멸할 운명이었다. 그 누구도 아무것도 보지 못할 것이다. 내가 삶으로부터 제외되었을 때 사람들은 놀라며 어깨를 한 번 으쓱하고, 그리고 곧 잊을 것이다. 하느님, 이르까가 지금 여기 없는 게 얼마나 다행인가. 그녀에게는 피해가 없도록 해야 해……. 아, 이건 악몽이다. 말도 안 되는 난센스다. 나는 있는 힘을 다해 고개를 저었다. 순전히 내가 성간 물질에 대해 연구한 죄로 이 모든 일이?

「확실히 그래.」 내 마음속을 읽기라도 한 듯 베체로프스끼가 말했다.

「이봐, 필, 말이 안 돼!」 나는 필사적으로 외쳤다.

「인간의 관점에서 보면 말이 안 돼. 그러나 네 연구에 반대하는 자들은 인간이 아니야.」

「그럼 누구야?」

「헤, 또 시작이구나.」 베체로프스끼의 어조가 너무나 평소의 그답지 않아 나는 웃음을 터뜨렸다. 신경질적으로, 발작적으로. 그리고 나는 그가 만족스러운 화성인 너털웃음을 웃어 대는 걸 들었다.

「필, 그 자식들 다 뒈져 버리라고 하고 우린 차나 더 마시자.」

나는 베체로프스끼가 내일 시험 감독이 있어서, 아니면 쓰던 걸 마저 쓰러, 가봐야 한다고 그럴까 봐 조마조마했다. 그래서 얼른 덧붙였다.

「괜찮지? 나한테 초콜릿 한 상자 숨겨 둔 게 있어. 뚱뚱한 바인가르텐에게 왜 있는 걸 다 먹이랴 싶어 꼬불쳐 두었어. 먹자, 응!」

「좋지.」 베체로프스끼는 순순히 대답하고 자리에서 일어섰다.

나는 주전자에 물을 올려놓고 계속 지껄였다.

「너도 알다시피…… 생각하고 또 생각해 봤자 뾰족한 일은 아무것도 없어. 그럴 필요가 없어. 스네고보이도 결국 그러다 죽은 거 아니냐고. 그 친구 혼자서 아파트에 틀어박혀 생각하고 있었을 거라고. 불이란 불은 다 켜놓고 말이야. 그래서 된 일이 뭐가 있어? 이런 종류의 암흑은 불을 아무리 켜도 밝혀질 성질의 것이 아니잖아. 그 친구 생각하고 생각하다가, 철컥, 그리고 그걸로 끝났어. 우린 이럴 때일수록 유머 감각을 잃으면 안 돼. 그렇지 않아? 사실, 웃기는 일이야. 한 인간이 우주의 먼지 구름 속으로 항성이 떨어지면 어떻게 되나 알아내는 걸 막으려고 무슨 세력이다 압력이다…… 기가 막힐 노릇이야. 필, 웃기지?」

베체로프스끼는 평소와 다른 표정으로 나를 보고 있었다.

「디마, 나는 한 번도 이런 일이 웃긴다고 생각해 본 적 없어.」

「그래? 그렇지만 생각을 해봐……. 그놈들이 모여서 계획을 세우는 거야. 환형충 연구에는 1억 와트, 연구가 진척되면 7백50억 와트, 말랴노프를 뜯어말리는 데는 백억 와트, 그러다가 그자들 중의 누군가가 백억 와트 갖고는 안 된다고 이의를 제기해. 그래서 우선 전화로 그 인간을 들볶아. 그런 다음 코냑하고 여자로 살살 꼬셔…….」 나는 양손을 무릎 사이에 꼭 끼었다. 「웃기는 일이야……. 정말로.」

「그래.」 베체로프스끼가 맞장구를 쳤다. 「웃겨. 그러나 많이는 아니야. 너의 상상력 결핍증은 정말로 못 말리는구나. 너 같은 녀석이 무슨 캐비티니 하는 거 발견한 것도 신기할 지경이다.」

「캐비티? 캐비티가 뭔데? 나 그런 거 몰라. 선생, 각하, 소장

나리, 제발 소인을 괴롭히지 마시구려. 저 그런 거 아무것도 몰라요. 들은 적도 본 적도 없습니다. 제 본업은 I.K-분광계에 관한 것입죠. 그저 그냥 지식인의 오만에 불과한 것입죠. 갈릴레오 콤플렉스죠, 나리.」

우리는 말없이 그대로 앉아 있었다. 주전자에서 푹푹 하는 소리가 조용히 들려 왔다. 물이 끓고 있었다.

「그래, 좋아. 나는 상상력이 부족해. 그 점 나도 인정해. 그렇지만 네가 알아야 할 것은 우리가 사건의 그 끔찍한 세부 사항들을 일단 잊어버린다면, 사건 전체가 무지무지 재미있다는 점이야. 그자들이 존재한다는 것 그 자체가 말이야. 사람들이 과거에 얼마나 지껄여 댔냐고. 무슨 비행접시니 바알 신전의 테라스니……. 허황된 얘기들을 지어냈지. 그런데 그것들이 사실 존재하거든. 같은 얘기야. 물론 우리가 생각한 그대로의 모습은 아닐 거야. 그자들이 마침내 정체를 드러낼 때는 우리가 여태껏 상상해 온 거랑 전혀 다른 형태일 거라고.」

「그자들이란 누굴 말하는 거야?」 베체로프스끼가 아무렇게나 물었다. 그는 파이프에 불을 붙이는 중이었다.

「외계인들. 아니면 보다 학술적인 용어로 4차원 문명인들.」

「아아, 그래? 하지만 아무도 그자들이 성도착증 경찰관 같으리란 생각은 안 했겠다?」

「관둬.」 나는 일어나서 2인분의 차를 장만했다. 「그래 나는 상상력이 부족한지 몰라. 하지만 네 녀석은 아예 없어!」

「그럴지도 모르지.」 베체로프스끼가 동의했다. 「내겐 내가 존재하지 않는다고 믿는 어떤 것을 상상하는 능력이 철저하게 결여되어 있어. 이를테면 플로기스톤, 테르모겐, 아니면 보편성 에테르 따위. 잠깐, 아까 마시던 거 재탕하지 말고 새 거로 끓여. 인색하게 굴지 마라.」

「나도 그러려던 참이야.」 나는 투덜거렸다. 「플로기스톤이 어쨌다고?」

「나는 플로기스톤이 있다고 생각한 적이 없어. 그리고 4차원 문명 따위가 존재한다고 믿은 적도 없어. 플로기스톤이나 4차원 문명이나 모두 너무 인간적인 개념이야. 보들레르의 시 같아. 너무나 인간적이라서 차라리 동물적일 지경이야. 이성의 산물이 아니고 반이성(反理性)의 산물인 셈이야.」

「잠깐. 그렇지만 너 스스로도 우리는 지금 4차원 문명과 대결 중이라는 사실을 인정했잖아.」 한 손에는 주전자를 들고 다른 한 손에는 실론 차 봉지를 들고 내가 말했다.

「내가 언제. 그걸 인정한 건 너희들이야. 나는 단지 너희를 진리의 궤도에 올려놓으려고 그 가정을 이용했을 뿐이야.」

전화벨이 울렸다. 나는 주전자 뚜껑을 떨어뜨리고 부들부들 떨기 시작했다.

「빌어먹을.」 베체로프스끼와 문 쪽을 번갈아 바라보며 나는 중얼거렸다.

「가서 받아. 차는 내가 끓일게.」

나는 한참을 망설이다 수화기를 들었다. 겁이 났다. 이런 시간에 전화 걸 사람이 누굴까? 어쩌면 고주망태가 된 바인가르텐? 그 녀석도 혼자일 테니까…….

「여보세요?」

바인가르텐의 거나한 목소리가 들렸다.

「그러면 그렇지. 안 자고 있을 줄 알았어. 안녕하쇼, 4차원 문명의 희생자여! 그래 좀 어떠냐?」

「그저 그래. 너는?」 나는 안도의 숨을 내쉬며 대답했다.

「다 괜찮아. 아스토리아에 들렸거든. 아아아스토리아 말이야. 반 리터짜리 한 병 샀어. 근데 그거 갖고 모자랄 것 같더라고. 그래서 한 병 더 샀어. 두 병 다 집으로 가지고 왔어. 그리고 지금 기분 삼삼해. 너도 이리로 오겠어?」

「안 돼. 베체로프스끼가 아직 여기 있어. 우린 차 마시는 중이야.」

「차 마시다가 차에 치일라. 알았어. 무슨 일 생기거든 연락해.」

「어떻게 된 거야? 너 혼자야 아니면 자하르도 거기 있어?」

「우리 셋 다 여기 있어. 참 좋다고. 그러니까 너도 맘 내키면 이리로 와. 기다릴게.」

그리고 그는 끊었다.

나는 부엌으로 돌아왔다. 베체로프스끼는 차를 따르고 있었다.

「바인가르텐이야?」

「응, 이런 미치광이 같은 사건 속에서도 몇 가지 일들은 여전히 똑같은 게 기뻐. 광기의 항상성(恒常性). 전엔 한 번도 술 취한 발까가 그렇게 귀여운 녀석인지 몰랐어.」

「그 친구가 뭐랬는데?」

「차 마시다가 차에 치일라 그러더군.」

베체로프스끼가 킬킬거렸다. 그는 바인가르텐을 좋아했다. 몹시. 자기 나름대로. 그는 바인가르텐을 〈무서운 아이〉 취급했다. 늘 시끄럽고, 땀 많이 흘리고, 비대한 〈무서운 아이〉.

나는 냉장고를 뒤져 〈스페이드의 여왕〉표 초콜릿 한 상자를 가지고 왔다.

「어때?」

「와아!」 베체로프스끼는 감탄사를 연발했다.

우리는 잠시 동안 그대로 앉아 상자의 예술적 가치를 찬양했다.

「4차원 문명에서 온 선물!」 내가 말했다. 「아, 참. 네가 하던 얘기가 뭐였지? 그 녀석 땜에 까먹었어. 아, 생각났다. 네 얘기는 이 모든 일에도 불구하고 네가 아직도 주장하는 것은……」

「음, 음. 그래. 나는 아직도 주장해. 난 언제나 4차원 문명이란 존재하지 않는다는 걸 알고 있었어. 그리고 이번 일이 생기고 난 지금은 그것이 왜 존재치 않는가에 대해 생각하는 중이야.」

「그만, 그만. 알았어.」 나는 화가 났다. 「기타 등등……. 이론적인 얘긴 그만두자. 한마디만 해. 만일 그것이 4차원 문명도 외계인도 아니라면, 그럼 뭐야? 너 뭘 진짜 알고 있는 거야, 아니면 네 기분 나는 대로 말장난하고 있는 거야? 한 사람은 자살했고 또 한 사람은 완전히 병신이 되어 버렸어. 이런 판국에 너 지금 무슨 농담하는 거야?」

아니, 아니다. 장님 눈에도 베체로프스끼가 말장난이나 농담하고 있는 것이 아님은 분명했다. 그의 얼굴은 갑자기 침울하고 피곤해 보였다. 그리고 그 동안 교묘하게 은폐되어 있던 긴장감이 표면으로 노출되었다. 아니 그것은 긴장감이라기보다 완고함, 잔인할 정도로 집요한 일종의 고집에 더 가까웠다. 그는 전혀 평소의 모습이 아니었다. 그의 얼굴에는 언제나 나른하고 졸린 듯한 귀족적 유약함이 나타나곤 했었다. 그런데 지금은 바위처럼 완강해 보였다. 나는 또다시 가슴이 철렁했다. 처음으로 내 머리 속에는 베체로프스끼가 나를 심리적으로 위로해 주기 위해 나와 함께 있는 것이 아닐지도 모른다는 생각이 떠올랐다. 그리고 자기 집에서 자고 가라고 한 것이나 또 아까 낮에 자기 집에서 일하라고 권한 것도 어쩌면 다른 이유에서였을 거라는 의심이 부쩍 늘었다. 나는 비록 공포에 질려 있었지만 그에게 말할 수 없는 연민의 정을 느꼈다. 아무 이유 없이 다만 나의 막연한 느낌과 그의 변화된 표정에 근거한 연민의 정을.

그때 나는 갑자기 3년 전쯤 베체로프스끼가 한동안 입원했었다는 사실을 기억해 냈다…….

17

전례가 드문 악성 종양 때문이라고 했다. 작년 가을에야 비로소 나는 그 사실을 알게 되었다. 어쨌거나 우리는 매일 만나 함께 커피를 마셨고 그는 화성인의 너털웃음을 터뜨렸고 나는 그가 수학 문제를 떠드는 게 지겹다고 불평했다. 나는 아무것도, 정말 아무것도 의심하지 않았었다.

그리고 이제 이 뜻하지 않았던 연민의 정에 압도된 나머지 나는 아무 대답도 못 들을 줄 뻔히 알면서 멍청한 질문을 했다.

「필, 너도…… 너도 압력을 받고 있는 거야?」

물론 그는 내 질문에 아무 대답도 안 했다. 숫제 아무 말도 못 들은 사람처럼 앉아 있었다. 완고함은 그의 얼굴을 떠나 귀족적 연기 속으로 사라졌다. 불그레한 눈꺼풀을 무겁게 내리깔며 그는 다시 담배를 뻐끔거리기 시작했다.

「나는 전혀 농담하고 있는 게 아니야. 너희들은 스스로를 광기 속으로 몰아넣고 있어. 그것이 지나친 단순화라는 걸 모르는 채 너희는 4차원 문명이란 걸 상상해 냈어. 그건 현대의 신화일 뿐이야.」

나는 피부가 스멀스멀해짐을 느꼈다. 더 복잡한 거? 그럼 더 나쁜 거? 어떻게 더 나쁠 수가?

「너는 천문학자지? 우주학의 근본적 역설에 대해 알고 있어야만 할 입장 아냐.」 그는 꾸짖듯이 말했다.

「알아. 어떤 문명도 발전 단계에 있을 때는……」

「기타 등등.」 그가 말을 가로챘다. 「그러므로 우리가 문명의 발전상을 추적할 수 있어야만 한다는 것이 논리적으로 자명한 사실이야. 그런데 이번 경우에는 그렇지가 못해. 왜? 4차원 문명이란 존재하지 않기 때문이야. 그 어떤 이유에서건 문명은 4차원화되지 않아.」

「그래, 맞아. 핵전쟁이란 것은 이성의 자멸이란 생각과 같은 얘기지. 모조리 난센스야.」

「물론 난센스야. 그리고 그것은 또한 너무 단순화된 생각이야. 너무 원시적인 개념이야. 우리들의 일반적인 사고 영역 안에서 맴도는 유치한 생각이지.」

「잠깐.」 내가 말했다. 「넌 어째서 계속 원시적이란 낱말을 쓰지? 물론 핵전쟁이란 원시적 개념이야. 하지만 그리 단순한 것은 아냐. 유전적인 질병, 존재에 대한 권태, 생의 좌표의 재조정…… 등등. 이미 그 문제에 관해 수천 권의 책이 씌어졌어. 내 생각에 4차원 문명의 표출은 그 성질상 우주적인 것이고 따라서 우리는 그것을 자연 현상으로부터 분리시켜 생각해선 안 될 것 같아. 이번 사건을 예로 들어 보자. 너는 그것이 4차원 문명의 표출이 아니라는 걸 어떻게 증명할 거야?」

「흠. 지나치게 인간적인 논리야.」 베체로프스끼가 말했다. 「그들은 지구인이 우주의 문지방에 서 있는 걸 발견했다, 그들은 전쟁을 피하고자 한다, 그래서 지구인의 진출을 저지하기로 한다. 결국 그런 얘기야?」

「왜? 아니야?」

「왜냐하면 그건 허구이기 때문이야. 번지르르한 표지의 싸구려 소설이야. 문어발을 신사복 바지에 끼워 맞추는 식이지. 그것도 그냥 문어가 아니라 있지도 않는 문어 말이야.」

베체로프스끼는 잔을 치우고 팔꿈치를 책상 위에 올려놓았다. 그는 주먹으로 턱을 고이고 눈썹을 치켜 올리며 내 머리 위쪽 저 너머 공간을 응시했다.

「생각해 봐. 두 시간 전에 우린 일단 어떤 결론에 도달했어.」 그가 말했다.「즉 어떤 세력이 지금 우리를 방해하는 것인가가 문제가 아니라, 그 세력에 어떻게 대처하느냐가 문제라고. 그런데 너는 그것에 대해 전혀 생각을 안 해. 계속 그 세력의 정체를 알아내겠다고 고집을 부리고 있어. 그리고 계속 고집스럽게 4차원 문명의 가정으로 돌아오고 있어. 네 스스로가 그 가정의 오류를 입증해 놓고 말이야. 물론 네가 어째서 그러는지는 알아. 네 머릿속 어딘가에는 무의식중에 어떤 문명도 문명임에는 틀림없으며 따라서 그것과 화합하고 타협할 가능성이 있다는 생각이 뿌리 박혀 있기 때문이야. 늑대에게 다른 먹이를 주어 양을 구하겠다는 사고야. 그리고 최악의 경우엔 언제나 이 적대적인 그러나 위대한 문명에게 달콤한 항복을 할 수 있다는 거지. 승리의 자격이 있는 적에게 고결하게 자리를 내주는 식이야. 맞지? 너의 이성적인 굴복은 표창을 받게 될 거야. 디마, 그런 눈으로 날 보지 마. 이건 어디까지나 너에게 잠재적으로 있는 생각이라고 그랬잖아. 게다가 너만 그런 생각인 줄 아니? 보통 다들 그렇게 생각해. 우린 신을 부정했어. 그렇지만 아직도 뭔가 신화적인 어떤 것을 붙잡지 않고는 스스로 설 수가 없어. 그러나 이제 스스로 서야만 해. 왜냐하면 우리가 처한 상황에서는 다만 동지가 없을 뿐 아니라 적도 없기 때문이야. 그것이 네가 이해하기를 거부하는 점이야.」

베체로프스끼는 말을 멈췄다. 나는 그를 반박하려고 했다. 입에 거품을 물고 그의 이론을 공박하려고 했다. 그러나 무엇을 증명하고자? 나도 모른다. 그는 옳았다. 그래, 자격이 있는 적에게 항복하는 것은 부끄러운 일이 아니다. 그가 그 얘기를 하자 나는 비로소 나한테 그런 생각이 있었다는 것을 깨달았다. 나는 줄곧 스스로를 전멸해 가고 있는 부대의 대장쯤으로 상상하고 있었다. 나는 내 칼을 넘겨주기 위해 적군의 대장을 찾아 헤매고 있었다. 그리고 나를 불편하게 하는 것이 내가 처한 상황 그 자체가 아니라 적을 찾을 수 없다는 바로 그 사실이었다.

「적이 없다는 게 무슨 뜻이야?」 마침내 나는 물어 보았다. 「아무튼 누군가 우리를 노리고 있잖아.」

「대기권 내에서 돌멩이가 9.81의 중력 가속도로 떨어지는 것을 원하는 자가 누구지?」

「무슨 소리야?」

「하지만 중력 가속도는 어쨌거나 9.81이지? 그리고 너는 그것을 설명하기 위해 4차원 문명의 개념을 도입하지는 않지?」

「잠깐, 도대체 그거와 이 사건이……」

「그래. 그러면 누가, 도대체 누가 중력 가속도는 9.81이라고 설정해 놓았지?」

나는 차를 더 따랐다. 내가 해야 할 일이란 둘 더하기 둘은 얼마냐를 풀어야 하는 것 같았다. 그러나 여전히 나는 아무 것도 이해할 수가 없었다.

「네 얘기는 우리가 상대하고 있는 것이 어떤 본질적인 자연 현상이라는 거야?」

「그런 셈이야.」

「정말!」

나는 흥분해서 손을 흔들다가 차를 식탁 위에 쏟았다.

「제기랄!」

내가 식탁을 훔쳐 내는 동안 베체로프스끼는 나른하게 말을 계속했다.

「주전원의 개념을 다시 세워 봐. 그리고 지구 대신 태양을 중심에 놓아 봐. 그러면 이해가 갈 거야.」

「즉 너한테 어떤 새로운 이론이 있다는 얘기구나?」 젖은 행주를 개수통으로 던지고 나는 물었다.

「그래.」

「그걸 좀 들어 보자. 그리고 참, 왜 아까는 그걸 말해 주지 않았지? 바인가르텐이 여기 있었을 때 말이야.」

베체로프스끼의 눈썹이 꿈틀했다.

「너도 알다시피, 새로운 이론에는 항상 논란이 따르게 마련이지⋯⋯. 나는 논쟁하고 싶지 않았을 뿐이야. 너희들에게 분명히 해주고 싶었던 것은 너희들이 양자택일의 기로에 서 있으며 결정은 너희 스스로, 철저하게 혼자서 해야만 한다는 사실이었어. 그 점에서 난 실패한 셈이야. 그리고 내 생각에 내 이론은 또 다른 논쟁거리만을 제공했었을 거야. 왜냐하면 그것의 골자는 너희에겐 친구도 없을 뿐더러 적도 없다는 현실이거든. 그래, 어쩌면 내가 잘못했는지도 몰라. 피곤한 논쟁으로 나도 뛰어들어야 했었는지 몰라. 하지만⋯⋯.」

내가 그의 이론을 이해하지 못했다고는 할 수 없다. 그러나 완전히 의미를 파악한 것도 아니었다. 그 이론에 전적으로 동의할 수는 없었지만 아무튼 모든 것이 그 이론으로 멋지게 설명될 수 있다는 걸 부인할 수도 없었다. 여태껏 우주에서 일어났었고, 지금 일어나고 있고, 또 앞으로 일어날 모든 일이 그 이론에 부합되었다. 사실 그것이 단점이기도 했다. 그건 삼각형은 삼각형이다라는 진술과 비슷했다.

베체로프스끼는 항상성(恒常性) 우주라는 개념을 도입했다. 〈우주는 자체의 구조를 보유한다.〉이것이 그의 공리였다. 그는 계속 설명을 했다. 「에너지와 물질의 보존 법칙이란 구조 보존 법칙의 불연속적 표현일 뿐이야. 비점감(非漸減) 엔트로피의 법칙은 지구의 항상성에 위배돼. 그러므로 보편 원칙은 될 수 없고 국부적인 원칙의 선에 머무는 거야. 그걸 보충하기 위해 있는 것이 이성의 부단한 자기 재생산의 원칙이야. 이 두 가지 국부적인 원칙의 결합과 대립이 즉 구조 보존이라는 보편율의 표현인 셈이지.

만일 비점감 엔트로피의 원칙만이 존재한다면 질서 잡힌 우주의 구조는 파괴되고 혼돈만 남게 되지. 그러나 한편 만일 끊임없이 자기완성을 향해 치닫는 전능한 이성만이 존재한다 해도 항상성에 근거하는 우주의 구조는 역시 파괴돼. 이건 물론 항상성을 거역할 때 우주가 더 좋아지거나 나빠지거나 한다는 얘기는 아니야. 왜냐하면 부단하게 자기 발전을 계속하는 지성의 목적은 단 하나, 자연의 개조이기 때문이야. 이런 이유들로 해서 우리는 우주의 항상성의 골자는 엔트로피의 증가와 이성의 진보 사이의 균형 유지라고 종합할 수 있지. 그것이 어째서 4차원 문명이란 있지도 않고 있을 수도 없느냐에 대한 이유야. 다시 말해서, 우주적 차원에서 비점감 엔트로피의 원칙을 능가

할 정도로까지 발달한 이성이 바로 4차원 문명이기 때문이야. 그리고 우리에게 일어난 사건은 다름이 아니고 이 항상성 우주가 인류의 4차원화되려는 이성을 저지하기 위해 반응을 보인 거라 할 수 있어. 우주가 자기 방어를 하고 있는 거지.

나한테 어째서 너나 글루호프가 다가올 대혼돈의 제1차 희생물로 선택되었는지 묻지 마. 너와 글루호프 연구의 어떤 점이 우주의 항상성을 위협하는 거냐고 묻지 마. 그리고 항상성 우주의 그 어떤 메커니즘에 대해서도 묻지 마. 나는 아무것도 몰라. 에너지 보존 법칙이 어떻게 유지되는가를 우리가 모르듯이. 모든 일은 에너지를 보존하는 방식으로 발생될 뿐인 거지. 그리고 모든 일은 너와 글루호프의 연구가 10억 년쯤 후에 수백만의 다른 연구와 결합되어 마침내 지구의 종말을 유도해 내는 일이 없도록 진행될 거야. 물론 이건 추상적인 의미에서의 지구의 종말이 아니고, 우리가 오늘날 관찰하고 있는 이 세상, 10억 년 동안 존재해 온 이 세상, 그리고 너와 글루호프가 엔트로피의 정복을 위해 미시적인 안목으로 너희 자신도 의식하지 못한 채 위협하고 있는 이 세상에 관한 문제야.」

나는 내가 그의 말을 완전히 이해했는지 확신할 수 없다. 어쩌면 완전히 잘못 이해했는지도 몰랐다. 그러나 더 이상 왈가왈부하고 싶지 않았다. 이런 식의 논리적 설명 없이도 충분히 끔찍한 일이었는데 이제 논리적인 이해까지 하게 되자 모든 것이 어처구니없이 절망적이어서 나는 무슨 말을 해야 할지조차 몰랐다. 도대체 살아서 무엇 하는가? 맙소사.

D. A. 말랴노프 대(對) 항상성 우주!

「필, 만일 네 얘기가 사실이라면 떠들 게 뭐가 있어? M-캐비티고 나발이고 모조리 지옥으로 꺼지라고 해. 선택? 여기 무슨 선택의 여지가 있어?」

베체로프스끼는 천천히 안경을 벗고 뻘겋게 자국이 난 콧마루를 새끼손가락으로 문질렀다. 그는 오랫동안, 남을 진 빠지게 할 정도로 오랫동안 아무 말도 하지 않았다. 그리고 나는 기다렸다. 나는 베체로프스끼가 나를 그 무슨 항상성 우주인지 뭔지한테 잡혀 먹히도록 내버려두지 않을 거라고 철석같이 믿고 있었다. 만일 진짜 아무 해결책도, 아무 선택의 여지도 없다면 내게 그런 얘기조차 안 했을 거라고 믿고 있었다. 코를 다 문지르고 나서 그는 안경을 다시 쓰고 차분히 말했다.

「내가 걷고 있는 길이 나를 죽음의 바다로 이끌어 가리란 얘기를 들었어. 그래서 나는 엉거주춤 돌아섰어. 그때부터 내 앞에 펼쳐진 것은 왜곡되고 뒤틀린 전락의 길이야.」

「그래?」

「다시 한 번 말해 주랴?」

「응.」

그는 되풀이해서 말했다. 그리고 나는 울고 싶어졌다. 나는 재빨리 일어나 가스레인지 위에 물 주전자를 올려놓았다.

「차라는 게 있다는 건 다행한 일이야. 그렇지 않았더라면 난 지금쯤 책상 밑에서 고래고래 술주정을 하고 있었을 거야.」

「그래도 난 역시 커피가 더 좋아.」

그때 자물통 속에서 열쇠 돌아가는 소리가 들렸다. 나는 백지장같이 되었음에 틀림없었다. 아니면 새파랗게 되었거나. 베체로프스끼가 내게 다가와 조용히 말했다.

「마음 놔, 디마, 안심해⋯⋯. 내가 있잖아.」

현관문이 열리는 소리. 옷자락 스치는 소리. 빠른 발자국. 깔럄의 야옹 소리. 나는 여전히 사색이 되어 있었다. 이르까가 헐떡이며 〈깔럄〉 하는 소리가 들렸다. 그리고⋯⋯.

「딤까!」

내가 어떻게 현관으로 갔는지 나는 기억하지 못한다. 나는 이르까를 얼싸안고 〈이르까, 이르까!〉를 외치며 낯익은 그녀의 향수 냄새를 깊이 들이마셨다. 그녀의 뺨은 젖어 있었다. 그리고 계속 이상한 소리를 지껄였다.

「살아 있었군요. 오, 하느님! 나는 당신이⋯⋯ 딤까!」

그리고 우리는 제정신으로 돌아왔다. 적어도 나는. 즉 나는 그녀가 그 자리에 있는 것이 꿈이 아닌 사실임을 인정할 정도로 제정신이었다. 그리고 나를 사로잡고 있던 추상적 지옥의 공포는 구체적인 일상의 공포로 바뀌었다. 나는 그녀를 자리에 앉히고 한 걸음 물러서서 눈물에 젖은 작은 얼굴을 들여다보았다(그녀는 화장도 안 한 채였다).

「무슨 일이야, 이르까? 왜 벌써 왔어? 보브까 때문에?」

그녀는 내 말을 듣고 있지 않았다. 내 손을 움켜쥐고 눈물에 젖은 눈으로 나를 응시하며 열병 환자처럼 되풀이해서 말했다.

「미치는 줄 알았어요⋯⋯. 이미 늦은 일이라고 생각했어요⋯⋯. 무슨 일이에요?」

우리는 손을 잡고 부엌으로 갔다. 그녀를 내가 앉았던 자리에 앉혔다. 베체로프스끼가 주전자에서 직접 진한 차를 그녀에게 따라 주었다. 그녀는 반 이상을 옷에 흘리며 게걸스럽게 차를 마셨다. 꼴이 말이 아니었다. 알아볼 수도 없을 정도로 형편없었다. 나는 덜덜 떨며 싱크대에 기댔다.

「보브까한테 무슨 일이 생겼어?」 가까스로 혓바닥을 돌게 하여 나는 물었다.

「보브까?」 그녀는 소리를 질렀다. 「여기 보브까가 무슨 상관이에요? 당신 때문에 완전히 미치는 줄 알았다고요. 대체 무슨 일이에요? 아팠어요? 황소처럼 건강해 보이네요!」

나는 어안이 벙벙해져서 입을 다물었다. 아무것도 이해할 수가 없었다. 베체로프스끼가 조용히 물었다.

「디마한테 무슨 일이 생겼다는 연락을 받으셨나요?」

그녀는 시선을 그에게로 던졌다. 그러더니 벌떡 일어나 현관으로 가서 핸드백을 가지고 들어왔다.

「한번 보시라고요. 글쎄, 내가 받은 게 뭔지.」 빗, 립스틱, 종잇조각, 돈 등이 바닥으로 떨어졌다. 「휴, 내가 그걸 어디다 두었지? 아! 여기!」 그녀는 후들거리는 손가락을 호주머니에 넣어 구겨진 전보를 꺼냈다. 「이거예요.」

나는 그것을 받아 읽었다. 그리고 아무것도 이해하지 못했다. ······바람 스네고보이. 나는 정신을 차려 큰소리로 다시 읽었다.

〈드미뜨리 위독 급히 오기 바람 스네고보이.〉 스네고보이? 어떻게 스네고보이가?

베체로프스끼는 조심스럽게 내게서 전보를 빼앗았다.

「오늘 아침에 친 건데……」
「언제?」 나는 귀머거리처럼 큰소리로 물었다.
「오늘 아침. 9시 22분.」
「맙소사! 그 사람이 나한테 왜 그런 장난을 쳤을까?」 이르까가 말했다…….

## 제10장

18

 전화로는 연락이 안 되었다. 비행장에서는 표가 이미 매진되었고, 그녀는 전보 쪽지를 흔들며 관리 소장실로 뛰어들었다. 소장은 사정이 딱하게 됐군요라는 말밖에 아무것도 해줄 수가 없었다. 이륙 예정의 비행기는 한 대도 없었고, 이미 착륙한 비행기는 다른 지방으로 뜰 예정이었다. 마침내 비상수단으로 그녀는 일단 하르꼬프로 가는 비행기를 탔다. 그러나 거기서도 사정은 마찬가지였고 게다가 억수 같은 비가 쏟아지고 있었다. 저녁때가 되어서야 그녀는 가까스로 화물기를 타고 모스끄바까지 올 수 있었다. 냉장고와 관을 운반하는 비행기였다. 도모제도보 공항에서 셰레메쩨보 공항[1]으로, 그리고 거기서 레닌그라드로 겨우겨우 올 수 있었다. 조종칸에 앉아 물 한 모금 안 마신 채 계속 울면서……. 
 그녀는 내일 아침에 일어나면 당장 경찰에 신고하여 어떤 인간이 그 따위 장난을 쳤는지 알아내야 한다고 떼쓰듯 중얼거리

---

[1] 두 공항 모두 모스끄바 근교에 있음.

다가 잠들어 버렸다. 당연히 나는 맞장구를 쳤다. 물론이야. 이대로 놔둘 수 없어. 이 따위 장난치는 녀석들은 혼쭐내 주어야 해. 경찰에 신고해서 콩밥을 먹여야 해 등등. 나는 그녀에게 요즘은 우체국에서 발신인의 신분 확인 없이 전보를 접수해 주지 않으므로 그런 식의 장난은 불가능하다는 말을 할 수가 없었다. 아무도 그 전보를 친 게 아니고 아마 오데사 전신국에서 그냥 저절로 찍힌 전보였을 거라는 얘기는 더 더욱 할 수 없었다.

잠이 오지 않았다. 그러나 어쨌든 아침이 되었다. 창밖이 훤했고 블라인드를 쳤음에도 방안 역시 환했다. 나와 이르까 사이에 쭉 늘어져 자고 있는 깔람을 쓰다듬으며 나는 죽은 듯이 누워 있었다. 이르까의 곤한 숨소리가 들렸다. 그녀는 언제나 깊은 단잠을 잤다. 그녀를 불면증에 걸리게 할 만한 걱정거리는 이 세상에 아무것도 없는 것 같았다. 적어도 그 순간까지는.

전보를 읽고서 그 의미를 파악했을 때 나를 덮쳤던, 임박한 재난의 전조는 아직도 내게 남아 있었다. 근육이 저리고 가슴과 심장 부위에 뭔가 형태가 불분명한 커다란 옴두꺼비 같은 것이 들어앉아 있는 느낌이었다. 가끔 그 두꺼비는 꿈틀거렸고 그럴 때마다 살가죽이 스멀거렸다.

어제 이르까가 얘기를 하다가 잠이 들었을 때 나는 그녀의 고른 숨소리를 들으며 잠시 기분이 좋아졌었다. 나는 혼자가 아니었다. 내 옆에는 내게 가장 가까운, 내가 가장 사랑하는 인간이 있었다. 그러나 곧 내 뱃속의 두꺼비가 한 번 꿈틀했고, 나는 내가 기분이 좋아졌다는 사실에 소스라쳐 놀랐다. 그래, 이 정도로까지 난 타락했구나. 그자들이 나를 이 꼴로 만들었어. 이르까가 내 곁에 있는 것에, 나와 함께 덫에 걸린 것에 기뻐할 정도로 난 바보가 됐구나. 오, 천만에, 내일 아침 일어나자마자 비행기 표를 사리라. 다시 오데사로. 기필코 사리라. 줄 서 있는 사람들을 다 밀어젖히고 제일 먼저 사리라.

불쌍한 나의 아내여! 그 악당들 때문에, 나 때문에, 그리고 그 빌어먹을 성간 물질 때문에 그녀는 얼마나 노심초사했던가. 그 따위 문제로 고운 얼굴에 주름살 가게 할 필요는 없어! 그자들이 그녀에게도 손을 뻗쳤다. 왜? 뭔가에 이용하려고? 나쁜 놈들. 악당들. 놈들은 사정거리 안에 있는 사람은 아무나 막 쏘아 댄다. 아니, 그녀에게는 아무 일도 없을 거야. 나를 겁주려고 잠시 이용하는 것뿐이야. 신경전을 벌이자는 수작이지.

갑자기 죽은 스네고보이의 모습이 떠올랐다. 두꺼운 두개골에 탄환 구멍이 뻥 뚫린 채 차디차게 식은 거대한 몸뚱어리. 줄무늬 파자마를 입은 시체가 서서히 모스끄바 거리를 걸어 우체국까지 간다. 오른손엔 권총. 왼손엔 전보 신청서. 그는 전보 창구 앞의 줄에 낀다. 그러나 아무도 그의 존재를 눈치채지 못한다. 창구의 아가씨가 그의 뻣뻣한 손가락 사이에서 전보용지를 받아 들고 영수증을 쓴다. 그리고 돈 받는 걸 잊고 소리친다.

「다음 분!」

나는 머리를 흔들어 그 환영을 쫓아 버렸다. 그리고 살금살금 침대에서 빠져 나와 내의 바람으로 부엌으로 갔다. 햇살이 가득했다. 뜰에서 참새들이 지저귀고 있었다. 청소부가 비질하는 소리가 들렸다. 나는 이르까의 지갑을 뒤져 부러진 담배 두

개비가 들어 있는 구겨진 곽을 찾아냈다. 나는 오래 전에 담배를 끊었었다. 2년, 아니 3년쯤 전에. 의지를 시험하려고. 자, 말랴노프 동무, 자네의 의지가 지금 필요하네······. 제기랄, 나는 형편없는 배우다. 거짓말 하나 제대로 못한다. 이르까가 알게 해선 절대로 안 되는데······. 아무도 나를 도울 수 없어. 이르까도, 그 누구도. 나는 담배에 불을 붙였다.

이 판국에 도움이란 게 무슨 소용이 있겠는가? 나는 내게 문제가 생겼을 때 가능한 한 이르까에게 비밀로 한다. 걱정 끼치기 싫어서. 그녀를 행복하게 해주고 싶다. 절대로 그녀를 불행하게 만들고 싶지 않다. 만일 이 모든 게 같은 사건만 아니었어도 나는 그녀에게 M-캐비티에 관해 얘기했을 것이다. 물론 그녀는 학자도 아니고 늘 자신의 지식을 과소평가하지만 즉시 내 얘기를 모조리 이해했을 것이다. 그러나 지금 나는 그녀에게 무슨 말을 할 수 있겠는가?

문젯거리에도 종류가 있다. 여러 가지 다른 차원의. 간혹 불평하는 것이 조금도 죄가 안 되며 징징거리는 것이 심지어 즐겁기조차 한 사소한 문제가 있다. 그러면 이르까는 이렇게 말할 것이다. 난 또 뭐라고. 참 대단한 일이네요. 그리고 곧 만사가 다시 순조로울 것이다. 만일 문제가 좀 더 심각한 것이라면 그걸 지껄여 대는 것은 남자답지 못하다. 나는 어머니나 이르까에게 아무 말도 하지 않는다. 그러나 어떤 문제들은 하도 엄청나 숨기고 말고 할 것조차 없다! 맙소사! 내가 원하건 원치 않건 간에 이르까는 지금 나와 함께 사정거리 안에 있다!

불공평한 일이다. 나는 지금 얻어맞고 깨지고 터지며 죽음을 향해 끌려가고 있다. 그러나 나는 적어도 왜 내가 얻어맞고 있으며, 누가 나를 고문하고 있으며, 현재 나는 고문실에 있다는 사실을 알고 있다. 이것은 무슨 어리석은 운명론이 아니다. 나는 알고 맞는 게 한결 낫다고 생각한다. 물론 사람마다 차이가 있겠고 또 대부분이 차라리 모르는 게 낫다고 여기겠지만 이르까는 후자에 속하지 않는다. 그녀에게 숨긴다는 것은 정직하지 못하다. 그리고 나는 선택을 해야 한다. 여태껏 거기에 대해 조금도 생각하지 않았지만 곧 해야 할 것이다. 아니, 난 이미 선택을 했는가? 나도 모르는 사이에 나는 결단을 내렸는가? 선택, 그래, 그건 전적으로 내게 달린 문제야. 나는 내가 원하는 길을 갈 것이다. 그러나 결과는? 우리 가족은 몰살당할 것이다. 만일 내가 다른 길을 선택한다면? 나도 모르겠다. 이르까가 과연 글루호프 같은 인간을 좋아할 것인가? 물론 그는 좋은 인간이다. 조용하고 온순하고 점잖고……. 우리는 TV를 살 수 있을 것이다. 보브까가 얼마나 좋아할까. 우리는 또한 주말마다 스키를 타러 가고 영화관에 갈 정도로 생활이 필 것이다. 좌우지간 내 선택의 결과는 단 하나에만 영향을 끼치는 게 아니다. 몰살당하는 것은 물론 나쁘다. 그러나 결혼 생활 10년 후에 남편이 겁쟁이임을 알게 되는 것 또한 과히 좋은 일은 아니다. 아니, 어쩌면 괜찮을지도 모른다. 내가 겁쟁이임을 그녀가 안다는 사실을 나는 모를 것이다. 바로 그거다. 나는 모를 것이다. 그리고 재수가 좋으면 그녀 또한 남편이 겁쟁이였음을 영원히 모를 수도 있다. 나는 담배를 다 피우고 꽁초를 쓰레기통에 던졌다. 어젯밤 말끔히 청소를 해놓은 덕에 마룻바닥은 먼지 하나 없이 깨끗했다. 그런데 쓰레기통 옆에 무언가 떨어져 있었다. 신분증이었다. 나는 그 뿌연 초록빛 수첩을 집어 아무렇게나 펼쳤다. 식은땀이 흘렀다. 인나 표도로브나 세르게옌꼬, 출생 년도 1939년. 이게 뭔가? 사진은 이르까의 것이었다. 아니, 이르까가 아니었다. 이르까와 몹시 닮은 어떤 낯선 여자였다.

나는 조심스럽게 신분증을 책상 위에 놓고 발끝으로 침실로 갔다. 또다시 식은땀이 흘렀다. 이불 속에는 경직된 얼굴의 여자가 누워 있었다. 날카로운 윗니를 드러내 보이며 순교자의 일그러진 미소를 짓고 있었다. 내 이불 속에 누워 있는 것은 마녀였다. 나는 나도 모르게 그녀의 어깨를 흔들었다. 그녀는 즉시 잠에서 깨어 커다란 눈을 뜨며 물었다.

「딤낀, 무슨 일이에요? 어디 편찮으신 건 아니죠?」

오 하느님. 그녀는 나의 이르까였다. 이 무슨 악몽인가.

「내가 또 코를 골았군요? 그렇지요?……」

그녀는 졸음 가득한 목소리로 중얼거리며 또다시 깊은 잠에 빠졌다.

나는 발끝으로 부엌으로 돌아와 신분증을 치우고 마지막 남은 담배에 불을 붙였다. 그래. 이게 우리가 지금부터 살아가야 하는 삶의 모습이구나.

뱃속 안에 든 두꺼비가 한 번 꿈틀하더니 잠잠해졌다. 나는 얼굴에 맺힌 땀방울을 치를 떨며 닦아 냈다. 문득 어떤 생각이 떠올랐다. 나는 이르까의 핸드백을 뒤졌다. 그녀의 신분증은 거기 있었다. 이리나 예르몰라예브나 말랴노바. 출생 년도,

1933년. 빌어먹을! 좋다. 놈들은 왜 하필 이런 식으로 나를 골탕 먹이는 걸까? 이건 물론 우연이 아니다. 신분증. 장난 전보. 이르까의 고생스러웠던 여행. 관과 함께 비행기에 타야 했던 사실. 이 모든 게 우연이 아니었다. 아니, 우연의 일치인가? 그들은 눈먼 자연, 생각할 줄 모르는 자연 아닌가……. 베체로프스끼의 이론이 옳다. 만약 그것이 가장 사소한 반항에도 진노하는 항상성 우주라면 그럴 법도 하다. 파리 한 마리 잡기 위해 수건을 휘둘러 대는 인간처럼. 공기를 자르는 듯한 사악한 바람 소리. 선반 위에서 흔들거리는 꽃병. 깨진 전등. 우수수 떨어지는 무고한 나방들. 소파 밑으로 발톱을 곤두세우고 달려가는 고양이. 불필요하게 소모된 힘. 아니, 난 아무것도 모른다. 어쩌면 동네 저쪽 어디선가에서 집이 무너졌는지도 모른다. 그들은 나를 겨냥했는데 잘못해서 집을 부수었는지도 모른다. 그리고 내가 얻은 것은 낯선 여자의 신분증. 이 모든 일이 단순히 내가 M-캐비티를 발견했기 때문이란 말인가! 내가 그걸 이르까에게 말했더라면…….

글쎄…… 나는 이런 식으로 살 수 없을 것 같다. 스스로를 겁쟁이라 생각해 본 적은 한 번도 없다. 그러나 이런 식으로, 1초의 평화도 없이, 자기 아내를 마녀라고 착각해 가며, 사사건건 소스라쳐 놀라며 어떻게 살겠는가. 베체로프스끼는 글루호프를 경멸한다. 그건 나와도 절교할 거라는 얘기다. 모든 게 달라질 것이다. 다른 친구들, 다른 직장, 다른 삶. 어쩌면 다른 가정. 〈그때부터 내 앞에 펼쳐진 것은 왜곡되고 뒤틀린 전락의 길이었다.〉 그리고 나는 아침마다 면도할 때 거울 속의 내 모습을 보며 수치감에 치를 떨 것이다. 거울 속에 비치는 것은 길들여진 소인배 말라노프이리라.

물론 나는 익숙해질 것이다. 세상의 모든 일에 익숙해질 것이다. 그 어떤 헛수고에도. 그러나 이건 그저 웬만한 헛수고가 아니다. 10년째 해온 연구다. 아니 10년이 아니라 내 일생을 다 바쳐 해온 연구다. 초등학교 때의 자연 과학 서클 이래로 여태껏 내 모든 것을 바쳐 해온 일이다. 내 손으로 엉성한 망원경을 만들고 볼프 흑점수(黑點數)[2]를 계산하던 때부터 바로 이 순간까지. 나의 M-캐비티. 나는 정말 아무것도 모른다. 내가 그걸로 무엇을 할지, 내 뒤의 누군가가 그걸로 무엇을 할지 전혀 모른다. 계속 발전시켜 다음 세대에 그걸 물려준다면 뭔가 조금은 대단한 결과가 얻어질지도 모른다. 만일 내 연구가 우주 자체의 저지를 받을 정도의 어떤 중요한 결론을 유도해 내고 있는 중이라면 이건 하찮게 잃어버릴 일이 아니다. 10억 년이란 긴 세월이다. 10억 년 동안 인류는 부단히 발전해 왔다. 한 점의 티끌로부터.

그러나 그들은 나를 파멸시킬 것이다. 나의 평화로운 삶을 방해하고 나를 미치게 만들고 그러다가 안 되면 단번에 해치울 것이다. 오, 하느님! 여섯 시. 태양이 이미 뜨겁게 내리쬐고 있다.

어찌된 영문인지 내 뱃속의 두꺼비는 사라졌다. 나는 조용히

---

2 흑점의 다소를 나타내는 지수. 태양의 운동을 측정하기 위해 스위스의 천문학자 볼프(Rudolf Wolf, 1816~1893)가 1849년 고안한 것으로 현재도 사용되고 있다.

방으로 가서 서류 뭉치와 펜을 가지고 부엌으로 돌아와 일을 시작했다.

제대로 생각을 할 수는 없었다. 머릿속에 솜방망이 같은 것이 가득 들어 있었고, 눈꺼풀은 불에 덴 듯 뜨거웠다. 그러나 나는 조심스럽게 내가 써놓은 것을 검토했다. 불필요한 부분을 구겨 버리고 나머지는 차례로 정리를 하여 새 공책에다 다시 베꼈다. 천천히, 의욕을 느끼며 나는 적절한 단어를 골라 조심스럽게 써 내려갔다. 마치 논문이나 책의 마무리를 지을 때처럼.

많은 학자들이 연구의 마지막 뒷손질을 귀찮아한다. 그러나 나는 다르다. 나는 내 글을 퇴고하고, 적재적소에 간결하고 우아한 문구를 집어넣고 그래프와 표를 작성하는 것을 좋아한다. 그것은 과학자에게 일종의 고상한 허드렛일에 해당된다. 절정의 순간. 자신의 작업에 도취되는 순간.

나는 이르까가 내 곁에 다가와 맨살의 팔로 나를 껴안으며 따스한 뺨을 내 얼굴에 밀착시킬 때까지 나 자신과 내 작업에 완전히 도취되어 있었다.

「깼어?」 나는 등을 쭉 펴며 말했다.

나의 이르까였다. 언제나 똑같은 나의 이르까. 어제의 그 불쌍한 허수아비 같은 이르까는 사라졌다. 장밋빛 뺨의 신선한 이르까. 맑은 눈의 명랑한 이르까. 종달새. 그녀는 종달새. 나는 올빼미. 그리고 그녀는 종달새. 어디선가 그런 식의 인간형 부류를 읽은 적이 있다. 종달새는 일찍 잠자리에 들고 단잠을 자고 행복하고 상쾌하게 일어나 즉시 노래하기 시작한다. 종달새 형의 인간은 절대로 대낮까지 침대 속에서 허우적거리는 법이 없다.

「또 한잠도 못 잤군요?」 그녀는 대답을 기다리지 않고 창가로 갔다. 「저 사람들 저기서 뭐 하는 거예요?」

나는 그제야 뜰에서 사람들이 떠드는 소리를 들었다. 사고가 났을 때, 경찰이 출동하고 아직 앰뷸런스가 도착하지 않은 동안에 나는 그런 종류의 소란스러움이었다.

「딤까, 저것 좀 봐요! 기적이에요!」

나는 가슴이 철렁했다. 또 무슨 기적이 일어났단 말인가. 이제 기적이라면 넌덜머리가 난다. 나는 벌떡 일어났다…….


19


커피. 그리고 이르까는 만사가 근사하게 해결되었음을 선언했다. 이 세상의 모든 근심 걱정이 사라졌다는 듯이. 이번 여름의 오데사는 유난히 번잡했고 그녀는 지난 열흘간 말할 수 없이 따분했었다. 그리고 내가 보고 싶어졌고. 따라서 다시 오데사로 돌아갈 마음은 손톱만큼도 없었다. 게다가 어차피 비행기표를 사는 것이 불가능할 것이고 보브까는 장모가 8월에 레닌그라드로 올 때 데려오기로 되어 있었으므로……. 그녀는 오늘부터 출근하기로 결정했다. 커피를 다 마시고……. 그리고 우리는 계획했던 대로 3월이나 4월에 끼로프스끄로 스키를 타러 갈 것이다.

우리는 토마토 오믈렛을 먹었다. 내가 오믈렛을 만드는 동안 이르까는 담배를 찾아 온 집안을 헤매었다. 찾는 데 실패하자 약간 시무룩해져서 커피를 조금 더 끓이고 스네고보이에 대해서 물었다. 나는 지꼬프에게서 들은 내용을 모든 예각을 피해 가며 평범한 사건처럼 들리게끔 얘기했다. 얘기 도중 아름다운 리도츠까가 생각이 났으나 꾹 참고 그녀에 대한 언급은 회피했다.

이르까는 스네고보이에 대해 무언가를 얘기했고, 뭔가를 기억했고, 그녀의 입 가장자리가 슬프게 아래로 처졌고(《이젠 담배를 꾸어 달랄 사람이 없어졌구나!》), 나는 커피를 홀짝이며 이제 무엇을 할지 생각했다. 이르까에게 진상을 다 털어놓을지 결정하기 전에는 리도츠까나 식료품 배달 건에 대해서는 입 다무는 편이 나을 것 같았다. 아직 확실히 모르는 일이었으므로. 아니 확실하지 않은 것은 아무것도 없었다. 여태껏 이르까가 자기 친구나 식료품 주문에 관해 한 마디도 안 한 것을 보면. 물론 잊어버리고 안 했을지도 몰랐다. 전보 사건으로 정신이 나가 있었고 또 늘 뭔가 잊어버리기 일쑤인 이르까였으니까. 그러나 아무튼 당분간 이 사건을 접어 두기로 했다. 아니, 어쩜 약간의 타진도 괜찮을 듯했다. 나는 적당한 기회를 포착하여, 즉 이르까가 스네고보이에 대한 얘기를 다 끝내고 좀 더 명랑한 화제로 넘어가 보브까가 도랑에 빠지고 장모가 그 녀석을 건져 주고 한 것 등을 얘기할 때 슬쩍 물어 보았다.

「그래, 리도츠까는 요즘 어때?」

나의 실험은 어설픈 효과만 자아냈다. 이르까의 눈이 동그래졌다.

「리도츠까라뇨?」

「왜 있잖아, 당신 동창.」

「뽀노마레바? 뚱딴지같이 갑자기 걔 생각은 왜?」

「아, 저, 뭐……」 나는 말을 더듬었다. 「그냥 갑자기 생각이 나서……. 있잖아, 거 왜 오데사, 전함 뽀쫌낀, 그런 거. 그래서 갑자기 그 여자 생각이 났어.」

이르까는 눈을 몇 번 깜박거렸다.

「걔랑 우연히 길에서 마주쳤어요. 무지무지 예뻐졌더라고요. 남자들이 하도 꼬여 들어서 몽둥이로 쫓아내야 할 지경이래요.」

잠시 말이 끊어졌다. 빌어먹을. 나는 이런 간단한 거짓말도 제대로 못 해. 내가 날린 실험 기구(氣球)는 중간에 걸렸다. 이르까의 살피는 듯한 눈초리를 의식하여 나는 빈 잔을 내려놓고 위장된 목소리로 말했다.

「나무는 다 심었는지…….」

그리고 발코니로 갔다. 그래. 리도츠까에 관한 건 분명해졌어. 완전히.

나무는 늠름하게 서 있었다. 그리고 군중은 흩어지고 있었다. 수위와 세 명의 관리인과 배관공과 두 명의 경관, 그리고 노란색 순찰차만이 남았다. 그들은 모두(물론 순찰차는 제외하고) 나무를 보고 있었다. 그리고 쑥덕거리고 있었다. 경관 중의 하나가 모자를 벗고 손수건으로 빡빡 밀은 머리를 닦았다. 오늘도 푹푹 찌겠구나. 저 낯익은 달구어진 아스팔트 냄새, 먼지, 가솔린 냄새, 거기 새로 첨가된 기묘한 수풀의 냄새. 빡빡머리 경관이 모자를 다시 쓰고 쭈그리고 앉아 파헤쳐 놓은 구덩이를 손으로 뒤적거리기 시작했다.

이르까는 욕실에 있었다. 설거지를 하면서 말할 수 없이 졸렸다. 그러나 잠들지 못하리라는 것을 알고 있었다. 이 모든 일이 끝날 때까지 잠자지 못하리라……. 나는 베체로프스끼에게 전화를 걸었다. 신호가 가는 순간 나는 그가 오늘 대학원생들 시험 감독을 하기로 되어 있다는 사실을 상기했다. 그러나 내가 수화기를 놓기 전에 그가 전화를 받았다.

「너 지금 집에 있니?」 나는 어리석은 질문을 했다.

「집에 있으니까 전화를 받지.」

「미안하다. 내가 또 말 잘못 했구나. 너 나무 봤어?」

「응.」

「그 나무에 대해서 어떻게 생각하나?」

「나무라고 생각해.」

나는 욕실 쪽을 흘끔 보고 목소리를 낮추었다.

「나는 그게 나라고 생각해.」

「그래?」

「휴우…… 나 내가 쓴 것 정리하기로 작정했어.」

「정리 다 했어?」

「다는 아니야. 하지만 오늘 중으로 끝내려고 해.」

「왜?」

나는 말문이 막혔다.

「나도 모르겠어……. 갑자기 마무리를 짓고 싶어졌어. 후회,

그런 거 말이야. 내 학문에 미안함 같은 걸 느껴. 너 오늘 나갈 거야?」

「아니. 이리나는 어때?」

「조잘거리고 깔깔대고……. 너도 알잖아. 이르까…… 물에 젖은 오리가 파닥거리는 거 같아.」 나도 모르게 나는 절로 미소를 지었다.

「이리나한테 다 말했어?」

「농담 마. 물론 안 했어.」

「왜 〈물론〉이야?」

나는 한숨을 쉬었다.

「필, 네 생각은 어떠냐? 계속 생각해 봤거든. 다 말해, 말아? 어떤 게 좋은지 모르겠어.」

「잘 모를 때는 입 다무는 게 상책이지.」

나는 그건 네가 말 안 해도 다 아는 상식이라고 대꾸할 참이었으나 욕실의 물소리가 그치는 바람에 말끝을 흐렸다.

「알았어. 이제 또 일해야 해. 무슨 일 있으면 전화해. 집에 있을 테니까.」

이르까는 옷을 차려 입고 화장을 하고 내 코에 키스하고 직장으로 갔다. 나는 소파 위에 벌렁 드러누웠다. 깔랴이 소리 없이 나타나 내 곁에 나란히 누웠다. 그놈은 부드럽고 뜨겁고 축축했다. 나는 생각을 하다가 잠이 깜빡 들었다. 기절하듯이. 사라졌던 의식이 되돌아왔을 때 깔럄은 내 곁에 없었고 누군가가 초인종을 누르고 있었다. 나는 일어섰다. 머릿속은 맑았고 유난히 전투적인 기분이었다. 전쟁과 죽음을 맞을 태세가 되어 있었다. 또 한 차례 시작되려나 보다고 느꼈지만 더 이상 공포를 느끼지 않았다. 내게 남은 것은 분노와 성급한 결단뿐이었다.

찾아온 사람은 바인가르텐이었다. 믿지 못할 일이지만 그는 어제보다 〈더〉 땀에 젖고 〈더〉 비대하고 〈더〉 흐트러지고 〈더〉 구질구질했다.

「저게 웬 나무야?」 그는 문간에서 다짜고짜 물었다. 놀랍게도 그는 조용조용 말하고 있었다. 나는 내 귀를 의심할 정도였다.

「큰소리로 말해도 돼. 들어와.」

나는 깔람의 꼬리를 잡아 안으로 끌어 당겨 놓고 문을 닫았다. 그는 조심조심 좌우를 살피며 들어왔다. 원고가 가득 든 두 개의 쇼핑백을 장 속에 집어넣고 젖은 손으로 젖은 몸을 닦아 냈다. 그리고 물었다.

「괜찮아?」

「보다시피. 우리 방으로 가자.」

「저 나무 오늘 심은 거야?」

「응.」

나는 탁자 위에 앉고 그는 그 옆의 안락의자에 앉았다. 그물 티셔츠와 단추를 풀어헤친 나일론 점퍼 사이로 털투성이의 배가 불쑥 튀어나왔다.

그는 씨근덕거리며 땀을 닦고 몸을 뒤틀어 바지 뒷주머니에서 담뱃갑을 꺼냈다. 그리고 특별히 누구에게라고 할 것 없이 일련의 쌍소리를 지껄여 댔다.

「전쟁은 계속되고 있으렷다.」 코털이 비어져 나온 콧구멍으로 짙은 담배 연기를 뿜어내며 그는 마침내 얘기를 시작했다. 「일어서서 죽는 것이 무릎을 꿇고 죽는 것보다 낫다! 탕! 탕! 악당!」 그는 고래고래 소리를 질렀다. 「너 아래층에 내려가 봤어? 멍청이! 집 안에서 죽는 게 낫다 이거냐? 폭탄이 네 엉덩이 밑에서 터진다면 어떻게 하겠어? 트람타라람, 트람타라람!」

「무엇 때문에 그렇게 소리를 질러 대? 너 진정제 좀 줄까?」

「보드가 남았어?」 그가 물었다.

「아니.」

「그럼 포도주는?」

「아무것도 없어. 가져온 게 뭐야?」

「내 노벨상!」 그는 다시 소리를 질렀다. 「그래. 나는 내 노벨상을 가져왔어. 너한테 가져온 건 아니야, 이 바보야! 너는 네 문제만으로도 충분해.」 그는 점퍼의 단추를 잡아 뜯으며 욕지거리를 퍼부었다. 「요즘 세상에 바보는 별로 없어. 동지. 대부분의 사람들이 아주 현명하게도 돈 많고 건강한 것이 가난하고 병든 것보다 낫다고 생각하거든. 우리는 과히 많은 걸 요구하는 게 아니야. 충분한 빵과 먹을 만큼의 캐비아만 있으면 된다 이거야. 빵은 흰색일 수 있고 캐비아는 검은색일 수 있어. 지금은 19세기가 아니야, 동지.」 그는 진심으로 말했다. 「19세기는 죽었고 매장되었고 남은 거라곤 연기뿐이야, 동지. 나 어젯밤 한잠도 못 잤어. 자하르와 그 친구 아들놈이 들입다 코를 골아 대더라고. 밤새도록 나는 내 의식 속에 남아 있던 19세기의 잔

재에 작별을 고하고 있었어. 20세기는, 동지, 계산의 시대야. 감정은 없어. 감정이란 우리가 알다시피 정보 미달을 의미할 뿐. 자존심, 명예, 후세대⋯⋯ 모조리 귀족적 헛소리야. 아토스, 포르토스, 아라미스. 나는 그렇게 못 해. 나는 어떻게 하는 건지 몰라. 탕! 탕! 가치관의 문제? 맘대로 하라고. 나한테 가장 소중한 건 나와 내 가족과 내 친구야. 나머지는 모조리 뒈져 버려도 그만이야. 나머지는 내 책임의 한계 밖이야. 투쟁? 물론. 나 자신과 내 가족, 내 친구를 위해서. 끝까지 무자비하게. 하지만 인류를 위해서? 지구인의 존엄성을 위해서? 은하계의 위신을 위해서? 모조리 얼어 죽을 헛소리야! 나는 이념을 위해 싸우지 않아. 내겐 걱정해야 할 더 중요한 일이 많아. 너는 너 하고 싶은 대로 하라고. 하지만 바보가 되라고 권장은 하지 않는다.」

그는 벌떡 일어나 부엌으로 갔다. 거대한 우주선 같았다. 개수통으로 물 쏟아지는 소리가 들렸다.

「우리들의 삶 자체가 거래의 연속이야.」 그는 부엌에서 소리를 질렀다. 「알아? 불리한 거래를 하려면 너는 철저하게 멍청이여야만 돼. 심지어 19세기에도 그쯤은 알았다고!」 그는 말을 멈췄다. 나는 그가 벌컥벌컥 물을 마시는 소리를 들었다. 물소리가 그치고 그는 입을 훔치며 방으로 돌아왔다. 「베체로프스끼는 너한테 아무런 조언도 해주지 않을 거야. 그 친구는 로봇이야. 인간이 아니야. 그것도 19세기형 로봇이야. 만일 19세기에 인간들이 로봇 만드는 법을 알았더라면 베체로프스끼 같은 로봇을 만들었을 거야. 이봐, 넌 나를 비열한 놈 취급하겠지.

그래도 좋아. 거기에 대해 할 말 없어. 그렇지만 그 어떤 놈도 나를 파멸시키도록 놔두지 않을 거야. 살아 있는 개새끼가 죽은 사자보다 나. 살아 있는 바인가르텐이 죽은 바인가르텐보다 나. 그것이 바인가르텐의, 그리고 바인가르텐이 신뢰하는 가족과 친구의 철학이야.」

나는 말리지 않았다. 나는 그 떡판의 얼굴을 4분의 1세기 동안, 그것도 다른 세기도 아니고 20세기의 4분의 1세기 동안 알아 왔다. 나는 그를 말려 봤자 헛수고라는 것을 잘 알았다. 그는 소리치고 있었다. 그건 이미 그의 머릿속에 모든 생각이 정리가 되어 있음을 의미했다. 그가 생각을 정리해 놓기 전이라면 그와 동등한 입장에서 따지고, 심지어 그의 마음을 바꾸어 놓을 수도 있다. 그러나 일단 결정을 한 후의 그는 테이프를 다시 돌리는 격이다. 그럴 때 그는 소리 지르고 터무니없이 냉소적으로 변한다. 아마 불행한 어린 시절에서 비롯된 버릇일 것이다.

그래서 나는 조용히 테이프가 끝나기를 기다리며 앉아 있었다. 한 가지 기묘한 것은 그가 살아 있는 바인가르텐과 죽은 바인가르텐이란 말을 되풀이한 횟수였다. 그는 겁에 질릴 수가 없었다. 나라면 몰라도. 나는 온갖 모습의 바인가르텐을 보아 왔었다. 사랑에 빠진 바인가르텐, 사냥꾼 바인가르텐, 멍텅구리 바인가르텐, 지쳐 빠진 바인가르텐, 그러나 이번엔 내게 전혀 생소한 바인가르텐이었다. 겁에 질린 바인가르텐! 나는 그가 담배에 불을 붙이는 기회를 포착하여 혹시나 해서 물었다.

「이봐, 발까, 그자들이 너를 또 위협했어?」

그는 담뱃갑을 떨어뜨리고 내게 땀에 젖은 크고 뭉툭한 손가락을 흔들며 삿대질을 했다. 그는 그 질문을 기다리고 있었던 것 같았다. 대답뿐 아니라 몸짓 또한 미리 녹음되어 있었다. 그는 내 코밑에다 대고 손가락을 흔들었다.

「맘에 들어. 나를 위협했다! 이봐, 지금은 19세기가 아냐. 그땐 위협이란 게 있었어. 그러나 20세기에는 누가 그런 불편하고 번거로운 일을 하겠어. 요즘은 매수해. 그자들은 나를 위협한 게 아니야. 나를 샀어. 알아들어, 동지? 근사한 선택이지! 그들은 너를 팬케이크처럼 납작하게 만들거나 아니면 휘황찬란한 새 연구소의 소장직에 앉히거나 둘 중의 하나야. 내 선배 과학자 두 명이 얻고 싶어 몸부림치다 떨어져 나간 자리야. 그 연구소에서 나는 노벨상 감의 실험을 열 가지쯤 할 거야. 알아들어? 나쁜 일이 아니라고. 그건 일종의 내 생득권 같은 거야. 바인가르텐의 권리. 학문적 호기심에 대한 자유. 전혀 나쁘지가 않다고. 동지, 나에게 따지지 마. 하지만 권리니 자유니 모두 케케묵은 생각이야. 19세기식 사고방식이라고. 20세기에는 아무도 그따위 자유 같은 거 원치 않아. 자유 노래 가락 부르려면 평생 실험관이나 닦으며 조수 노릇 해야 해. 연구소란 건 야채수프가 아냐! 나는 열 가지, 스무 가지 새 실험을 시작할 거야. 그 중 한두 개가 그자들 비위에 거슬린다 치자. 그러면 나는 다시 타협을 할 거야. 숫자란 무시 못해, 동지. 바람에다 침 뱉는 짓은 하지 말자고. 탱크가 너를 향해 굴러 올 때 네게 있는 유일한 무기가 네 대가리 하나라면 얼른 비켜나야 되는 것쯤은 알아야 되지 않겠냐 이거야.」

그는 더 길게 얘기를 했다. 소리치고, 담배 피우고, 쉰 목소리로 기침하고, 아무것도 없는 찬장으로 달려갔다가 낙심해서 돌아와 조금 더 소리쳤다. 그런 뒤 할 말이 다 떨어지자 잠잠해졌다. 그는 안락의자에 깊숙이 앉아 의자 등받이에 머리를 뉘고 일그러진 표정으로 천장을 응시했다.

「그래. 네 마음 다 알아. 그만 해둬.」 내가 말했다. 「그렇지만 네 노벨상 어디로 가져가는 거냐? 넌 보일러실로 가져갔어야 했어. 5층씩이나 기어 올라올 것 없이.」

「베체로프스끼한테 가져가는 중이야.」

나는 깜짝 놀랐다.

「그 친구가 네 노벨상으로 뭘 할 건데?」

「몰라. 그 친구한테 물어 봐.」

「음. 그 친구가 너한테 전화했어?」

「아니. 내가 전화했어.」

「그래서?」

「그래서는 무슨 그래서야!」 그는 똑바로 앉아 점퍼의 단추를 채우기 시작했다. 「내가 아침에 전화해서 손에 든 새를 선택했다고 그랬어.」

「그래서?」

「그래서? 그래서…… 음…… 그 친구가 그럼 네 논문을 나한테 가지고 와, 그랬어.」

잠시 대화가 끊어졌다.

「나는 그 친구가 왜 네 자료를 원하는지 모르겠어.」

「왜냐하면 그 친구는 돈키호테이기 때문이야.」 바인가르텐이 다시 짖어 대기 시작했다. 「왜냐하면 그 친구는 한 번도 구운 통닭에게 물려 본 적이 없고, 한 번도 삼킬 수 있는 정도 이상을 입 안에 넣어 본 적이 없기 때문이야.」

내겐 갑자기 모든 것이 분명해졌다.

「발까, 그러지 마. 그 친구 미쳤어. 그자들이 그 친구를 산 채로 땅속에 묻을 거야. 그 친구한테 그걸 가져가면 안 돼!」

「그럼 어떻게 해? 어떻게 하란 말이냐고!」 바인가르텐이 게걸스럽게 물었다.

「태워 버려! 그 빌어먹을 역전사 효소! 지금 당장 태우자. 목욕탕으로 가자.」

「유감이야.」 그는 한마디 내뱉고 얼굴을 돌렸다. 「유감이야 정말로. 내 연구…… 걸작인데. 특선감인데. 최고급품인데.」

나는 입을 다물었다. 그는 일어나서 방안을 왔다 갔다 하다 거실로 나갔다가 다시 돌아왔다. 그리고 그의 테이프가 다시 돌아가기 시작했다. 그래, 부끄러운 일이야. 그래, 명예 훼손이야. 그래, 그자들이 내 자존심을 뭉개 버렸어. 게다가 이런 얘길 아무에게도 할 수 없으니 사람 환장할 노릇이야. 그러나 이번 일을 곰곰이 생각해 보면 자존심이란 한낱 광기에 지나지 않아. 자살 행위야. 허, 참. 대부분의 사람들이 우리 처지라면 재고도 하지 않을 거야. 그리고 오히려 우리를 병신이라고 부를 거야. 그들이 옳을지도 몰라. 우리는 왕년에 타협이란 걸 해 본 적이 있는가? 물론. 수백 번. 그리고 앞으로도 수백 번. 그것도 신(神)과의 타협이 아니라 치사한 관료들과, 손대기조차 더러운 기생충 같은 인간들과! 누군 타협하고 싶어서 하는 줄 알아? 고고하게 사는 것보다 타협하며 사는 일이 더 괴로운 거라고!

그가 내 앞을 정신없이 왔다 갔다 하는 것에, 땀을 비 오듯 흘려 가며 자기 정당화를 하는 것에 나는 부아가 치밀어 오르기 시작했다. 그래서 퉁명스럽게 한 마디 내뱉었다. 「흥. 타협과 굴복은 별개의 문제야.」

내 말은 불난 데 부채질한 격이었다. 그러나 나는 전혀 미안하지 않았다. 나는 그의 아픈 곳을 찌른 게 아니라 나 자신을 찌른 것이었다. 어쨌든 우리는 대판 싸우고 그는 떠났다. 쇼핑백을 챙겨 들고 베체로프스끼의 아파트로 올라가며 그는 나중에 다시 오겠다고 말했다. 그러나 내가 이르까가 집에 와 있다는 말을 하자 그는 벌레 씹은 표정이 되었다. 그는 자기를 좋아하지 않는 사람들을 언제나 불편해 했다.

나는 책상에 앉아 작업에 착수했다. 처음에 나는 책상 밑에서 폭탄이 터지거나 모가지에 밧줄을 동여맨 시퍼런 얼굴이 창가에 나타나거나 하는 등의 예상을 했다. 그러나 아무 일도 일어나지 않았고 나는 완전히 일에 몰두할 수 있었다. 다시 초인종이 울렸다.

나는 우선 부엌으로 가서 고기 다지는 망치를 집었다. 한 쪽은 도끼처럼 되어 있고 다른 한 쪽에는 뾰족한 못이 잔뜩 박혀 있는 무시무시한 물건이었다. 만일 뭔가 일이 생길 경우 이걸로 놈의 마빡을 쪼개 버리겠다. 나는 평화를 사랑하는 인간이다. 나는 다투거나 싸우는 걸 좋아하지 않는다. 그러나 이미 충분히 당했다. 충분히.

나는 문을 열었다. 자하르였다.

「안녕하십니까, 드미뜨리. 이렇게 불쑥 찾아와서 죄송합니다.」 그는 짐짓 허물없는 태도로 말했다.

나는 나도 모르게 복도 쪽을 넘겨다보았다. 그러나 아무도 없었다. 자하르는 혼자였다.

「들어오세요. 다시 뵙게 되어 반갑습니다.」

「저, 그냥, 잠깐 들른 것뿐이에요.」 그의 어조는 여전히 고도의 지성적인 인상이나 부드러운 미소에 어울리지 않게 부자연스러웠다. 「바인가르텐이 사라졌어요. 나쁜 녀석. 하루 종일 전화해도 안 받아요. 필립 씨를 만나러 오는 길에 그 녀석이 여기 있나 해서 들렀어요.」

「필립?」

「아니, 저, 발…… 바인가르텐…….」

「그 친구 필한테 갔어요.」

「아아! 그랬었군요.」 그는 환호성을 질렀다. 「한참 되었나요?」

「한 시간 남짓 됐어요.」

내 손에 든 망치를 보자 그의 표정이 잠시 굳어졌다.

「저녁 하시나 보죠? 방해하지 않겠어요. 그럼 이만…….」 그는 문가에서 주춤했다. 「참, 잊어버렸어요……. 아니, 잊은 게 아니고 모르는 거죠. 필립 씨 아파트 호수가 어떻게 되죠?」

나는 가르쳐 주었다.

「아, 감사합니다. 그분이 전화를 했는데, 제가 그만…… 얘기하는 도중에…… 물어 본다는 거…… 깜박…….」

그는 문을 열었다.

「다 이해합니다. 그런데 꼬마는 어디 있죠?」 내가 물었다.

「다 끝났어요!」 문지방을 넘어서며 그는 기쁜 듯이 말했다. 그리고······.

# 제11장

20

 그리고 우리는 돼지우리 같은 집 안을 대대적으로 청소하기로 했다. 나는 쓰던 것을 마치기로 했고 그 동안 이르까는 빨래와 보브까 방의 청소를 맡기로 했다. 이르까는 할 일이 별로 없었고 그렇다고 해서 그 성격에 욕조에 푹 잠겨 『외국 문학』 최근호를 들척거리는 것도 못 하겠고 해서 결국 청소로 낙착을 본 것이었다. 나는 우리 방을 내가 치우겠노라고 약속했다. *Morgen, morgen nicht nur heute*(그러나 오늘이 아니고 내일에).[1] 나는 쓰던 일을 계속했다. 잠시 모든 게 조용하고 평화로웠다. 나는 일하고 또 일했다. 기쁨을 만끽하며. 그러나 그건 좀 색다른 기쁨이었다. 그런 류의 감정을 경험해 본 적은 한 번도 없었다. 나는 기묘한, 그리고 심각한 만족감을 느꼈다. 내 자신이 자랑스러웠고 존경스러웠다. 후퇴하는 전우를 위해 기관총을 들고 혼자 남은 병사가 느끼는 기분. 그는 영원히 혼자 남았고 그에게 보이는 것은 진흙 평원과 몰려오는 적군의 군복

---

1 〈내일 하겠다, 내일 하겠다 하지만 오늘은 안 된다고 하는 게 게으름뱅이들 *Morgen, morgen nicht nur heute, sagt alle Faule leute.*〉 독일 속담.

과 낮고 음울한 하늘뿐. 그러나 그는 자기가 옳은 일을 하고 있으며 다른 선택의 여지가 없다는 것을 안다. 그리고 거기에 자부심을 느낀다. 내 머리 속의 파수꾼은 내가 일하는 동안 조심스럽게 귀를 곤두세우고 있었다. 그리고 내게 완결된 것은 아무것도 없으며 모든 게 그대로 계속되고 있으며 서랍 속에는 고기 다지는 망치가, 도끼날과 못이 박힌 그 무시무시한 망치가 들어 있음을 상기시켜 주고 있었다. 나는 문득 고개를 들었다. 무언가가 심상치 않았다. 무슨 특별한 일이 생긴 것은 아니었다. 이르까가 나를 응시하고 있을 뿐이었다. 그러나 이상했다. 끔찍하도록 이상했다. 그녀의 눈은 사납게 치켜 떠 있었고 입술은 흉측하게 일그러져 있었다. 내가 미처 무슨 말을 하기도 전에 그녀는 내 앞으로 분홍색 헝겊 조각을 던졌다. 나는 그걸 집었다. 브래지어였다.

「이게 뭐야?」 완전히 당황한 나는 이르까와 그 물건을 번갈아 보며 물었다.

「보면 몰라요?」 그녀는 야릇한 목소리로 말하고 부엌으로 가버렸다.

불길한 예감에 몸을 떨며 나는 그 분홍색 레이스 쪼가리를 만지작거렸다. 영문도 모른 채. 이게 무슨 아닌 밤중에 홍두깨인가? 브래지어가 여기서 왜 등장할까? 나는 자하르의 여자들을 상기했다. 그리고 이르까가 걱정스러워졌다. 나는 브래지어를 내동댕이치고 부엌으로 갔다.

이르까는 손으로 턱을 괴고 식탁에 앉아 있었다. 오른손 손가락 사이에서 담배가 연기를 내며 타고 있었다.

「나한테 손대지 말아요.」 그녀는 침착하고 단호하게 말했다.

「이르까……」 내가 들어도 처량한 목소리로 나는 말했다. 「당신, 괜찮아?」

「짐승……」 그녀는 담배꽁초를 비벼 끄며 중얼거렸다. 울고 있었다.

앰뷸런스? 소용없을 거야. 그러면 진정제? 브로마이드? 맙소사. 저 얼굴 좀 봐. 나는 컵에 수돗물을 따랐다.

「이제 다 알겠어요. 전보랑, 또 모든 걸. 이제 알겠어요. 누구예요, 그 여자?」 팔꿈치로 컵을 밀어 치우고 그녀는 신경질적으로 말했다.

나는 의자에 앉아서 물을 마셨다. 그리고 무겁게 물었다.

「누구?」

순간적으로 그녀의 얼굴은 한 대 칠 듯이 험악해졌다.

「흥! 정말 굉장하군요. 고상한 짐승 같으니라고.」 혐오스럽다는 듯 그녀는 내뱉었다. 「참 고상하시군요. 원앙금침은 더럽히고 싶지 않았다 이거죠? 그래서 여자를 아들 침대로 끌어들였다.」

나는 물을 다 마시고 컵을 내려놓으려 했으나 손이 말을 듣지 않았다. 의사! 나는 줄곧 생각했다. 불쌍한 이르까. 의사를 불러야겠어.

「좋아요. 좋아요.」 그녀는 더 이상 나를 보고 있지 않았다. 「아무 얘기도 할 거 없어요. 당신 언제나 사랑이란 약속이라고 그랬죠. 언제나 좋게 들렸었어요. 사랑. 진실. 우정. 하지만 브래지어를 감출 정도의 조심은 했어야지요. 잘 찾아보면 팬티도

나올지 모르겠네요?」

갑자기 머릿속에서 무언가 번쩍했다. 나는 모든 걸 알아차렸다.

「이르까! 맙소사. 사람 놀라게 해도 유분수지! 당신, 정말…….」

물론 그것은 그녀가 예상했던 말이 전혀 아니었고, 따라서 그녀는 눈물에 얼룩진 창백한 얼굴을 내 쪽으로 돌렸다. 그 얼굴에 쓰인 희망과 기대가 너무나 간절해 보여 나는 하마터면 울음을 터뜨릴 뻔했다. 그녀가 원한 것은 단 한 가지였으리라. 터무니없는 일로, 미친 일로, 우연의 일치로, 실수로 해명되는 것.

나는 더 이상 이 일을 비밀로 할 수가 없었다. 인내심의 한계에 도달한 느낌이었다. 그리하여 지난 이틀간의 그 모든 미치광이 같은 사건을 그녀에게 다 털어놓았다.

내 얘기는 처음에 농담처럼 들렸을 것이다. 그러나 나는 개의치 않고 계속했다. 그녀가 조소적인 참견을 할 기회도 주지 않고 나는 그냥 다, 일정한 순서 없이 나오는 대로 쏟아 버렸다. 그녀의 표정은 의혹과 희망에서 경악으로, 공포로, 근심으로, 그러다 마침내 동정으로 변했다.

얘기가 끝날 때쯤 우리는 방의 창가에 있었다. 그녀는 안락의자에 앉아 있었고 나는 바닥에 앉아 얼굴을 그녀의 무릎에 대고 있었다. 창 밖에선 폭풍이 휘몰아치고 있었다. 자주색 구름이 지붕 위에서 아우성치고 억수 같은 비가 쏟아지고 광란의 번개가 옥상을 난타하다 건물 속으로 사라졌다. 주먹만 한 빗방울이 방안으로 튀었다. 광풍에 블라인드가 무섭게 흔들렸지만 우리는 미동도 않고 그대로 앉아 있었다. 그녀는 나의 머리를 쓰다듬었다. 나는 안도의 숨을 깊게 내쉬었다. 다 말했다. 이제 짐의 반을 던 셈이다. 나는 보드랍게 그은 그녀의 무릎에 얼굴을 대고 한참 동안 그대로 있었다. 계속 쳐대는 천둥 때문에 대화는 곤란했지만 더 이상 할 얘기도 없었다. 그녀가 먼저 입을 열었다.

「딤까. 내 생각은 염두에 두지 마세요. 나라는 존재는 없는 걸로 치고 결정을 하세요. 어쨌든 나는 당신 곁에 언제나 있을 거니까요. 어떤 식의 결정을 하든.」

나는 그녀를 꽉 껴안았다. 그런 말을 하리라고 예상했었다. 그리고 그녀의 말은 실제적으로 아무 도움도 못 되었지만 아무튼 고마웠다.

「미안해요.」 잠시 간격을 두고 그녀가 말했다. 「그렇지만 아직도 뭐가 뭔지 잘 모르겠어요. 아니, 당신 말을 못 믿는다는 얘기가 아니고요. 너무 끔찍해요. 어쩜 다른 설명이, 좀 더 간단하고 알기 쉬운 설명이 있을지도 몰라요. 아니, 내가 무슨 말을 하고 있는 거지? 베체로프스끼 씨가 물론 옳아요. 그 무슨 항상성 우주인지 뭔지 하는 게 옳다는 얘기가 아니고요. 그것이 중요한 게 아니라는 그 사람의 의견 말이에요. 그게 자연력이라면 복종해야 하고 외계인이라면 싸워야 한다? 진짜로, 차이가 뭐예요? 아니, 아니, 제 얘기 아무것도 듣지 마세요. 하도 헷갈려서 그냥 지껄이고 있나 봐요.」

그녀는 몸을 떨었다. 나는 일어서서 그녀를 안아 함께 의자에 앉았다. 내가 말하고 싶었던 것은 오직 한 가지, 즉 내가 얼마나 공포에 떨고 있느냐 하는 거였다. 나 자신을 위해서, 그녀를 위해서, 우리 두 사람을 위해서……. 그러나 그런 소릴 한다는 것은 무의미하고 어쩌면 잔인하기까지 할 것 같았다.

내게 그녀가 없었더라면 나는 내가 무엇을 해야 할지 정확하게 알았을 것이었다. 그러나 내겐 그녀가 있었다. 그리고 나는 그녀가 나를 언제나처럼 자랑스럽게 생각하고 있음을 알고 있었다. 나는 따분한 인간이고 별로 출세도 못한 편이다. 그러나 심지어 나 같은 인간도 자부심의 대상이 될 수 있는 것이다. 하기야. 내게도 몇 가지 장점은 있다. 운동 잘하고, 열심히 일하고, 또 건전한 마음의 소유자다. 관측소에서의 내 위치는 과히 나쁘지 않고 친구들 사이에서 나는 괜찮은 녀석으로 통한다. 나는 재치가 있는 편이고 친구들과의 토론에서 처신하는 법을 알고, 또 잘 놀 줄도 안다. 그리고 그녀는 이 모든 것에 자랑스러워한다. 어쩌면 그저 약간일지는 모르지만, 아무튼 자랑스러워한다. 가끔 그녀가 나를 바라보는 눈길에서 그걸 의식할 수 있다. 겁쟁이가 되어 버린 나를 그녀가 어떤 눈길로 바라볼지 상상할 수도 없다. 어쩌면 나는 그녀를 더 이상 제대로 사랑할 수 없게 될지도 모른다. 내 마음을 읽기라도 하듯 그녀가 말했다.

「기억해요? 졸업 시험 보고 나서요. 죽는 날까지 이제 시험은 없을 것이다 하며 무척 기뻐했었죠. 근데 시험이 다 끝난 게 아닌 것 같네요. 아직 치러야 할 시험이 하나 더 남은 것 같아요.」

「맞소.」 나는 맞장구를 치고 잠시 생각했다. 그러나 그건 아무도 A가 더 높은 학점인지 D가 더 높은 학점인지 모르는 시험이야. 그리고 A나 D를 받기 위해 어떤 식으로 공부를 해야 할지조차 모르는 시험이야.

「딤까.」 얼굴을 내게 가까이 들이대며 그녀가 속삭였다. 「그자들이 당신을 괴롭힌다는 건 즉 당신의 연구가 굉장한 거란 뜻 아니에요? 당신하고 당신 친구들 정말 자부심을 가져야 해요. 우주가 시샘을 할 정도니까요.」

「으음.」 나는 생각했다. 바인가르텐이나 구바르는 더 이상 자부심을 가질 건더기가 없다. 그러면 나는? 내 경우는 아직도 고려해 볼 여지가 있는 문제다.

그러자 또다시 내 마음을 읽기라도 하듯 그녀가 말했다.

「그리고요 당신이 어떤 결정을 내리든 그건 진짜 중요한 게 아니에요. 중요한 것은 당신이 그런 중대한 발견을 하셨다는 바로 그 점이에요. 그게 어떤 건지 말해 주실래요? 아니면 그것조차 금지된 일인가요?」

「나도 모르겠어.」 나는 다시 생각에 잠겼다. 그녀는 진실로 그런 생각을 하고 있는 건가? 아니면 단지 나를 위로하려고 그런 말을 하는 건가? 겁이 나서 나로 하여금 항복하도록 권유하고 있는 건가? 내가 삼킬 약에 사탕발림을 하고 있는 건가? 아니면 나를 분발시켜 투쟁하도록 하고 있는 건가?

「나쁜 놈들. 하지만 우리를 어떻게 하진 못할 거예요. 아무도. 맞죠. 딤낀?」 그녀가 조용히 말했다.

「물론이지.」 사랑하는 아내여, 그게 바로 내가 바라는 바요.

그것이 내가 바라는 것의 전부요.

폭풍은 잠잠해지고 있었다. 구름은 북쪽으로 서서히 물러가고 회색빛 안개의 하늘이 드러나며 부드럽고 가는 빗방울이 떨어지고 있었다.

「내가 비를 몰고 왔나 봐요. 토요일엔 〈태양의 집〉에 가서 저녁 먹었으면 하고 생각했어요.」 이르까가 말했다.

「토요일은 아직 멀었잖소. 어쩌면 가게 될지도 모르지……」

모든 심각한 얘기는 끝났다. 그러므로 이제 일상적인 얘기를 해야 했다. 레스토랑 〈태양의 집〉과 보브까의 책상 살 일과 또다시 고장 난 세탁기에 대해. 우리는 마치 아무 일도 안 일어난 것처럼 평소와 똑같이 얘기했다. 그리고 그 기만적인 분위기를 연장시키고 강화하기 위해 차를 마시기로 합의를 보았다. 우리는 새 실론 차 봉지를 뜯고 뜨거운 물로 가장 정확하고 과학적인 방법으로 주전자를 씻고, 위풍당당하게 〈스페이드의 여왕〉을 식탁 위에 올려놓고 물이 끓기를 기다렸다. 늘 하던 농담을 주고받으며 식탁을 차리고 나는 조용히 식료품점의 영수증과 리도츠까의 쪽지와 I. F. 세르게옌꼬의 신분증을 구겨서 쓰레기통에 넣었다.

우리는 근사한 티 파티를 가졌다. 진짜 훌륭한 차였다. 우리는 세상의 모든 일에 대해 수다를 떨었다. 가장 중요한 그 일만 빼고. 나는 줄곧 이르까가 무슨 생각을 하고 있는지를 속으로 헤아리며 앉아 있었다. 그녀는 이 악몽 같은 사건을 완전히 잊은 듯한 태도였다. 그녀는 자신의 느낌을 말했고, 안도의 숨을 내쉬며 그 일에 관해 모조리 잊었고, 그리하여 다시 나를 혼자 남겨 놓았다. 나는 원점으로 돌아와 있었다. 결정은 나 혼자서.

그녀는 다림질을 해야겠으니 자기 옆에 앉아 재미있는 얘기를 해달라고 말했다. 나는 그러지 하고 식탁을 치우기 시작했다. 그때 초인종이 울렸다. 노랫가락을 흥얼거리며 나는 현관으로 갔다. 가면서 흘끗 이리나를 보았다. 그녀는 침착하게 마른행주로 걸상을 닦고 있었다. 문을 열며 나는 고기 다지는 망치 생각을 했으나 그걸 가지러 다시 간다는 것은 어딘가 너무 신파조 같았다. 그래서 그냥 문을 열었다.

물이 뚝뚝 떨어지는 비옷을 입은 훤칠한 금발의 청년이 전보를 내밀며 서명을 해달라고 했다. 나는 벽에다 영수증을 대고 날짜와 시간과 내 이름을 적었다. 좋은 소식이 아닐 거라는 예감이 들었다. 나는 2백 와트짜리 현관 전등불 아래서 전보를 읽었다.

장모에게서 온 소식이었다.

〈보브까 내일 출발 425편 보브까 조용함 항상성 우주에 대항함 사랑 엄마.〉

그리고 뒷면에는 한 장의 종이쪽지가 풀로 붙여져 있었다.
〈항상성 우주에 밑줄 칠 것.〉

나는 읽고 또 읽었다. 그리고 거실로 갔다. 이르까는 욕실 문에 기대서서 나를 기다리고 있었다. 나는 전보를 그녀에게 건네주며 말했다.

「어머니와 보브까가 내일 온대.」

그리고 곧장 방으로 갔다. 내 노트 위에 내동댕이쳐져 있는 리도츠까의 브래지어를 창턱에 얌전히 올려놓고 내가 쓴 것을 다 모았다. 그리고 순서대로 정리를 하여 철을 하고 새 마닐라 봉투에다 그것들을 집어넣었다. 나는 그것을 봉하고는 봉투 겉면에다 〈D. 말랴노프. 은하계에서 항성과 성간 물질 간의 상호 관계에 관한 고찰〉이라고 썼다. 나는 봉투를 다시 한 번 읽어 보고 잠시 생각을 한 뒤 〈D. 말랴노프〉라고 쓴 것은 검은색 사인펜으로 지워 버렸다. 나는 봉투를 팔에 끼고 방에서 나왔다. 이르까는 전보를 가슴에 안고 아직도 욕실 문에 기대 있었다. 그녀 앞을 지나갈 때 그녀가 움직인 것 같았다. 나를 말리려고 한 건지 아니면 고맙다는 말을 하려고 한 건지 난 잘 모르겠다. 등을 그녀에게 돌린 채 나는 말했다. 「베체로프스끼한테 다녀올게. 금방 올 거야.」

나는 천천히 한 계단씩 층계를 올라갔다. 겨드랑이에 낀 봉투가 자꾸만 미끄러져 내려오는 통에 가끔 멈춰야 했다. 웬일인지 계단의 전등이 모두 꺼져 있었다. 어둡고 조용했다. 열려진 창문으로 처마 끝에서 빗방울 떨어지는 소리가 들렸다. 6층의 쓰레기 투하구 근처에서 나는 걸음을 멈추고 뜰을 내다보았다. 거대한 나무의 젖은 잎사귀들이 밤을 배경으로 어둡게 번들거리고 있었다. 뜰은 텅 비어 있었다. 여기저기 패인 도랑 위로 빗물이 떨어져 잔물결이 일고 있는 것이 희미하게 보였다.

층계를 오르며 아무하고도 마주치지 않았다. 그러나 7층과 8층 사이의 층계참에 왜소한 남자가 궁상맞게 쭈그리고 앉아 있었다. 구식 회색 중절모가 그의 옆에 놓여 있었다. 나는 그를 피해 조심스럽게 계단을 올라갔다. 그자가 나를 불렀다.

「드미뜨리 씨, 올라가지 마세요.」

나는 걸음을 멈추고 그 남자를 돌아보았다. 글루호프였다.

「가지 마세요. 지금 거기 가지 마세요.」

그는 같은 말을 계속 중얼거렸다. 그리고 모자를 집은 뒤 일어나서 천천히 구부렸던 상체를 뒤로 젖혔다. 그의 얼굴은 지저분했다. 무슨 숯검정 같은 것이 잔뜩 묻어 있었다. 안경은 비뚤어져 있었고 입은 무시무시한 고통을 참는 사람처럼 꾹 다문 채였다. 그는 안경을 제대로 고쳐 쓰고 거의 입술을 움직이지 않으며 말했다.

「또 하나의 봉투. 백기(白旗). 항복의 깃발.」

나는 잠자코 있었다. 그는 모자를 무릎에 대고 탁탁 털었다. 그리고 셔츠 소매로 문질러 검댕을 닦아 냈다. 그는 말없이 그대로 서 있었다. 나는 그의 다음 말을 기다렸다.

「아시다시피」그가 마침내 입을 열었다. 「항복한다는 것은 늘 과히 유쾌한 일이 아니죠. 과거에 사람들은 항복하기보다는 차라리 스스로 목숨을 끊는 쪽을 택했죠. 무슨 고문이나 감방 생활, 아니면 처형당하는 것이 두려워서가 아니라 수치스러워서 그랬지요.」

「그건 현재도 마찬가지요. 드문 일이 아닙니다.」

「물론! 지당하신 말씀입니다. 자신이 전혀 자신이 생각해 오던 바의 인간이 아님을 깨닫는 것은 유쾌한 일이 아니니까요. 여태까지의 자신과 같은 모습으로 살고 싶지만 일단 굴복을 하고 나면 그건 불가능하게 된다, 이런 말씀입니다. 우리 시대에 사람들은 자살을 해요. 사회에, 친구들에게, 다른 사람들에게 수치심을 느껴서죠. 그러나 과거에 사람들은 자기 자신에게서 느끼는 치욕 때문에 자살을 했지요. 어찌된 까닭인지 지금은 누구나가 인간은 언제나 자신과 타협할 수 있다고 믿고 있어요. 이유를 모르겠어요. 세상이 복잡해져서인가요? 어쩌면 요즘 세상에는 사람들의 가치관을 형성하는 데 자존심이나 명예 말고도 다른 그럴싸한 개념들이 많기 때문인지도 모르죠.」

그는 대답을 기대하는 눈초리로 나를 보았고 나는 어깨를 으쓱하며 한마디 했다.

「저도 모릅니다. 어쩌면요.」

「저 역시 몰라요. 선생은 나를 노련한 투항자로 생각하시겠죠. 하지만 나 역시 결국 그다지 노련한 편은 못 됩니다. 나는 이 일만을, 오로지 이 일만을 너무나 오랫동안 생각해 왔어요. 그리고 여러 가지 자기 위안의 논리를 고안해 냈죠. 그러나 타협했다고 생각하고 일단 진정을 할 만하면 또다시 처음부터 생각이 나는 거예요. 물론 19세기와 20세기 사이에는 차이가 있죠. 그러나 상처는 상첩니다. 상처가 아물고 고통이 가시고 다 잊어버립니다. 그러나 아주 미소한 자극에도 상처는 다시 아프기 시작합니다. 늘 똑같아요. 어떤 시대건.」

「이해합니다.」 내가 말했다. 「다 이해해요. 그래요. 상처는 상처지요. 그리고 때론 내 상처보다 다른 사람의 상처가 훨씬 더 나를 고통스럽게 할 수도 있습니다.」

「맙소사.」 그는 중얼거렸다. 「나는 이럴 생각이 아니었는데…… 전혀. 그냥 떠들어대고 있는 것뿐입니다. 제발 내 헛소리에 신경 쓰지 마세요. 선생한테 무슨 충고 따위 하는 거 아닙니다. 내가 누굽니까? 내 얘기는 우리 같은 사람이 누구냔 말입니다. 우리 시대와 국가의 자랑스러운 일꾼이거나 아니면 시대에 뒤떨어진 낭만주의자 둘 중의 하나겠죠. 왜 우리는 이런 고통을 당해야 합니까? 알 수가 없습니다.」

나는 아무 대답도 하지 않았다. 그는 그 우스꽝스러운 모자를 힘없이 머리 위에 얹었다.

「자, 드미뜨리 알렉세예비치, 안녕히 계십시오. 다신 서로 못 보게 될 것 같습니다. 뭐, 상관없는 일이긴 하지만요. 알게 된 거 굉장히 기뻤습니다. 그리고 선생의 차 끓이는 솜씨는 일품이었습니다.」

그는 고개를 끄덕이며 계단을 내려가기 시작했다.

「엘리베이터가 저쪽에 있어요!」 나는 그의 등에다 대고 소리쳤다.

그는 아무 말 없이 그대로 내게 등을 보인 채 아래로 내려갔다. 나는 정적 속으로 멀어져 가는 그의 발자국 소리를 들으며 서 있었다. 멀리 아래에서 문이 삐걱거리고 다시 쾅 닫히는 소리가 들렸다. 주위는 또다시 쥐 죽은 듯이 고요해졌다.

나는 봉투를 겨드랑이 사이에 고쳐 끼고 마지막 층계참을 지나 올라갔다. 마지막 한 계단은 난간을 붙잡고 밟았다. 나는 베체로프스끼의 문 앞에서 귀를 기울였다. 누군가가 있었다. 몇 사람의 목소리가 들렸다. 낯선 목소리들. 어쩌면 나중에 다시 오는 편이 나을지도 몰랐다. 그러나 그럴 기력이 없었다. 끝내야 했다. 그것도 한시바삐.

나는 초인종을 눌렀다. 목소리가 계속 들렸다. 나는 잠시 기다렸다가 다시 눌렀다. 그리고 발자국 소리와 베체로프스끼의 목소리가 들릴 때까지 초인종을 누른 채로 서 있었다.

「누구시오?」

나는 웬일인지 그다지 놀라지 않았다. 비록 베체로프스끼는 언제나 누구냐고 묻지 않고 누구에게나 즉시 문을 열어 주곤 했었지만, 나처럼. 그리고 내 친구들 모두처럼.

「나야. 문 열어.」

「잠깐만.」

정적.

수상쩍은 목소리들은 더 이상 안 들렸다. 아래층 어딘가에서 누군가가 쓰레기 투하구의 문을 여는 소리만이 들렸을 뿐. 이리로 오지 말라던 글루호프의 경고가 생각났다. 〈거기 가지 마세요. 워몰드. 그들이 당신을 독살할 거예요.〉 내가 어디서 이 문구를 읽었더라? 많이 들었던 건데. 빌어먹을. 여기밖에 갈 데가 어디 있담. 그리고 시간이 없어. 문 안쪽에서 또다시 발자국 소리가 들렸다. 그리고 빗장 돌아가는 소리. 문이 열렸다.

나는 나도 모르게 주춤 뒤로 물러섰다. 그런 모습의 베체로프스끼는 한 번도 본 적이 없었다.

「들어와.」 쉰 목소리로 말하고 그는 옆으로 비켜섰다…….

## 제12장

21

「그래, 결국 너도 가져왔구나.」 베체로프스끼가 말했다.

「보브까……」 나는 봉투를 책상 위에 놓았다. 그는 고개를 끄덕이며 더러운 손으로 얼굴의 숯검정을 문질렀다.

「예상은 했어. 하지만 이렇게 빠를 줄은 몰랐어.」

「여기 누구 있나?」

「아무도. 우리 둘뿐이야. 우리와 우주.」 그는 자신의 더러운 손을 보고 눈살을 찌푸렸다. 「잠깐 실례. 우선 좀 씻어야겠어.」

그는 욕실로 갔고 나는 의자 팔걸이 위에 앉아 사방을 둘러보았다. 방안에서 화약 주머니가 터진 것 같았다. 벽 여기저기에 숯검정이 얼룩져 있었고 공기 중엔 검은 연기가 가느다랗게 남아 있었다. 매캐하고 알싸한 냄새가 났다. 천장에는 누르스름한 자국이 불쾌하게 남아 있었고, 나뭇조각으로 모자이크를 한 마룻바닥과 창턱에는 둥그렇게 탄 자국이 있었다. 마치 모닥불을 지폈던 것 같았다. 그래. 진짜로 베체로프스끼가 당했구나. 나는 책상 위를 보았다. 종이 더미가 쌓여 있었다. 한가운데에 바인가르텐의 노트 중 한 권이 펼쳐진 채로 있었고 나머지는 묶인 채로 그 옆에 있었다. 또 한 권의 좀 구식 대리석 무늬를 넣은 표지의 노트에는 타이프로 찍은 〈USA — 일본. 문화적 상호 관계. 자료〉라는 딱지가 붙어 있었다. 내 눈에는 또한 전자 공학 도표들로 가득 찬 종잇장들이 들어왔다. 그 중의 한 장에 아무렇게나 흘려 쓴 글씨로 〈Z. Z. 구바르〉라고 적혀 있고, 그 밑에는 또박또박 〈페이딩〉이라는 표제가 붙어 있는 것도 보았다. 내 봉투는 책상 모서리에 아슬아슬하게 놓여 있었다. 나는 그걸 무릎 위로 올려놓았다.

욕실에서 물소리가 그치고 베체로프스끼가 날 부르는 소리가 들렸다.

「디마, 부엌으로 올래? 커피 마시자.」

그러나 내가 부엌으로 갔을 때 커피는 없었다. 대신 코냑 한 병과 정교한 세공의 크리스털 글라스가 있었다. 그는 옷을 갈아입고 있었다. 우아한 재킷과 크림색 바지 대신 가슴 주머니 밑에 구멍이 난 윗도리와 헐렁한 수에드 바지로. 그리고 넥타이도 없었다. 세수를 하고 난 직후의 그의 얼굴은 유별나게 창백했고 덕분에 주근깨가 한결 드러나 보였다. 그의 짱구 이마 위에는 한 다발의 젖은 붉은 머리털이 흐트러져 있었다. 창백함 말고도 그의 얼굴은 평소와 달라 보였다. 나는 그의 눈썹과 속눈썹이 불에 그슬려 있음을 발견했다. 그래. 진짜로 놈들이 베체로프스끼를 습격했구나.

「신경 안정제야.」 코냑을 따르며 그가 말했다. 「마시자.」

그것은 진귀한 〈아흐따마르〉 코냑이었다. 전설의 아르메니아 산(産) 코냑. 나는 음미하며 한 모금 마셨다. 황홀한 맛이었다. 나는 한 모금 더 마셨다.

「어째 아무 질문도 안 하는구나? 힘들 텐데. 안 그래?」 안경 너머로 나를 쏘아보며 그가 말했다.

「아니, 아무 질문 없어. 그 누구에게도. 내겐 결론이 있을 뿐이야. 그게 내가 하고 싶은 말의 전부야. 필, 놈들이 널 죽일 거야.」 나는 무릎 위의 봉투에다 팔꿈치를 고였다.

그는 불에 그을린 눈썹을 습관적으로 치켜 올리며 한 모금 술을 마셨다.

「아니, 난 그렇게 생각 안 해. 놓칠 거야.」

「조만간 놓치지 않게 될 거야.」

「*A la guerre comme à la guerre*(전시에는 전시에 맞도록).」 그는 자리에서 일어섰다. 「됐어. 신경 좀 안정됐으니 이제 커피 마시며 토론에 들어가도 괜찮겠어.」

그가 커피를 준비하는 동안 나는 그의 구부정한 등과 민첩하게 움직이는 견갑골을 바라보았다.

「나한테는 토론할 것이 없어.」 나는 말했다. 「내겐 보브까가 있을 뿐이야.」

나는 내 말에 놀랐다. 그 전보를 읽은 순간부터 마취되어 왔던 모든 생각과 감정이 갑자기 마취에서 깨어나 전속력으로 작동을 시작했다. 공포, 혐오, 절망, 그리고 무력감이 되살아났다. 그리고 나는 그 순간부터 베체로프스끼와 나 사이에는 절대로 넘을 수 없는 저주와 형벌의 선이 그어졌음을 가슴이 아프도록 선명하게 깨달았다. 나의 남은 생애 동안 나는 그 선의 이쪽 편에 남아 있을 것이다. 그 동안 베체로프스끼는 내가 알도리가 없는 전장의 총탄 속에 헤매다가 화염의 지평선 너머로 사라질 것이다. 계단에서 우리가 마주칠 때 그는 고개를 끄덕하고 그대로 지나쳐 갈 것이다. 나는 바인가르텐과 자하르, 글루호프와 함께 선의 이쪽 편에 남아 차를 마시거나, 맥주를 마시거나, 맥주와 보드까를 섞어 마실 것이다. 승진이나 소문 등에 관해 주절거리고, 자동차를 사기 위해 저축을 하고, 가사에 보탬이 되기 위해 따분하고 시시한 공식 연구에 손을 댈 것이다. 나는 바인가르텐과 자하르를 다시는 못 보게 될 것이다. 우리는 서로에게 아무것도 할 말이 없을 것이다. 만나는 것이 너무도 당황스럽고, 또 서로의 꼴만 봐도 넌덜머리가 날 것이다. 그리고 당황스러움과 넌덜머리를 잊기 위해 보드까와 포트와인을 사야 할 것이다. 물론 그래도 내겐 이르까가 있으며 보브까는 무사히 자랄 것이다. 그러나 그 아이는 절대로 내가 바라던 형의 청년으로 자라지 못할 것이다. 내겐 이미 그 아이가 그래 주길 바랄 권리가 없어졌다. 그리고 그 아이는 절대로 나를 자랑스럽게 여기지 않을 것이다. 왜냐하면 나는 〈중대한 발견을 할 수도 있었지만 너를 위해서 ……〉 한 아빠일 것이니까. 내 머리통 속에 그 빌어먹을 M-캐비티가 떠오른 순간을 나는 영원히 저주하리라.

베체로프스끼는 내 앞에 커피 잔을 놓고 나와 마주 앉자 절도 있고 우아한 동작으로 남은 코냑을 자신의 잔에 따랐다.

「여길 뜰 계획이야.」 그가 말했다. 「아마 연구소도 그만둘 것 같아. 어디 먼 곳으로 가려고 해. 파미르 같은 곳으로. 가을과 겨울 분기에 기상학자를 모집한다더라.」

「네가 기상학에 대해 뭘 아니?」 나는 우둔한 질문을 했다. 그리고 속으로 생각했다. 파미르로 간다고 〈그것〉으로부터 피할 수 있을 줄 아니. 그자들은 너를 찾아낼 거야.

「그건 어려운 직업이 아니야. 특별한 자격 같은 거 필요 없어.」

「어리석은 생각이야. 아무튼.」

「구체적으로 어떤 점이?」

「어리석은 생각이야.」 나는 그의 시선을 피하며 말했다. 「네가 수학자 대신 일개 기술자로 둔갑한들 무슨 뾰족한 수가 있겠니. 그자들이 널 못 찾아낼 줄 알고? 찾아내. 그것도 어떤 식으로 찾아낼지 상상하기조차 무서워.」

「그럼 너의 의견은 뭐야?」

「모조리 태워 버려. 바인가르텐의 역전사 효소, 문화적 상호 관계, 그리고 이것.」 나는 봉투를 그의 앞으로 내밀었다. 「이것들 모조리 없애 버리고 넌 네 일이나 해.」

베체로프스끼는 말없이 그을은 속눈썹을 깜박이며 두꺼운 안경 너머로 나를 응시했다. 그는 몇 가닥 안 남은 눈썹을 찌푸리며 잔 속을 들여다보았다.

「너는 최고 권위자야!」 나는 소리쳤다. 「유럽에서 제일인자야!」

그는 여전히 조용했다.

「넌 네 할 일이 있어!」 목구멍이 오그라드는 것을 느끼며 나는 소리쳤다. 「연구! 연구! 바보 같은 자식! 너 어쩌다가 우리 일에 말려들어 이 꼴이니?」

그는 깊은 한숨을 길게 쉬고 내 쪽으로 비스듬히 몸을 돌려 벽에 머리와 등을 기댔다.

「그래. 너는 아직도 모르는구나.」 그는 천천히 말했다. 그의 목소리에는 독특하게 격에 안 맞는 거만함과 자만심이 있었다. 그는 나를 향해 한 쪽 눈을 가늘게 떴다. 「나의 연구…… 그자들이 나의 연구 때문에 지난 두 주일 동안 나를 협박해 왔어. 너희들, 내 사랑하는 어린양들 때문이 아니야. 하지만 너도 알다시피 나에겐 초인적인 자제심이 있거든.」

「나쁜 놈! 죽어 버려라!」 나는 내뱉고 자리에서 벌떡 일어섰다.

「앉아!」 나는 앉았다.

「커피에다 코냑을 타!」 나는 시키는 대로 했다.

「마셔!」 나는 아무 맛도 모른 채 잔을 비웠다.

「너는 연극배우야!」 내가 말했다. 「어떤 땐 너한테 바인가르텐의 성격이 무척 많이 있는 것 같아.」

「그래. 맞아. 그리고 너와 자하르와 글루호프의 성격도 많이 갖고 있어. 그리고 너희들 중의 그 누구보다도 내가 글루호프를 많이 닮았어.」 그는 조심스럽게 커피를 더 따랐다. 「글루호프. 평화로운 삶에 대한 소망. 무책임. 우리 풀과 나무가 됩시다. 우리 시냇물과 꽃이 됩시다. 내가 너 신경 건드리고 있는 중이야?」

「그래.」

그는 고개를 끄덕였다.

「당연해. 그러나 네가 할 수 있는 일은 아무것도 없어. 너한테 설명해 주고 싶은 게 한 가지 있어. 너는 내가 맨손으로 탱크를 맞으러 간다고 생각하나 본데 전혀 그렇지 않아. 지금 우리는 자연의 법칙과 대항하고 있어. 자연에 대항한다는 것은 어리석어. 그리고 자연에 복종한다는 것은 수치스럽고. 게다가 궁극적으로는 역시 어리석어. 자연의 법칙이란 연구되고 유용한 목적에 이용되어야 해. 그게 유일한 접근 태도야. 그리고 그것이 바로 내가 하려는 일이야.」

「나는 이해 못하겠어.」

「곧 하게 돼. 이 자연 법칙은 우리 시대 전에는 이런 식으로 표출이 되지 않았어. 더 정확하게 말해서 사람들은 그런 것에 대해 들어 본 적조차 없어. 비록 뉴턴이 묵시록 해석에 몰두했던 사실이나 아르키메데스가 술 취한 군인에게 살해된 사실 등이 우연한 사고는 아니었지만. 어쨌든. 문제는 자연의 법칙이 표출되는 방식은 단 한 가지, 즉 견딜 수 없는 압력을 통해서만이라는 점이야. 인간의 정신과 생존 자체를 위협하는 압력. 그러나 우리가 할 수 있는 일은 아무것도 없어. 아무튼 과학사에서 그건 드문 일이 아니었지. 방사능 연구나 폭풍 완화설, 혹은 행성 문명설에도 비슷한 위협이 따랐었지. 어쩌면 시간이 흐르고 우리는 그 압력을 무해한 영역으로 돌리고 우리의 목적에 이용하는 법을 배우게 될지도 몰라. 그러나 현재로선 속수무책이야. 목숨을 거는 길밖에 없어. 다시 한 번 말하지만 이건 과학사에 있어서 처음 있는 일도 마지막 있는 일도 아니야. 나는 네가 이 상황에서 근본적으로 새로운 것은 아무것도 없다는 사실을 이해해 주길 바라.」

「왜 내가 그걸 이해해야 하지?」 나는 시무룩하게 물었다.

「모르겠어. 그래야 네 자신이 편할 것 같아. 그리고 나는 네가 이것이 하루 혹은 1년 사이의 일이 아님을 깨달아 주었으면 좋겠어. 어쩌면 한 세기 이상이 걸릴지도 몰라. 서둘 필요가 없어. 10억 년의 세월이 우리 앞에 있어. 그러나 우리는 지금 시작할 수 있고 또 그래야만 해. 그리고 너…… 너는 기다려야 해. 보브까가 다 클 때까지. 그리고 네가 마음의 준비가 될 때까지. 10년. 20년. 상관없어.」

「상관있어!」 내 얼굴에 혐오스러운 일그러진 미소가 떠오름을 느끼며 나는 말했다. 「10년 뒤면 나는 아무데도 쓸데없는 인간이 되어 버릴 거야. 20년 뒤면 아무 일에도 관심과 의욕이 없어질 거고.」

그는 아무 말도 하지 않았다. 어깨를 한번 으쓱하고 파이프에 담배를 채웠다. 우리는 조용히 앉아 있었다. 저 친구는 나를 도우려 하고 있다. 내게 뭔가 희망을 주고자 하고 있다. 그리고 나는 그런 겁쟁이가 아니고 자신은 그런 영웅이 아니며, 우리는 다만 두 사람의 동등한 과학자임을 내게 설득시키려고 한다. 우리에게 어떤 연구 과제가 맡겨졌다. 그런데 어떤 사정으로 나는 지금 당장은 그 일을 못하게 되었고 자기는 할 수 있다, 뭐 이런 식인 거다.

그러나 내 마음은 여전히 편치가 못하다. 왜냐하면 내가 사랑하는 친구가 바인가르텐의 역전사 효소, 자하르의 페이딩, 자신의 빛나는 수학, 그리고 다른 여러 가지 것들을 위해 싸우러 떠날 참이므로. 필, 그자들은 너에게 불의 세례를 퍼붓고,

유령을 보내고, 시체를, 특히 여자 시체를 보내고, 눈사태가 나게 하고, 시간과 공간 속에서 너를 이리 치고 저리 치고 하다가 마침내……. 어쩌면 아닐지도 몰라. 너는 눈사태와 유령의 발생 법칙을 알아낼지도 몰라. 어쩌면 아무 일도 안 일어날지도 몰라. 너는 어쩌면 그저 방안에 틀어박혀 앉아서 M-캐비티와 문화의 질량적 분석이 교차하는 점을 찾아내려고 전전긍긍할지도 몰라. 그 교차점은 무지 괴상한 것일 거야. 너는 그 교차점에 작용하는 전체의 사악한 메커니즘을 분석하거나 아니면 더 나아가 그것을 조정하는 법을 알아낼지도 몰라. 그리고 나는 집에 있겠지. 내일 비행장으로 장모와 보브까를 마중 나가고 우리는 모두 보브까의 책상을 사러 가겠지…….

「필, 그자들이 거기서 널 죽일 거야.」 나는 절망적으로 말했다.

「꼭 그러리란 법은 없어. 그리고 나는 거기 혼자 있는 게 아니야. 단지 나뿐인 것도 아니고, 단지 거기뿐인 것도 아니야.」

우리는 서로의 눈을 응시했다. 두꺼운 렌즈의 이면에는 긴장감도, 위장된 대담함도, 가짜 순교자의 표정도 더 이상 안 보였다. 차분하고 불그스름한, 확신, 모든 것은 순리대로 되어야만 한다는, 그리고 그 밖에는 아무 다른 해결책도 없다는 확신.

그는 더 이상 아무 얘기도 하지 않았다. 그러나 나는 그가 계속 말하고 있다는 느낌이었다. 서둘 필요가 없다고 말하고 있었다. 세상이 끝날 때까지 아직 10억 년의 세월이 있다고 그가 말하고 있었다. 우리가 절망하지 않고 포기하지 않는다면 10억 년 동안 많은 일들이, 엄청나게 많은 일들이 이루어질

수 있다고 말하고 있었다. 그리고 또 나는 그가 이런 말을 하고 있다고 생각했다. 〈그는 촛불 아래서 마지막 말들을 휘갈겨 썼도다! 그리고 죽음의 강에 몸을 던질 준비가 되어 있었도다……〉 그의 만족스러운 너털웃음, 웰스의 화성인이 웃을 법한 웃음이 내 귀에 울려 퍼졌다.

나는 눈을 아래로 내리깔았다. 나는 양손으로 봉투를 부둥켜안은 채 등을 구부리고 앉아 있었다. 그리고 열 번, 스무 번, 되뇌고 또 되뇌었다. 〈그때부터 내 앞에 펼쳐진 것은 왜곡되고 뒤틀린 전락의 길이었다……〉

역자 해설

# 반유토피아 문학의 전통과 스뜨루가츠끼 형제

아르까지 스뜨루가츠끼(Arkadii Strugatskii, 1925~1991)와 보리스 스뜨루가츠끼(Boris Strugatskii, 1933~2012) 형제는 우리나라 독자들에겐 생소한 러시아의 작가들이다. 일본어를 전공한 형 아르까지와 유명한 뿔꼬보Pulkovo 관측소의 천체 물리학자인 동생 보리스는 50년대 말에 청소년을 위한 작품을 발표함으로써 문단에 데뷔하였다. 그러나 그들은 곧 형의 문학적 상상력과 동생의 과학적 지식을 바탕으로 하여 SF의 장르적 원칙에 입각한 풍자 문학 쪽으로 작품의 경향을 바꾸어, 그 동안 이데올로기적인 이유로 소련에서는 명맥이 끊어져 있던 반유토피아*anti-utopia, dystopia* 문학을 부활시켰다. 70년대 초반에 소련 정부의 냉대와 눈총을 받아 침묵을 강요당할 때까지 그들은 무수한 단·장편 소설을 발표했으며 그들의 전성기라 할 수 있는 60년대에는 가장 많이 읽히고 또 논의의 대상이 된 작가로서 군림하였다.

초기의 대표작이라 할 수 있는 『신이 된다는 것은 어렵다 *Trudno byt' bogom*』(1964)에서 그들은 전체주의 체제하에서의 인간의 존재 양상을 풍자하고 있으며 연이어 발표된 『이 시대의 탐욕스러운 것들Khishchnye veshchi veka』(1965)에서는 미래의 물질 만능 사회에서 인간은 목적의식을 상실하게 되고 궁극적으로 물질적 욕구 충족이 절정에 이르는 순간 비인간으로 전락하게 됨을 간접적으로 시사하고 있다. 『화성인의 제2차 침입Vtoroe nashestvie marsian』(1967)은 19세기 작가 고골Gogol' 식의 기괴한 유머와 환상적 리얼리즘을 기본적 수법으로 하여 관료제도 및 국수주의를 다각도로 비판하고 있으며 『비탈 위의 달팽이Vlitka na sklone』(1966~1968)는 일련의 독특한 상징을 사용하여 소련의 경찰 국가 체제와 공포정치를 비판하고 있다.

1969년에 『네바Neva』지에 연재되고 1971년에는 단행본으로 출판된 바 있는 『인간의 섬Obitaemyi ostrov』은 스뜨루가츠끼 형제의 과학적 상상력과 예리한 비판의 안목이 완벽하게 조화된 반유토피아 문학의 걸작으로서 소련 정부의 탄압을 결정적으로 초래한 작품이기도 하다. 이 작품의 지리적 배경인 행성 〈사락슈Saraksh〉는 정체불명의 소수 집권자에 의해 통치되며 집권자들은 국민을 적으로부터 보호한다는 명목으로 일종의 인간 정신 조종 기구를 도입한다. 단결과 통합, 안정이라는 슬로건 아래 자행되는 정부의 획일화 정책에 저항하는 사람들은 모두 이 기구의 고문을 받고 결국 다른 사회 구성원으로부터 소외당한 채 비참한 최후를 맞게 된다. 이 소설은 주인공이 그 기구를 제거하기 위해 싸우는 과정과 그 과정에서 속속 표출되는 체제의 부조리한 점 등을 주제로 삼고 있으나 과연 그 기구가 제거된 후에 인간성이 회복될 것인가의 문제는 미지수로 남긴 채 끝난다.

1972년에 발표된 중편 『노변의 피크닉 Piknik na obochine』은 다른 작품들에서보다 훨씬 깊게 인간의 내면세계와 존재의 근원적 모습에 대한 작가들의 성찰이 부각된 일종의 초현실주의적인 소설이다. 어떤 문명의 잔재 속에 존재하는 지대, 그리고 그곳에 있다고 믿어지는 방을 찾아 세 명의 사나이 — 교수, 작가, 그리고 이들을 지대로 안내하는 불법 안내인 — 가 여행길에 오른다는 간단한 구성이지만 이 작품의 세계는 기교나 주제 면에서 상당히 복잡하다. 스뜨루가츠끼 형제는 여기서 자멸의 위험에 처한 인간의 방황을 역사와 신화, 창조의 기억과 종말에 대한 묵시, 예술과 양심과 선, 그리고 희망 등 다양한 모티프를 사용하여 상징적으로 투사한다. 끝으로, 여기 소개하는 『세상이 끝날 때까지 아직 10억 년 Za milliard let do kontsa sveta』(1976~1977)은 미지의 세력의 위협을 받는 일군의 과학자들을 통하여 낯익고 일상적인 그리고 당연시되는 현실의 이면에 은밀하게 도사리고 있는 삶의 공포를 표면화시킨 작품으로 그 치밀한 구성이나 인물 묘사, 그리고 의미의 함축성 등으로 해서 스뜨루가츠끼 형제의 대표작 중의 하나로 손꼽힌다.

지금까지 우리는 스뜨루가츠끼 형제의 몇몇 작품들을 내용면에서만 간략하게 살펴보았는데, 관심 있는 독자들을 위해 그들의 전반적인 작품 세계, 그리고 특히 『세상이 끝날 때까지 아직 10억 년』의 다층적 측면에 좀 더 가까이 접근하여 파악해 볼 필요가 있을 것 같다. 그러나 다른 문학 장르와 달리 소련의 SF나 유토피아 소설이 우리나라에서는 여태껏 소개되어 오지 않은 점을 감안해 볼 때, 그리고 스뜨루가츠끼 형제의 작품 세계를 통시적 맥락 속에서 이해하기 위해서, 우선 유토피아 소설이 러시아 문학의 테두리 안에서 겪었던 변천 과정을 잠시 개관해 보자.

러시아 최초의 유토피아 소설이라 불릴 수 있는 작품은 수마로꼬프A. Sumarokov가 1759년에 쓴 단편 「꿈: 행복한 사회 Son: Schastlivoe obshchestvo」가 될 것이다. 여기서 작가는 이성적인 미래상으로 뇌물, 연줄, 종족 등용 제도 등 관료 제도의 모든 병폐가 제거되고 개인의 능력과 공적에 의해 엄격하게 상벌과 위계질서가 결정되는 사회를 제시한다. 일반적으로 말해서 18세기 러시아 유토피아 문학은 유럽의 그것에 비해 훨씬 보수적이고 온건한 색채를 띠고 있으며 수마로꼬프 이후에는 그나마 몇 편의 단편들이 간헐적으로 2류급 작가들에 의해 쓰인 것이 고작이다. 이들 작품들은 문학성이 결여된 것은 물론이거니와 당대 사회의 풍자라고 하는 유토피아 문학의 원시적 기능조차 다하지 못하고 있다.

19세기에 들어서면서 과학의 주제를 도입하여 미래 사회의 모습을 투사하는 경향이 러시아 문학에서도 엿보이기는 하나 서구의 과학 문명에 대한 러시아인들의 반감과 불신, 엄격한 검열 제도, 리얼리즘의 지배적 성향 등의 이유로 해서 그다지 성숙한 단계에 이르지는 못하고 있다. 불가린F. Bulgarin의 『가능성 있는 환상, 혹은 29세기의 세계 기행*Pravdopodobnye nebylisty, ili stranstvovaniia po sveut v 29-om veke*』(1824), 그리고 오도예프스끼Odoevsky의 『서기 4338년*4338-y god*』(1883) 정도가 독자의 눈길을 끌 뿐이다.

전반적으로 19세기 러시아의 유토피아 문학은 과학과 기술 문명의 발전보다는 작가 개개인의 이념과 사상 및 윤리관과 더욱 직접적으로 관계가 있다. 19세기 후반기에 발표된 미래 소설 중 오늘날까지 거론되고 있는 작품으로 혁신적 사상가 체르니셰프스끼Chernyshevskii의 『무엇을 할 것인가*Chto delat'*』(1863)를 들 수 있다. 비록 문학적 가치에는 의심의 여지가 많지만 이후 러시아의 사상사나 문학사에 지대한 영향을 미친 이 소설은 여주인공 베라 빠블로브나를 통해 러시아 혁명과 혁명 후의 이상적 사회를 예견하고 있다. 특히 베라 빠블로브나가 꾸는 일련의 꿈들에서 체르니셰프스끼는 푸리에Fourier 식의 공상적 사회주의와 마르크스Marx의 유물 사관, 그리고 체르니셰프스끼 자신의 낭만적 동경이 어수선하게 혼합된 유토피아를 제시한다.

한편, 체르니셰프스끼와 사상적으로 정반대의 입장을 취하는 도스또예프스끼Dostoevskii는 거의 모든 작품들에서 노골적으로 체르니셰프스끼나 그 밖의 다른 사회주의자들의 물질적 유토피아론을 공박한다. 그는 『지하로부터의 수기*Zapiski iz podpol'ia*』(1864)에서 〈수정궁〉, 〈피아노의 키〉, 〈닭장〉 등의 은유를 사용하여, 물질적 욕구의 충족과 합리적인 사고방식으로 정의되는 사회에서 개인의 의식과 자유 의지가 말살되는 현상을 풍자하고 있다. 그리고 『까라마조프 씨네 형제들Brat'ia Karamazovy』(1880)에 삽입된 〈대심문관의 전설〉에서 도스또예프스끼는 자유와 행복은 양립될 수 없는 것임을 거듭 강조한다. 그의 〈수정궁〉이나 〈대심문관〉의 세계는 이후 러시아 문학에 반유토피아의 상징적 전형으로서 그대로 혹은 변형된 모습으로 수없이 재등장하게 된다.

20세기 초의 러시아 미래 소설은 과학 문명의 발달과 다가올 혁명을 긍정적으로 받아들여 무한한 가능성의 미래를 예측하는 작품과 그와는 정반대로 인류의 종말을 그리는 묵시록적인 작품으로 크게 구분된다. 전자에 속하는 가장 대표적인 소설로는 볼셰비끼 당원이었던 보그다노프Bogdanov가 쓴 『붉은 별Krasnaia zvezda』(1908)을 들 수 있으며, 후자의 대표작으로는 브류소프V. Bryusov의 『남십자 공화국Respublika iuzhnogo kresta』(1907)을 들 수 있다. 상징주의 시인이기도 한 브류소프는 이 작품에서 인류의 미래에 대한 심각한 우려와 아울러 과학 기술이 인류에게 궁극적인 행복을 제공할 것이라는 가정을 전면적으로 부정한다. 브류소프의 이 같은 반유토피아적 미래상은 사회주의 혁명이 일어난 후에 쓰인 자먀찐E. Zamyatin의 『우리들My』(1924)에서 보다 완벽하고 섬뜩하게 재현된다. 헉슬리의 『멋진 신세계Brave New World』 그리고 오웰의 『1984』와 더불어 20세기 반유토피아 문학의 걸작이라 간주되는 『우리들』은 획일화된 사회에서의 개인의 상상력과 자유의 말살을 정확하게 지적한 소설로, 그 풍자의 신랄함이나 예언적 통찰력 덕분에 소련에서는 출판이 금지되어 왔다.

혁명 이후 소련의 미래 소설은 이데올로기적, 원칙적 제반 이유들로 해서 그 어떠한 형태로든 간에 명맥을 유지할 수 없는 처지에 놓이게 된다. 혁명이 약속했던 장밋빛 미래에 의구심을 제기하는 반유토피아 소설은 이념적으로 허용이 불가능하며, 설사 이념성을 배제한 순수한 SF라 하더라도 사회주의 리얼리즘의 창작 원칙인 〈무산 계급적 내용과 민족적 형식〉에 위배되는 까닭이다. 그리하여 50년대에 해빙 무드가 조성될 때까지 소련의 유토피아 문학이란 것은 몇 편의 천박한 오락물이나 불가꼬프M. Bulgakov, 조쉬첸꼬M. Zoshchenko 같은 대가들이 위험을 무릅쓰고 시도해 본 풍자적 단편이 고작일 뿐이다.

소련 SF 문학의 본격적인 부활은 1956년도에 발표된 예프레모프I. Efremov의 『안드로메다의 성운*Tumannost' Andromedy*』으로부터 시작된다. 예프레모프는 문학적인 재능도 상당히 있는 작가로서 간혹 은밀하게 소련의 현실 문제를 다루기도 하지만 궁극적으로 그의 작품 세계에서 유도되는 결론은 역시 공산주의만이 이상적인 제도이며 또한 공산주의에 입각한 사회 구조만이 미래를 지배할 것이라는 흔들리지 않는 신념이다. 아무튼 예프레모프를 시발점으로 하여 SF 문학은 독자와 작가 모두에게 인기 있는 문학의 장르로서 급속하게 성장하기 시작하여 60년대에는 러시아 문학 사상 유례없는 SF의 전성기를 맞게 된다. 스뜨루가츠끼 형제 외에도 바르샤프스끼I. Varshavskii, 옘쩨프M. Emtsev 등 수준 높은 소설가들이 이 시기에 활동을 하게 되며 25권짜리 『SF전집*Biblioteka sovremennoi fan-*

*tastiki*』이 발행되기도 했다. 그러나 이러한 SF의 자유화 물결도 70년대 말에 소련 정부의 압력을 받아 종식을 고하게 된다. 물론 여러 가지 이유가 있겠지만 무엇보다도, 일련의 작가들이 소련 정부를 조롱하고 비판하거나 더 나아가 마르크시즘의 원천적 모순을 지적하기 위한 수단으로서 교묘하게 SF의 형식을 빈 작품을 써왔다는 점이 그 주요 원인일 것이다.

이상과 같은 문학사에 비추어 볼 때 스뜨루가츠끼 형제의 소설 세계는 도스또예프스끼, 자먀찐 등으로 이어져 온 반유토피아 문학의 전통을 계승한 것으로 간주될 수 있다. 그리고 반유토피아 문학이 정도의 차이는 있을망정 대체로 현실 풍자와 우화의 일면을 내포하듯이, 그들의 대부분의 작품들도 소련 사회의 여러 측면을 풍자적으로 묘사한다. 그러나 표면적인 풍자성 때문인지 그들의 작품은 소련에서나 서방에서나 한결같이 정치·사회적 맥락 안에서만 이해되어 온 것이 사실이다. 일례로, 『인간의 섬』이 발표되자 소련 정부는 이 작품이 소련 체제에 대한 공공연한 비판이라 간주하고 즉각 〈적절한 조치〉를 취하기 시작했다. 〈적절한 조치〉란 공식적인 판금, 유배, 추방, 투옥과는 조금 다른 소위 비공식적인 탄압책으로서 그들 이전에도 이후에도 정부가 빈번히 사용한 방법이다. 즉, 〈무슨 까닭인지〉 해당 작가의 출판 회수나 문예지 등에의 출현 빈도가 점차 줄어들고, 그 결과 독자들로부터 점진적으로 멀어져 마침내 잊히게 되는 현상이 있는데, 이 현상이 정부의 각본에 의한 것임은 부연할 필요가 없을 것이다. 스뜨루가츠끼 형제의 경우도 마찬가지이다. 60년대에 발표되었던 그들 대부분의 소설들이 베스트셀러로 각광을 받았던 것에 비해 『인간의 섬』 출판 이후 〈무슨 까닭인지〉 그들의 소설은 발행 부수가 현격히 줄어들고 한때 그들에게 찬사를 아끼지 않던 비평가들은 차츰 부정적 평론을 쓰기 시작했던 것이다.

한편, 서방의 독자나 비평가들의 스뜨루가츠끼 이해도 소련 정부 못지않을 정도로(비록 결과는 정반대였지만) 체제 비판적 측면에만 고정되어 온 사실을 부인할 수 없다. 서방의 비평가들, 특히 서방으로 망명한 소련의 문인, 학자들은 무엇보다도 먼저 스뜨루가츠끼 형제가 탄압받고 있다는 사실부터 강조하기에 급급했고 서둘러 그들의 문학 세계를 〈비판적〉이니 〈저항적〉이니 하는 상투적 형용사로 규정지어 버렸다. 비근한 예로, 루드네프D. Rudnev는 『그라니Grani』지에 실린 논문에서 자신의 논제의 초점을 스뜨루가츠끼 형제의 풍자성에 맞추었으며 그들 소설의 부조리한 배경이 소련 사회의 그것과 일치한다고 못 박았다. 한 마디로, 서방 비평가들의 스뜨루가츠끼 형제에 대한 관심은 그들이 과감하게 〈정치 선전과 경찰 테러로 정의되는 소련 사회의 제반 현실을 폭로하였다〉는 사실에서 유도된 것이었다.

이와 같이 그들의 작품을 현실 풍자라고 하는 좁은 카테고리 속으로 밀어 넣은 결과는 그들이 제시하는 보다 보편적인 문제들이 간과되고, 게다가 완성된 예술 작품으로서의 그들 소설에 내재하는 문학적 속성들은 제대로 파악되지 못하는, 즉 이해의 불균형이다. 물론 스뜨루가츠끼 형제가 소련의 구조적 모순과

비리를 풍자적으로 묘사한 것은 틀림없는 사실이다. 『인간의 섬』만 해도 행성 사락슈〔그 이름은 솔제니찐의 『제1원』의 배경인 수인(囚人) 과학 기술 연구소의 이름 샤라슈까에서 빌려 온 것이라는 해석도 있다〕의 참혹한 상황은 여러 가지 면에서 스딸린 시대의 소련을 연상케 한다. 행성의 지배자인 〈전능의 아버지〉로부터 작품에 삽입된 재판 속기록이나 심지어 군가에 이르기까지 이 소설의 주제, 인물, 배경 등이 소련의 현실을 모델로 한 것임은 의심의 여지가 없다.

『세상이 끝날 때까지 아직 10억 년』에서도 스뜨루가츠끼 형제는 당시 사회의 모습을 다각도로 풍자한다. 우선, 일군의 학자들이 정체불명의 외계의 힘의 압력을 받는다는 그 착상부터가 정치의 지배를 받는 학문에 대한 풍자이며, 그 밖에도 학계 자체 내의 부패, 학문의 관료 제도화, 성 모럴의 추락, 알코올 중독, 출세 지상주의 등 사회의 여러 문제들이 암암리에 언급되고 있다. 특히 다른 SF 작품들의 시공간적 배경이 미래의 허구적 장소임에 비해 『세상이 끝날 때까지 아직 10억 년』의 배경은 동시대의 레닌그라드인 점, 로봇이나 슈퍼맨, 우주인이 아닌 보통 사람들이 등장하는 점 등으로 해서 이 작품의 시사성은 한층 직접적 성격을 띤다.

그러나 이 작품의 가치를 알레고리나 풍자에 국한시킬 경우 작품의 의미는 고정된 방향으로 좁혀지게 되고 작품 자체는 하나의 목적에 대한 수단이 되어 버린다. 무릇 문학의 기능이란 현실을 복사, 기록하는 것이 아니고 현실을 〈문학적으로〉 재구성하는 것이다. 리얼리즘을 가장 엄격히 준수한 소설이라 하더라도 그것이 문학 작품인 한 거기서 제시되는 것은 현실이 아니라 현실의 모델인 것이다. 엄밀히 말해 문학에 존재하는 것은 미메시스mimesis가 아니라 오로지 포에시스poiesis일 뿐이다. 따라서『세상이 끝날 때까지 아직 10억 년』에서 우리가 탐구해야 하는 것은 바로 이 재구성된 현실이며, 이 소설이 내포하는 모든 풍자적 요소들도 이와 같은 맥락 안에서 이해되어야 한다. 그리고 우리가 그런 식의 접근을 할 때에 비로소 이 소설이 제기하는 문제점들이 어떤 특정 사회의 범주를 넘어서 우리의 문제, 인간의 보편적인 문제들로 인식될 수 있을 것이다.

스뜨루가츠끼 소설의 의미 구조는 한 마디로 인간과 비인간적인 힘과의 대립, 그리고 그 대립에서 유도되는 긴장감이라고 요약할 수 있다. 그들 작품의 의미와 형식의 중심점은 언제나 인간이다. 공식화된 이미지로서의 인간이 아닌, 갈등과 고뇌, 욕망과 좌절을 체험하는 인간, 그리고 인간적임을 상실치 않으려고 고투하는 인간이 언제나 그들의 소설을 복잡하고 유기적인 전체로 통합시켜 주는 기능을 한다.

『세상이 끝날 때까지 아직 10억 년』에서 비인간적인 힘은 〈외계〉라고 하는 우주적 개념으로 상징화되며 이 비인간적인 힘과 충돌하는 주인공들의 갈등을 통하여 스뜨루가츠끼 형제는 지식인이 당면하고 있는 심각한 윤리적 문제를 제기한다. 주인공들은 모두 과학자로서 중대한 발견을 앞두고 미지의 세력으로부터 연구를 중지하라는 압력을 받는다. 그들이 체험하는 지성의 현기증은 2백 년 만에 처음이라는 폭서, 대도시의 고층 아파트, 음주, 수면 부족 등의 모티프에 의해 끊임없이 강조된다. 그들은 생존을 위해 타협을 할 것인가 아니면 학자로서의 양심을 유지하기 위해 자신을 물론 가족들까지 희생시킬 것인가라는 요컨대 양심의 자유와 물질적 행복이라고 하는 양자택일의 기로에 서서 절망하고 분노하고 공포에 떤다. 인간이 인간임을 고수하려는 노력은 번번이 도전받고 시험당하고 좌절되게 마련이며 비인간적인 힘 앞에서 인간은 언제나 무력하다.

이 소설의 주인공들은 모두 지식인이지만 이는 다만 지식인만이 당면하는 윤리적 갈등은 아니다. 어느 사회, 어느 계층의 인간이건 누구나 의식적으로든 무의식적으로든 한 번쯤은 체험하는 보편적인 문제이다. 스뜨루가츠끼 형제는 이 문제에 관한 그 어떤 해답도 교훈도 주지 않는다. 확실한 것은 자유와 행복의 문제는 언제나 존재해 왔으며 앞으로도 그 어떤 형태로든 끊임없이 제기될 것이라는 점이다. 한 작중 인물이 강조하듯 〈절망하지 않는다면, 포기하지 않는다면〉, 인간은 〈어쩌면〉 해답을 찾을지도 모른다. 스뜨루가츠끼 형제의 작품은 언제나 이와 같은 가정과 불확실성, 그리고 개연성의 세계로 독자를 초대한다. 그리고 그 불확실성의 세계로 초대받은 독자는 언제나 거기 투사된 현실의 다양한 모습을 새로운 감각으로 인식하게 된다.

이상은 물론 스뜨루가츠끼 형제에 대한 옮긴이의 주관적인 해석이다. 그러므로 어쩌면 독자는 전혀 다른 각도에서 그들을 이해할지도 모른다. 그리고 바로 그 점이, 즉 다변적인 인식과 해석을 허용한다는 점이 그들 소설의 숨은 가치인지도 모른다. 어찌되었건, SF라면 로봇과 슈퍼맨과 판에 박은 인물들이 등장하며, 천박한 주제와 전형적인 형식만을 되풀이하는 통속물 정도로 알고 있을지도 모를 많은 독자들에게 스뜨루가츠끼 형제는 기대치 않은 신선한 충격을 선사할 것을 믿으며 옮긴이의 말을 끝내기로 한다. 번역의 대본으로는 YMCA-Press에서 1984년에 출판한 *Za milliard let do kontsa sveta*를 사용하였다.

석영중

# 스뜨루가츠끼 형제 연보

**1925년**  8월 28일 아르까지 나따노비치 스뜨루가츠끼가 그루지야의 바뚜미 시에서 출생. 아버지 나딴 제노비예비치 스뜨루가츠끼는 유대계 공산주의자로, 레닌그라드(현재의 뻬쩨르부르그) 대학 예술학부를 졸업한 미술 평론가. 어머니 알렉산드라는 가축 도매상의 딸로, 교사였음. 가족이 레닌그라드로 이주.

**1933년**  4월 15일 동생 보리스가 레닌그라드에서 출생. 아르까지와 보리스는 어린 시절부터 쥘 베른, H. G. 웰스, 카렐 차페크, 알렉세이 똘스또이 등의 SF 및 환상 문학을 탐독.

**1942년**  1월 아르까지와 아버지가 레닌그라드 봉쇄에서 구조됨. 수송 열차에 탄 구조자들 중 결국 살아남은 사람은 아르까지 한 명뿐이었음. 아버지는 볼로그다에서 사망.

**1943년**  봄 아르까지가 모스끄바의 육군 외국어 대학 동양학부 일본어과의 청강생이 됨.

**1949년**  아르까지가 육군 외국어 대학을 졸업. 영어 및 일본어 통역사 자격을 취득. 깐스끄의 군사 통역 학교의 교사로 일하게 됨.

**1955년**  아르까지가 단편소설을 집필하고 외국 문학을 번역하기 시작함. 제대. 모스끄바로 거처를 옮김. 『다이제스트 매거진』에서 일하기 시작. 옐레나 오샤니나와 결혼. 둘 사이에 의붓딸 하나를 두었음.

**1956년** 보리스가 레닌그라드 대학 천문학부를 졸업. 레닌그라드 근교의 뿔꼬보 관측소에서 천문학자 및 컴퓨터 수학자로 일하게 됨(1964년까지).

**1957년** 보리스가 아젤라이다 까르뻴류끄와 결혼. 둘 사이에 아들 하나를 두었음.

**1959년** 아르까지가 기술 정보 연구소에서 기술 번역자 및 편집자로 일함(1961년까지). 형제의 최초의 주요 장편 『자줏빛 구름의 나라 Strana bagrovykh tuch』 발표. 소련 교육부가 수여하는 청소년 우수 과학도서 3등상을 받음.

**1960년** 단편집 『여섯 개의 성냥 Shest' spichek』, 『아말테이아로 가는 길 Put'na Amal'teiu』 발표.

**1961년** 아르까지가 『데뜨기즈 Detgiz』의 편집자로 일함(1964년까지).

**1962년** 『오후: 22세기 Poden': 22-i vek』 발표. 과학 기술 발전이 가져온 유토피아를 묘사.

**1963년** 『머나먼 무지개 Dalekaia Raduga』 발표. 인간 실존에 미치는 역사의 중압을 비관적으로 그린 소설임. 초기의 낙관적인 비전이 사라짐.

**1964년** 대표작의 하나인 『신이 된다는 것은 어렵다 Trudno byt' bogom』 발표.

**1965년** 『이 시대의 탐욕스러운 것들 Khishchnye veshchi veka』, 『월요일은 토요일에 시작된다 Ponedel'nik nachinaetsia v subbotu』 발표. 아르까지가 일본 작가 아베 고보의 『제4 간빙기』를 번역함.

**1966년** 6월 정부 기관지 「이즈베스찌야」가 스뜨루가츠끼 형제 등 〈철학적 SF 작가들〉을 공개적으로 비판.

**1967년** 『화성인의 제2차 침입 Vtoroe nashestvie marsian』 발표. 문학지 『10월』, 당이론지 『꼬무니스뜨』가 연이어 스뜨루가츠끼 형제를 비판.

**1968년** 『비탈 위의 달팽이*Vlitka na sklone*』 발표. 당국의 주목을 받은 작품으로, 이 작품을 게재한 중앙시베리아 문예지의 편집 스태프들이 파면되었음. 이 작품은 1988년에야 완전한 형태로 출간됨.

**1969년** 『인간의 섬*Obitaemyi ostrov*』을 『네바*Neva*』지에 연재.

**1972년** 『노변의 피크닉*Piknik na obochine*』 발표.

**1973년** 『신이 된다는 것은 어렵다』가 영어로 번역됨.

**1976년** 『세상이 끝날 때까지 아직 10억 년*Za milliard let do kontsa sveta*』을 『지식은 힘*Znanie-sila*』지에 연재(1977년까지). 이후 1989년까지 이들의 작품은 더 이상 발표되지 않음.

**1977년** 『노변의 피크닉』이 영어로 번역되어 미국 SF 작가 협회의 캠벨상을 받음.

**1979년** 어머니 사망(79세). 『노변의 피크닉』이 「잠입자Stalker」라는 제목으로 영화화됨. 감독은 안드레이 따르꼬프스끼.

**1987년** 영국에서 열린 세계 SF 대회에 귀빈으로 초대됨. 형제 최초의 서방 여행이었음.

**1988년** 1976년에 쓴 소설 『세상이 끝날 때까지 아직 10억 년』이 〈일식의 나날*Dni Zatmeniia*〉이라는 제목으로 영화화됨. 감독은 알렉산드르 소꾸로프.

**1989년** 마지막 작품 『멸망의 도시*Grad obrechennyi*』 발표.

**1990년** 『신이 된다는 것은 어렵다』가 독일, 프랑스, 소련 합작으로 영화화됨. 감독은 페터 플라이슈만.

**1991년** 10월 23일 아르까지 사망. 〈SF의 길을 지나 인류적인 높이에 이른 러시아의 온화한 현자가 우주 저 멀리 가버렸다〉(오에 겐자부로).

**2008년** 『신이 된다는 것은 어렵다』가 러시아에서 영화로 다시 제작되고 있음.

**열린책들 세계문학 052** 세상이 끝날 때까지 아직 10억 년

**옮긴이 석영중** 1959년 서울에서 태어나 고려대학교 노어노문학과를 졸업하였다. 1987년 미국 오하이오 주립대 슬라브어문과에서 문학 박사 학위를 받았으며, 현재 고려대학교 노어노문학과 교수로 재직 중이다. 저서에 『러시아 시의 리듬』, 『러시아 현대 시학』, 논문 「만젤쉬땀의 시인과 독자」 등이 있으며 역서로는 『뿌쉬낀 작품집』(전6권), 마야꼬프스끼의 『나는 사랑한다』, 『좋아!』, 뿌쉬낀의 『대위의 딸』, 도스또예프스끼의 『분신』, 『백야』, 보리스 뻴냐끄의 『마호가니』 등이 있고, 뿌쉬낀 번역에 대한 공로로 1999년 러시아 정부로부터 뿌쉬낀 메달을, 2000년에는 한국백상출판문화상 번역상을 받았다.

**지은이** 아르까지 스뜨루가츠끼·보리스 스뜨루가츠끼 **옮긴이** 석영중 **발행인** 홍예빈·홍유진
**발행처** 주식회사 열린책들 **주소** 경기도 파주시 문발로 253 파주출판도시
**전화** 031-955-4000 **팩스** 031-955-4004 **홈페이지** www.openbooks.co.kr
Copyright (C) 주식회사 열린책들, 1988, 2009, *Printed in Korea.*
**ISBN** 978-89-329-0969-1 04890 **ISBN** 978-89-329-1499-2 (세트)
**발행일** 1988년 5월 20일 초판 1쇄 1999년 9월 10일 신판 1쇄 2006년 8월 20일 보급판 1쇄 2008년 10월 30일 보급판 2쇄 2009년 11월 30일 세계문학판 1쇄 2022년 8월 25일 세계문학판 4쇄

이 도서의 국립중앙도서관 출판예정도서목록(CIP)은 서지정보유통지원시스템 홈페이지(http://seoji.nl.go.kr)와 국가자료공동목록시스템(http://www.nl.go.kr/kolisnet)에서 이용하실 수 있습니다.(CIP제어번호:CIP2009003396)

## 열린책들 세계문학
## Open Books World Literature

001 **죄와 벌** 표도르 도스또예프스끼 장편소설 | 홍대화 옮김 | 전2권 | 각 408, 504면
003 **최초의 인간** 알베르 카뮈 장편소설 | 김화영 옮김 | 392면
004 **소설** 제임스 미치너 장편소설 | 윤희기 옮김 | 전2권 | 각 280, 368면
006 **개를 데리고 다니는 부인** 안똔 체호프 소설선집 | 오종우 옮김 | 368면
007 **우주 만화** 이탈로 칼비노 단편집 | 김운찬 옮김 | 416면
008 **댈러웨이 부인** 버지니아 울프 장편소설 | 최애리 옮김 | 296면
009 **어머니** 막심 고리끼 장편소설 | 최윤락 옮김 | 544면
010 **변신** 프란츠 카프카 중단편집 | 홍성광 옮김 | 464면
011 **전도서에 바치는 장미** 로저 젤라즈니 중단편집 | 김상훈 옮김 | 432면
012 **대위의 딸** 알렉산드르 뿌쉬낀 장편소설 | 석영중 옮김 | 240면
013 **바다의 침묵** 베르코르 소설선집 | 이상해 옮김 | 256면
014 **원수들, 사랑 이야기** 아이작 싱어 장편소설 | 김진준 옮김 | 320면
015 **백치** 표도르 도스또예프스끼 장편소설 | 김근식 옮김 | 전2권 | 각 500, 528면
017 **1984년** 조지 오웰 장편소설 | 박경서 옮김 | 392면
019 **이상한 나라의 앨리스** 루이스 캐럴 환상동화 | 머빈 피크 그림 | 최용준 옮김 | 336면
020 **베네치아에서의 죽음** 토마스 만 중단편집 | 홍성광 옮김 | 432면
021 **그리스인 조르바** 니코스 카잔차키스 장편소설 | 이윤기 옮김 | 488면
022 **벚꽃 동산** 안똔 체호프 희곡선집 | 오종우 옮김 | 336면
023 **연애 소설 읽는 노인** 루이스 세풀베다 장편소설 | 정창 옮김 | 192면
024 **젊은 사자들** 어윈 쇼 장편소설 | 정영문 옮김 | 전2권 | 각 416, 408면
026 **젊은 베르테르의 슬픔** 요한 볼프강 폰 괴테 장편소설 | 김인순 옮김 | 240면
027 **시라노** 에드몽 로스탕 희곡 | 이상해 옮김 | 256면
028 **전망 좋은 방** E. M. 포스터 장편소설 | 고정아 옮김 | 352면
029 **까라마조프 씨네 형제들** 표도르 도스또예프스끼 장편소설 | 이대우 옮김 | 전3권 | 각 496, 496, 460면
032 **프랑스 중위의 여자** 존 파울즈 장편소설 | 김석희 옮김 | 전2권 | 각 344면
034 **소립자** 미셸 우엘벡 장편소설 | 이세욱 옮김 | 448면
035 **영혼의 자서전** 니코스 카잔차키스 자서전 | 안정효 옮김 | 전2권 | 각 352, 408면

037 **우리들** 예브게니 자먀찐 장편소설 | 석영중 옮김 | 320면
038 **뉴욕 3부작** 폴 오스터 장편소설 | 황보석 옮김 | 480면
039 **닥터 지바고** 보리스 파스테르나크 장편소설 | 홍대화 옮김 | 전2권 | 각 480, 592면
041 **고리오 영감** 오노레 드 발자크 장편소설 | 임희근 옮김 | 456면
042 **뿌리** 알렉스 헤일리 장편소설 | 안정효 옮김 | 전2권 | 각 400, 448면
044 **백년보다 긴 하루** 친기즈 아이뜨마또프 장편소설 | 황보석 옮김 | 560면
045 **최후의 세계** 크리스토프 란스마이어 장편소설 | 장희권 옮김 | 264면
046 **추운 나라에서 돌아온 스파이** 존 르카레 장편소설 | 김석희 옮김 | 368면
047 **산도칸 ─ 몸프라쳄의 호랑이** 에밀리오 살가리 장편소설 | 유향란 옮김 | 428면
048 **기적의 시대** 보리슬라프 페키치 장편소설 | 이윤기 옮김 | 560면
049 **그리고 죽음** 짐 크레이스 장편소설 | 김석희 옮김 | 224면
050 **세설** 다니자키 준이치로 장편소설 | 송태욱 옮김 | 전2권 | 각 480면
052 **세상이 끝날 때까지 아직 10억 년** 스뜨루가쯔끼 형제 장편소설 | 석영중 옮김 | 224면
053 **동물 농장** 조지 오웰 장편소설 | 박경서 옮김 | 208면
054 **캉디드 혹은 낙관주의** 볼테르 장편소설 | 이봉지 옮김 | 232면
055 **도적 떼** 프리드리히 폰 실러 희곡 | 김인순 옮김 | 264면
056 **플로베르의 앵무새** 줄리언 반스 장편소설 | 신재실 옮김 | 320면
057 **악령** 표도르 도스또예프스끼 장편소설 | 박혜경 옮김 | 전3권 | 각 328, 408, 528면
060 **의심스러운 싸움** 존 스타인벡 장편소설 | 윤희기 옮김 | 340면
061 **몽유병자들** 헤르만 브로흐 장편소설 | 김경연 옮김 | 전2권 | 각 568, 544면
063 **몰타의 매** 대실 해밋 장편소설 | 고정아 옮김 | 304면
064 **마야꼬프스끼 선집** 블라지미르 마야꼬프스끼 선집 | 석영중 옮김 | 320면
065 **드라큘라** 브램 스토커 장편소설 | 이세욱 옮김 | 전2권 | 각 340, 344면
067 **서부 전선 이상 없다** 에리히 마리아 레마르크 장편소설 | 홍성광 옮김 | 336면
068 **적과 흑** 스탕달 장편소설 | 임미경 옮김 | 전2권 | 각 376, 368면
070 **지상에서 영원으로** 제임스 존스 장편소설 | 이종인 옮김 | 전3권 | 각 396, 380, 388면
073 **파우스트** 요한 볼프강 폰 괴테 희곡 | 김인순 옮김 | 568면
074 **쾌걸 조로** 존스턴 매컬리 장편소설 | 김훈 옮김 | 316면
075 **거장과 마르가리따** 미하일 불가꼬프 장편소설 | 홍대화 옮김 | 전2권 | 각 364, 328면
077 **순수의 시대** 이디스 워튼 장편소설 | 고정아 옮김 | 448면
078 **검의 대가** 아르투로 페레스 레베르테 장편소설 | 김수진 옮김 | 376면

079 **예브게니 오네긴** 알렉산드르 뿌쉬낀 운문소설 | 석영중 옮김 | 328면
080 **장미의 이름** 움베르토 에코 장편소설 | 이윤기 옮김 | 전2권 | 각 440, 448면
082 **향수** 파트리크 쥐스킨트 장편소설 | 강명순 옮김 | 384면
083 **여자를 안다는 것** 아모스 오즈 장편소설 | 최창모 옮김 | 280면
084 **나는 고양이로소이다** 나쯔메 소세끼 장편소설 | 김난주 옮김 | 544면
085 **웃는 남자** 빅토르 위고 장편소설 | 이형식 옮김 | 전2권 | 각 472, 496면
087 **아웃 오브 아프리카** 카렌 블릭센 장편소설 | 민승남 옮김 | 480면
088 **무엇을 할 것인가** 니꼴라이 체르니셰프스끼 장편소설 | 서정록 옮김 | 전2권 | 각 360, 404면
090 **도나 플로르와 그녀의 두 남편** 조르지 아마두 장편소설 | 오숙은 옮김 | 전2권 | 각 328, 308면
092 **미사고의 숲** 로버트 홀드스톡 장편소설 | 김상훈 옮김 | 416면
093 **신곡** 단테 알리기에리 장편서사시 | 김운찬 옮김 | 전3권 | 각 292, 296, 328면
096 **교수** 샬럿 브론테 장편소설 | 배미영 옮김 | 368면
097 **노름꾼** 표도르 도스또예프스끼 장편소설 | 이재필 옮김 | 320면
098 **하워즈 엔드** E. M. 포스터 장편소설 | 고정아 옮김 | 508면
099 **최후의 유혹** 니코스 카잔차키스 장편소설 | 안정효 옮김 | 전2권 | 각 408면
101 **키리냐가** 마이크 레스닉 장편소설 | 최용준 옮김 | 464면
102 **바스커빌가의 개** 아서 코넌 도일 장편소설 | 조영학 옮김 | 264면
103 **버마 시절** 조지 오웰 장편소설 | 박경서 옮김 | 400면
104 **10 1/2장으로 쓴 세계 역사** 줄리언 반스 장편소설 | 신재실 옮김 | 464면
105 **죽음의 집의 기록** 표도르 도스또예프스끼 장편소설 | 이덕형 옮김 | 528면
106 **소유** 앤토니어 수전 바이어트 장편소설 | 윤희기 옮김 | 전2권 | 각 440, 480면
108 **미성년** 표도르 도스또예프스끼 장편소설 | 이상룡 옮김 | 전2권 | 각 512, 544면
110 **성 앙투안느의 유혹** 귀스타브 플로베르 희곡소설 | 김용은 옮김 | 584면
111 **밤으로의 긴 여로** 유진 오닐 희곡 | 강유나 옮김 | 240면
112 **마법사** 존 파울즈 장편소설 | 정영문 옮김 | 전2권 | 각 512, 552면
114 **스쩨빤치꼬보 마을 사람들** 표도르 도스또예프스끼 장편소설 | 변현태 옮김 | 416면
115 **플랑드르 거장의 그림** 아르투로 페레스 레베르테 장편소설 | 정창 옮김 | 512면
116 **분신** 표도르 도스또예프스끼 장편소설 | 석영중 옮김 | 288면
117 **가난한 사람들** 표도르 도스또예프스끼 장편소설 | 석영중 옮김 | 256면
118 **인형의 집** 헨리크 입센 희곡 | 김창화 옮김 | 272면
119 **영원한 남편** 표도르 도스또예프스끼 장편소설 | 정명자 외 옮김 | 448면

120 **알코올** 기욤 아폴리네르 시집 | 황현산 옮김 | 352면
121 **지하로부터의 수기** 표도르 도스또예프스끼 장편소설 | 계동준 옮김 | 256면
122 **어느 작가의 오후** 페터 한트케 중편소설 | 홍성광 옮김 | 160면
123 **아저씨의 꿈** 표도르 도스또예프스끼 장편소설 | 박종소 옮김 | 304면
124 **네또츠까 네즈바노바** 표도르 도스또예프스끼 장편소설 | 박재만 옮김 | 316면
125 **곤두박질** 마이클 프레인 장편소설 | 최용준 옮김 | 528면
126 **백야 외** 표도르 도스또예프스끼 소설선집 | 석영중 외 옮김 | 408면
127 **살라미나의 병사들** 하비에르 세르카스 장편소설 | 김창민 옮김 | 296면
128 **뻬쩨르부르그 연대기 외** 표도르 도스또예프스끼 소설선집 | 이항재 옮김 | 296면
129 **상처받은 사람들** 표도르 도스또예프스끼 장편소설 | 윤우섭 옮김 | 전2권 | 각 296, 392면
131 **악어 외** 표도르 도스또예프스끼 소설선집 | 박혜경 외 옮김 | 312면
132 **허클베리 핀의 모험** 마크 트웨인 장편소설 | 윤교찬 옮김 | 416면
133 **부활** 레프 똘스또이 장편소설 | 이대우 옮김 | 전2권 | 각 308, 416면
135 **보물섬** 로버트 루이스 스티븐슨 장편소설 | 머빈 피크 그림 | 최용준 옮김 | 360면
136 **천일야화** 앙투안 갈랑 엮음 | 임호경 옮김 | 전6권 | 각 336, 328, 372, 392, 344, 320면
142 **아버지와 아들** 이반 뚜르게네프 장편소설 | 이상원 옮김 | 328면
143 **오만과 편견** 제인 오스틴 장편소설 | 원유경 옮김 | 480면
144 **천로 역정** 존 버니언 우화소설 | 이동일 옮김 | 432면
145 **대주교에게 죽음이 오다** 윌라 캐더 장편소설 | 윤명옥 옮김 | 352면
146 **권력과 영광** 그레이엄 그린 장편소설 | 김연수 옮김 | 384면
147 **80일간의 세계 일주** 쥘 베른 장편소설 | 고정아 옮김 | 352면
148 **바람과 함께 사라지다** 마거릿 미첼 장편소설 | 안정효 옮김 | 전3권 | 각 616, 640, 640면
151 **기탄잘리** 라빈드라나트 타고르 시집 | 장경렬 옮김 | 224면
152 **도리언 그레이의 초상** 오스카 와일드 장편소설 | 윤희기 옮김 | 384면
153 **레우코와의 대화** 체사레 파베세 희곡소설 | 김운찬 옮김 | 280면
154 **햄릿** 윌리엄 셰익스피어 희곡 | 박우수 옮김 | 256면
155 **맥베스** 윌리엄 셰익스피어 희곡 | 권오숙 옮김 | 176면
156 **아들과 연인** 데이비드 허버트 로렌스 장편소설 | 최희섭 옮김 | 전2권 | 464, 432면
158 **그리고 아무 말도 하지 않았다** 하인리히 뵐 장편소설 | 홍성광 옮김 | 272면
159 **미덕의 불운** 싸드 장편소설 | 이형식 옮김 | 248면
160 **프랑켄슈타인** 메리 W. 셸리 장편소설 | 오숙은 옮김 | 320면

161 **위대한 개츠비** 프랜시스 스콧 피츠제럴드 장편소설 | 한애경 옮김 | 280면

162 **아Q정전** 루쉰 중단편집 | 김태성 옮김 | 320면

163 **로빈슨 크루소** 대니얼 디포 장편소설 | 류경희 옮김 | 456면

164 **타임머신** 허버트 조지 웰스 소설선집 | 김석희 옮김 | 304면

165 **제인 에어** 샬럿 브론테 장편소설 | 이미선 옮김 | 전2권 | 각 392, 384면

167 **풀잎** 월트 휘트먼 시집 | 허현숙 옮김 | 280면

168 **표류자들의 집** 기예르모 로살레스 장편소설 | 최유정 옮김 | 216면

169 **배빗** 싱클레어 루이스 장편소설 | 이종인 옮김 | 520면

170 **이토록 긴 편지** 마리아마 바 장편소설 | 백선희 옮김 | 192면

171 **느릅나무 아래 욕망** 유진 오닐 희곡 | 손동호 옮김 | 168면

172 **이방인** 알베르 카뮈 장편소설 | 김예령 옮김 | 208면

173 **미라마르** 나기브 마푸즈 장편소설 | 허진 옮김 | 288면

174 **지킬 박사와 하이드 씨** 로버트 루이스 스티븐슨 소설선집 | 조영학 옮김 | 320면

175 **루진** 이반 뚜르게네프 장편소설 | 이항재 옮김 | 264면

176 **피그말리온** 조지 버나드 쇼 희곡 | 김소임 옮김 | 256면

177 **목로주점** 에밀 졸라 장편소설 | 유기환 옮김 | 전2권 | 각 336면

179 **엠마** 제인 오스틴 장편소설 | 이미애 옮김 | 전2권 | 각 336, 360면

181 **비숍 살인 사건** S. S. 밴 다인 장편소설 | 최인자 옮김 | 464면

182 **우신예찬** 에라스무스 풍문자 | 김남우 옮김 | 296면

183 **하자르 사전** 밀로라드 파비치 장편소설 | 신현철 옮김 | 488면

184 **테스** 토머스 하디 장편소설 | 김문숙 옮김 | 전2권 | 각 392, 336면

186 **투명 인간** 허버트 조지 웰스 장편소설 | 김석희 옮김 | 288면

187 **93년** 빅토르 위고 장편소설 | 이형식 옮김 | 전2권 | 각 288, 360면

189 **젊은 예술가의 초상** 제임스 조이스 장편소설 | 성은애 옮김 | 384면

190 **소네트집** 윌리엄 셰익스피어 연작시집 | 박우수 옮김 | 200면

191 **메뚜기의 날** 너새니얼 웨스트 장편소설 | 김진준 옮김 | 280면

192 **나사의 회전** 헨리 제임스 중편소설 | 이승은 옮김 | 256면

193 **오셀로** 윌리엄 셰익스피어 희곡 | 권오숙 옮김 | 216면

194 **소송** 프란츠 카프카 장편소설 | 김재혁 옮김 | 376면

195 **나의 안토니아** 윌라 캐더 장편소설 | 전경자 옮김 | 368면

196 **자성록** 마르쿠스 아우렐리우스 명상록 | 박민수 옮김 | 240면

197 **오레스테이아**  아이스킬로스 비극 | 두행숙 옮김 | 336면

198 **노인과 바다**  어니스트 헤밍웨이 소설선집 | 이종인 옮김 | 320면

199 **무기여 잘 있거라**  어니스트 헤밍웨이 장편소설 | 이종인 옮김 | 464면

200 **서푼짜리 오페라**  베르톨트 브레히트 희곡선집 | 이은희 옮김 | 320면

201 **리어 왕**  윌리엄 셰익스피어 희곡 | 박우수 옮김 | 224면

202 **주홍 글자**  너새니얼 호손 장편소설 | 곽영미 옮김 | 360면

203 **모히칸족의 최후**  제임스 페니모어 쿠퍼 장편소설 | 이나경 옮김 | 512면

204 **곤충 극장**  카렐 차페크 희곡선집 | 김선형 옮김 | 360면

205 **누구를 위하여 종은 울리나**  어니스트 헤밍웨이 장편소설 | 이종인 옮김 | 전2권 | 각 416, 400면

207 **타르튀프**  몰리에르 희곡선집 | 신은영 옮김 | 416면

208 **유토피아**  토머스 모어 소설 | 전경자 옮김 | 288면

209 **인간과 초인**  조지 버나드 쇼 희곡 | 이후지 옮김 | 320면

210 **페드르와 이폴리트**  장 라신 희곡 | 신정아 옮김 | 200면

211 **말테의 수기**  라이너 마리아 릴케 장편소설 | 안문영 옮김 | 320면

212 **등대로**  버지니아 울프 장편소설 | 최애리 옮김 | 328면

213 **개의 심장**  미하일 불가꼬프 중편소설집 | 정연호 옮김 | 352면

214 **모비 딕**  허먼 멜빌 장편소설 | 강수정 옮김 | 전2권 | 각 464, 488면

216 **더블린 사람들**  제임스 조이스 단편소설집 | 이강훈 옮김 | 336면

217 **마의 산**  토마스 만 장편소설 | 윤순식 옮김 | 전3권 | 각 496, 488, 512면

220 **비극의 탄생**  프리드리히 니체 | 김남우 옮김 | 304면

221 **위대한 유산**  찰스 디킨스 장편소설 | 류경희 옮김 | 전2권 | 각 432, 448면

223 **사람은 무엇으로 사는가**  레프 똘스또이 소설선집 | 윤새라 옮김 | 464면

224 **자살 클럽**  로버트 루이스 스티븐슨 소설선집 | 임종기 옮김 | 272면

225 **채털리 부인의 연인**  데이비드 허버트 로런스 장편소설 | 이미선 옮김 | 전2권 | 각 336, 328면

227 **데미안**  헤르만 헤세 장편소설 | 김인순 옮김 | 272면

228 **두이노의 비가**  라이너 마리아 릴케 시 선집 | 손재준 옮김 | 504면

229 **페스트**  알베르 카뮈 장편소설 | 최윤주 옮김 | 432면

230 **여인의 초상**  헨리 제임스 장편소설 | 정상준 옮김 | 전2권 | 각 520, 544면

232 **성**  프란츠 카프카 장편소설 | 이재황 옮김 | 560면

233 **차라투스트라는 이렇게 말했다**  프리드리히 니체 산문시 | 김인순 옮김 | 464면

234 **노래의 책**  하인리히 하이네 시집 | 이재영 옮김 | 384면

235 **변신 이야기**  오비디우스 서사시 | 이종인 옮김 | 632면

236 **안나 까레니나**  레프 똘스또이 장편소설 | 이명현 옮김 | 전2권 | 각 800, 736면

238 **이반 일리치의 죽음·광인의 수기**  레프 똘스또이 중단편집 | 석영중·정지원 옮김 | 232면

239 **수레바퀴 아래서**  헤르만 헤세 장편소설 | 강명순 옮김 | 272면

240 **피터 팬**  J. M. 배리 장편소설 | 최용준 옮김 | 272면

241 **정글 북**  러디어드 키플링 중단편집 | 오숙은 옮김 | 272면

242 **한여름 밤의 꿈**  윌리엄 셰익스피어 희곡 | 박우수 옮김 | 160면

243 **좁은 문**  앙드레 지드 장편소설 | 김화영 옮김 | 264면

244 **모리스**  E. M. 포스터 장편소설 | 고정아 옮김 | 408면

245 **브라운 신부의 순진**  길버트 키스 체스터턴 단편집 | 이상원 옮김 | 336면

246 **각성**  케이트 쇼팽 장편소설 | 한애경 옮김 | 272면

247 **뷔히너 전집**  게오르크 뷔히너 지음 | 박종대 옮김 | 400면

248 **디미트리오스의 가면**  에릭 앰블러 장편소설 | 최용준 옮김 | 424면

249 **베르가모의 페스트 외**  옌스 페테르 야콥센 중단편 전집 | 박종대 옮김 | 208면

250 **폭풍우**  윌리엄 셰익스피어 희곡 | 박우수 옮김 | 176면

251 **어센든, 영국 정보부 요원**  서머싯 몸 연작 소설집 | 이민아 옮김 | 416면

252 **기나긴 이별**  레이먼드 챈들러 장편소설 | 김진준 옮김 | 600면

253 **인도로 가는 길**  E. M. 포스터 장편소설 | 민승남 옮김 | 552면

254 **올랜도**  버지니아 울프 장편소설 | 이미애 옮김 | 376면

255 **시지프 신화**  알베르 카뮈 지음 | 박언주 옮김 | 264면

256 **조지 오웰 산문선**  조지 오웰 지음 | 허진 옮김 | 424면

257 **로미오와 줄리엣**  윌리엄 셰익스피어 희곡 | 도해자 옮김 | 200면

258 **수용소군도**  알렉산드르 솔제니찐 기록문학 | 김학수 옮김 | 전6권 | 각 460면 내외

264 **스웨덴 기사**  레오 페루츠 장편소설 | 강명순 옮김 | 336면

265 **유리 열쇠**  대실 해밋 장편소설 | 홍성영 옮김 | 328면

266 **로드 짐**  조지프 콘래드 장편소설 | 최용준 옮김 | 608면

267 **푸코의 진자**  움베르토 에코 장편소설 | 이윤기 옮김 | 전3권 | 각 392, 384, 416면

270 **공포로의 여행**  에릭 앰블러 장편소설 | 최용준 옮김 | 376면

271 **심판의 날의 거장**  레오 페루츠 장편소설 | 신동화 옮김 | 264면

272 **에드거 앨런 포 단편선**  에드거 앨런 포 지음 | 김석희 옮김 | 392면

273 **수전노 외**  몰리에르 희곡선집 | 신정아 옮김 | 424면

274 **모파상 단편선**  기 드 모파상 지음 | 임미경 옮김 | 400면
275 **평범한 인생**  카렐 차페크 장편소설 | 송순섭 옮김 | 280면
276 **마음**  나쓰메 소세키 장편소설 | 양윤옥 옮김 | 344면
277 **인간 실격·사양**  다자이 오사무 소설집 | 김난주 옮김 | 336면
278 **작은 아씨들**  루이자 메이 올컷 장편소설 | 허진 옮김 | 전2권 | 각 408, 464면
280 **고함과 분노**  윌리엄 포크너 장편소설 | 윤교찬 옮김 | 520면